LA MITAD
de mi Corazón

JESSICA MARIN

LA MITAD DE MI CORAZÓN

Para mi esposo, Matt.
Gracias por trabajar tan duro para permitirme hacer realidad mis sueños.
Has creído en mí desde el primer día y continúas haciéndolo incluso cuando yo tengo mis propias dudas.
Te amo.

Nota de la autora

Cuando escribí La Guerra del desamor, el único punto de vista que me hablaba era la voz de la heroína, Jenna Pruitt. Tuve esta historia en mi cabeza durante unos cinco años antes de escribirla físicamente y publicarla. Cada libro desde entonces ha tenido un punto de vista dual con el héroe y la heroína excepto en La Guerra del Desamor. Era hora de que se escuchara la voz de Cal y estoy más que emocionada de finalmente compartir con ustedes su versión de la historia.

Cal y Jenna son solo una de esas parejas que siempre me vienen a la mente. No sé si es porque fueron la pareja que empezó todo para mí o qué, pero me encanta revivirlos en otras historias cada vez que puedo. Espero que te enamores de ellos tanto como yo.

Si eres un lector nuevo para mí y te preguntas qué libro deberías leer primero, espero que cada libro pueda leerse como una novela independiente, ya que comienzan en períodos de tiempo completamente diferentes de su relación, pero si quieres el completo entonces recomiendo comenzar con La Guerra del desamor y luego leer La mitad de mi corazón.

Muchas gracias por estar aquí y tomarse el tiempo de sus ocupadas vidas para leer mis palabras.

Besos y abrazos,

Jessica

Prólogo

Atravieso la entrada de mi habitación de hotel, cierro la puerta de un portazo detrás de mí y arrojo mi tarjeta de acceso sobre la mesa de la consola. Mi teléfono celular en el bolsillo de mi pantalón sigue vibrando con llamadas y mensajes de mi agente y amigos preguntando: *¿Dónde estás? ¿Está todo bien?*

Si supieran lo que me pasa, pensarían que estoy loco. Mi estado de ánimo es tan negro como el esmoquin que llevo puesto y todo se debe a que mi mente no deja de jugarme malas pasadas, haciéndome ver a la única mujer que me ha estado persiguiendo durante años.

Jenna Pruit.

Es la temporada de premios y esa noche yo estaba en la alfombra roja haciendo prensa cuando una pequeña morena me llamó la atención. Desde atrás, se veía exactamente como Jenna con el mismo color de cabello, complexión y altura. Mi corazón martilleaba en mi pecho con la esperanza de que fuera ella y todos los pensamientos racionales desaparecieron de mi cerebro. Me alejé bruscamente de la reportera que me estaba entrevistando y agarré bruscamente el brazo de la mujer para girarla y mirarme. Por supuesto que ella no era Jenna, y debería haberlo sabido. No había razón para que Jenna estuviese. Ella no pertenecía a la industria y, cuando la conocí hace tantos años, me dejó muy claro que no estaba interesada en salir con un actor.

Después de disculparme con la mujer que agarré, me di la vuelta y vi que mis acciones fueron captadas por la cámara de los paparazzi. Sonreí y jugué lo mejor que pude, pero por dentro, sentí que me estaba asfixiando. Tenía que escapar, no, necesitaba escapar. Lejos de las sonrisas falsas, las luces cegadoras de los flashes de las cámaras observaban cada uno de mis movimientos y, lo más importante, necesitaba alejarme de las personas que actuaban como si les importara un carajo.

Eso era lo que más admiraba de Jenna. A ella no le importaba quién era yo.

Me quito la chaqueta y la tiro sobre el respaldo del sofá. Mis dedos tiran bruscamente del corbatín alrededor de mi cuello antes de que pueda liberarlo de mi camisa. Me acerco al bar, me sirvo un trago de whisky y me lo bebo de un solo trago. La sensación de ardor del fuego líquido me distrae brevemente de mis pensamientos sobre Jenna. Tomo un par de respiraciones profundas, deseando calmarme.

¿Cómo puedo estar tan obsesionado con alguien que apenas conozco?

Cada vez que veo a alguien que se parece remotamente a Jenna, una ola de recuerdos se me viene a la mente. Tantas emociones me recorren, haciéndome volar por las nubes. Mi madre siempre me dijo que, si no puedo expresarme verbalmente, entonces escribir palabras sería la siguiente mejor opción. Me acerco al escritorio y rebusco en los cajones hasta que encuentro un bloc de papel con el nombre del hotel junto con un bolígrafo. Me siento en el sofá a pensar en lo que quiero decir. Comienzo a elaborar mentalmente una carta para Jenna y empiezo a escribir.

Joder, esto es estúpido, pienso momentáneamente y me detengo, pero ¿qué importa? Ella nunca lo leerá. Esto es para finalmente admitir mis sentimientos por ella. Cierro los ojos y respiro hondo antes de continuar.

Querida Jenna,

Sólo puedo imaginar la mirada de sorpresa que cruzaría tu hermoso rostro si alguna vez leyeras esta carta. Teniendo en cuenta que han pasado más de cuatro años desde la última vez que nos vimos y no tengo forma de ponerme en contacto contigo, estoy seguro de que nunca lo harás. Mi último correo rebotó. ¿Por qué? ¿Qué diablos pasó? No recuerdo haber visto ninguna señal de advertencia. Tus correos fueron lo único que me mantuvo cuerdo durante mi agotador horario de trabajo. Le dije a mi asistente que te hiciera saber que te escribiría tan pronto como pudiera. Lo siento si te sentiste descuidado por mi falta de comunicación. Ahora me doy cuenta de que alimenté por completo tus miedos de salir con un actor al no convertirte en una prioridad.

¿Por qué estoy haciendo estas preguntas después de todo este tiempo? Porque no puedo dejar de pensar en ti. Últimamente, mi mente parece evocarte donde quiera que vaya. Habrías pensado que sería malo al principio, pero mi necesidad de verte sólo ha empeorado. Después de que dejé de saber de ti y terminé la película en la que estaba trabajando cuando nos conocimos, me mantuve ocupado. Me lancé al trabajo, aceptando papeles consecutivos en películas hasta que me agoté mental y físicamente. Seguía diciéndome a mí mismo que necesitaba seguir adelante, y lo intenté, Jenna, joder, lo intenté, pero ninguna otra mujer se ha comparado contigo. Supe desde nuestra primera cita que eras algo especial y nunca debí dejarte ir.

Fui un maldito tonto por aceptar tu dirección de correo electrónico solo después de nuestra increíble semana juntos en Las Vegas. Debería haber exigido tu número de teléfono y no haber sido tan respetuoso con tu vacilación en dármelo. Pero sabía que las cicatrices de tu divorcio eran frescas y profundas. Estaba decidido a que nuestros correos electrónicos probarían que estabas equivocado, que no íbamos a ser solo una aventura. Pero por alguna razón, dejé de saber de ti y eso ya no es aceptable. Necesito una razón, Jenna, porque ahora puedo admitir que ser tu aventura de rebote no iba a ser suficiente para mí.

Quiero ser tuyo para siempre.

¿Cómo diablos arreglo esto, Jenna? ¿Has pensado en mí en todos estos últimos cuatro años? Porque no me has dejado. Es como si tu aroma hubiera hecho una burbuja a mi alrededor, haciéndome respirar profundamente con la ilusión de que estás en algún lugar cercano. Tu

sonrisa aparece en mi cabeza en un momento dado y todavía puedo escuchar tu voz sexy.

Joder, me estoy poniendo duro solo de recordar cómo te veías cuando te hacía correrte.

Es hora, Jenna. He terminado de perseguir fantasmas. Me niego a creer que el vínculo entre nosotros fue solo mi imaginación. Ruego a Dios que no te hayas vuelto a casar, porque si no lo estás, NADIE se interpondrá en el camino para hacerte mía.

Voy por ti, Jenna.

Tuyo,

Cal

Dejo el bolígrafo y sonrío por lo bien que se siente. Voy a encontrar a Jenna y el destino me acaba de dar la oportunidad perfecta con mi próxima película filmando en su última ubicación conocida: Chicago. Sin embargo, encontrarla requerirá algo de ayuda. Agarro mi celular y marco el número de mi agente.

—Cal, ¿qué diablos? ¿A dónde fuiste? Tengo algunas personas infelices aquí exigiendo que regreses —grita Philip tan pronto como contesta mi llamada.

—Necesito contratar a un investigador privado, Philip.

—¿Un investigador privado? Cal, ¿esto no puede esperar hasta la mañana? ¡Necesitas venir *ahora*!

—Acepta el hecho de que no voy a volver allí esta noche hasta que hable con un investigador privado —le gruño.

—Mierda, Cal —murmura derrotado, sabiendo muy bien que no ganará esta discusión. —Conozco a alguien a quien puedo llamar por ti, pero ¿qué es tan importante que tiene que hacerse ahora mismo?

—Necesito encontrar a Jenna Pruitt y necesito encontrarla lo antes posible.

Capítulo 1

—Déjame asegurarme de que te estoy entendiendo correctamente. ¿Dejaste uno de los espectáculos de premios más grandes de nuestra industria porque agrediste a una mujer extraña, regresaste a tu hotel antes de que comenzara el espectáculo e hiciste que nuestro agente contratara a un investigador privado para encontrar a la chica con la que te acostaste una semana hace años?

Aprieto los dientes, molesto por el sarcasmo en la voz de mi mejor amigo y lo loco que me hace sonar. Sabía que no lo entendería y temía esta conversación.

—No agredí a la mujer, sólo la sorprendí tomándola del brazo y girándola para mirarme.

Sean me mira en silencio, pestañeando un par de veces antes de reírse incontrolablemente. Gruño de frustración y continuo con mi rutina de ejercicio, obligándome a ignorar sus burlas. Después de que Philip me pusiera en contacto con su investigador privado, volé de regreso a Londres, que es donde vivo entre filmaciones. Estoy ansioso por recibir noticias, pero el hombre me advirtió que podría tomarle una o dos semanas antes de que pueda comenzar, ya que ya está en medio de otro trabajo y estaba haciendo esto como un favor para Phillip. He estado tratando de distraerme leyendo guiones, haciendo ejercicio y pasando tiempo con mi familia y amigos. No había hablado con Sean desde mi aparición en la alfombra roja, así que lo invité a entrenar conmigo hoy.

Que estúpida idea fue esa.

Sean Lindsey es uno de mis mejores amigos del internado y también actor de Hollywood. Nuestras familias se han ido de vacaciones juntas y ahora hemos hecho varias películas juntos. Sean encontró su fama con las comedias románticas, mientras que yo prefiero los papeles que tienen más drama y suspenso. Llamarlo mi mejor amigo es quedarse corto.

Es más, como el hermano que nunca tuve.

Él conoció a Jenna cuando estábamos en Las Vegas porque estábamos trabajando misma película. Él sabía que yo estaba tratando de buscar algo más profundo con ella después de que se fue y estaba allí para emborracharme en numerosas ocasiones cuando estuve deprimido porque ella me había sacado de su vida. Esperaba su apoyo en mi búsqueda de encontrarla, no que él me hiciera sentir como un idiota.

Su risa comienza a disminuir, y lo miro mientras cuento mentalmente mis repeticiones de prensas de pecho. Me mira con una sonrisa y niega con la cabeza.

—Amigo, te quiero como a un hermano, pero esta mierda es una locura. Cada vez que estás entre películas, te preguntas sobre esa muchacha. ¿Sabes lo que pienso?

Realmente no quiero, pero él me va a complacer de todos modos.

—Necesitas sacarla de tu sistema y ¿qué mejor manera que echarte un buen polvo con otra mujer?

Lo fulmino con la mirada mientras pongo mi barra en su soporte. Ignoro su comentario y me levanto para ir al saco de boxeo. Tal vez imaginarme la bolsa como su cabeza me hará sentir mejor.

Me sigue, con determinación en sus ojos.

—¿Cuándo fue la última vez que te diste un buen revolcón —Mira a su alrededor rápidamente para ver si alguien lo escuchó y luego me guiña un ojo.

—Cállate —gruño con disgusto, tratando de concentrarme en mi boxeo y no en la dirección en la que va esta conversación.

—Lo digo en serio, Cal. Este imbécil melancólico que interpretas en la pantalla podrá estar arrasando en la taquilla y derritiendo bragas por todo el mundo, pero se está volviendo aburrido entre tus amigos y familiares.

Detengo la bolsa y la sostengo con mis manos antes de levantar una ceja en forma interrogativa.

—¿De verdad? No me di cuenta de que te habías convertido en el nuevo secretario de prensa del Clan Harrington. —Sigo golpeando la bolsa, obligando a Sean a dar un paso atrás—. Y en lo que respecta a mis amigos, eres la única persona que considero un amigo. Cualquiera que afirme que lo está mintiendo.

—¿Qué hay de Cora? Solías considerarla una amiga. —Su expresión se vuelve seria como lo hace la mayor parte del tiempo cuando habla de Cora—. Ella también está preocupada por ti.

—Apuesto a que sí —respondo sarcásticamente, negándome a decir más. Sean entiende la indirecta y se da la vuelta para ir a correr en la caminadora.

Sean y yo conocimos a Cora Gregory cuando todos estábamos juntos en un internado. Cora provenía de una vida hogareña difícil, por lo que siempre sentimos la necesidad de protegerla de los matones en la escuela. Los tres fuimos descubiertos al mismo tiempo por un agente mientras estábamos de vacaciones de la escuela. Hacer que todos empezáramos este viaje juntos al mismo tiempo lo hizo más fácil y nos aseguró que teníamos a alguien en quien podíamos confiar pasando por el mismo proceso. Siempre vi a Cora como una hermana, pero a medida que pasaron los años, ella comenzó a desarrollar sentimientos por mí. Cora se convirtió en una mujer deslumbrante, pero nunca sentí por ella lo mismo que ella por mí. Sin mencionar que vi la forma en que Sean la miraba desde el momento en que la conoció en la escuela. Sabía que él estaba enamorado de ella y nunca le mentí a Cora. Traté de dejarlo claro, no quería más que una amistad con ella.

Pero Cora nunca entendió la indirecta e incluso logró que la besara una noche mientras yo estaba borracho. Los tres habíamos ido a una fiesta de un amigo y yo acababa de romper con una chica con la que estaba saliendo porque había perdido interés en ella, comparándola con el recuerdo de Jenna. Pensé que emborracharme sería la amnesia temporal que necesitaba, y Cora fue un juego al alimentar eso. Estuvo toda la noche a mi lado, ayudándome a embriagarme y cuando vio que había pasado el punto del olvido, me llevó a un baño y nos encerró. No estaba en condiciones de luchar contra sus avances y el alcohol convenció. mi mente que Cora era en realidad Jenna. Pensando que estaba con Jenna, acepté y participé de los avances de Cora y si no fuera por Sean golpeando la puerta y descubriéndonos, me estremezco al pensar hasta dónde habría llegado.

Desde esa noche, he tratado de mantener mi distancia con Cora. Me sentí como un idiota por traicionar a Sean y sus sentimientos por ella. Aunque él sabía que no era yo mismo, él estaba herido por mis acciones. Me disculpé con él y prometí que nunca volvería a estar a solas con Cora. Vi un lado diferente de ella esa noche, un lado calculador y manipulador.

Un lado que se sentía malvado.

Ella sabe exactamente lo que Sean siente por ella. Él ha dejado perfectamente claro que quiere estar con ella, pero ella continúa colgándolo, usándolo cuando es conveniente para ella. Desearía que siguiera adelante y se diera cuenta de que se merece algo mejor, pero por alguna razón, simplemente no puede soltarse de sus garras tóxicas.

El timbre de mi teléfono me saca de mis recuerdos y me regresa al presente. Corro hacia mi bolsa de gimnasia para recuperarla. Thomas Matthews, el nombre del investigador privado, aparece en mi pantalla e inmediatamente respondo.

—Tengo algunas noticias sobre Jenna Pruitt, señor Harrington —me dice Thomas después de intercambiar cumplidos—. Todavía vive en Chicago y continúa dirigiendo su negocio de planificación de eventos. De hecho, parece ser una de las organizadoras de eventos más solicitadas de Chicago. Incluso tiene un segmento de televisión en uno de los canales de noticias locales.

Mi pulso se acelera por la emoción ante la noticia de que ella todavía está en Chicago y está prosperando con su carrera. Pero todavía no ha respondido la pregunta más importante.

—¿Se ha vuelto a casar? —Lo interrumpo con impaciencia, necesitando saber la respuesta.

—No, señor, no se ha vuelto a casar, pero actualmente está en una relación con el señor Jax Morrow, un delantero defensivo del equipo local de hockey profesional. —Mi estado de ánimo se ensombrece de inmediato, y no me di cuenta de que había gruñido hasta que sentí el agarre de Sean en mi bíceps. Miro hacia arriba para verlo mirándome con preocupación.

—¿Cuánto tiempo? —exijo, aplastando mi decepción de que se la hayan llevado y rezando para que no sea serio.

—Según mis cálculos del primer informe de ellos vistos juntos, ha pasado casi un año. Es difícil de decir porque él pasó el verano en Canadá, de donde es, para estar con su hija de un matrimonio anterior. Voló a Chicago tres veces para ver a la señorita Pruitt durante ese período de tiempo.

Mierda. El hecho de que volara para ver a Jenna mientras estaba en casa fuera de temporada significa que podría ser serio, al menos de su parte.

—¿Ella fue a verlo a Canadá?

—No estoy seguro. Tengo contactos en su ciudad y nunca la han visto allí, pero si se quedaran recluidos en su casa, entonces nadie lo sabría a ciencia cierta.

No puedo soportar la idea de que Jenna esté recluida con otro hombre, así que opto por ignorar esa parte de su conversación. Rezo para que sus contactos sean precisos porque si Jenna no ha visitado su ciudad natal, es posible que no esté tan interesada en la relación como él.

—Quiero confirmación de cuánto tiempo han estado juntos y si es algo serio. ¿Es eso posible?

—Lo intentaré, señor Harrington. He programado mi vuelo a Chicago y tendré más información para usted dentro de las próximas dos semanas.

—Excelente. Buen viaje y espero tener noticias tuyas pronto.

Termino la llamada y respiro profundamente de satisfacción, sabiendo que estoy un paso más cerca de encontrar a Jenna.

—¿Supongo que tu chico la encontró y no está casada? —Asiento ante la pregunta de Sean y un rayo de esperanza comienza a formarse en mi pecho.

—No está casada, pero en una relación con un jugador de hockey.

—Entonces, estás diciendo que hay una posibilidad… —bromea Sean con una sonrisa malvada y un brillo en los ojos. Nunca he sido de los que persiguen a alguien que ya está en una relación, pero cuando se trata de Jenna, todo está fuera de los límites. Si ella es feliz y ella misma me dice que él es el indicado para ella, entonces me retractaré.

Hasta que eso suceda… sigue el juego.

—Oh, definitivamente hay una posibilidad.

Capítulo 2

Miro por la ventana de mi oficina, mi mente está a un millón de millas de distancia del presente. Mi hermana, que también es mi asistente personal, está aquí repasando el cronograma para los próximos meses. Debería estar prestando atención a esta información importante, pero me encuentro distraído por el hecho de que han pasado tres semanas desde que escuché de Thomas y estoy cada vez más inquieto. Si bien nunca me dijo la fecha exacta en que viajaría a Chicago, automáticamente asumí que sería lo más pronto posible.

—¡Gilipollas!

Eso me saca de mis pensamientos y miro a mi hermana con sorpresa.

—¿Perdón?

—Entonces, ¿escuchaste eso alto y claro, pero eras una vaca tonta antes de eso? —Parpadeo hacia ella, sin confirmar ni negar su afirmación—. Eso es exactamente lo que pensé, así que sí, eres un idiota.

—Lo siento, Bridget. —Exhalo mis disculpas porque no hay buenas excusas que sean aceptables para ignorarla—. Tengo muchas cosas en la cabeza.

—Sí, bueno, tengo mucho en mi mente y en mi plato, así que no necesito perder el tiempo o el aliento si solo va a caer en oídos sordos —me regaña, y siento que somos niños otra vez y me estoy metiendo en problemas por algo que no hice.

Bridget ha sido mi asistente personal durante dos años, desde que ya no podía confiar en mi exasistente, Valerie. Valerie casi me cuesta un trabajo debido a sus celos de otras mujeres. Nunca supe que ella tenía sentimientos por mí, nuestra relación era estrictamente profesional por mi parte. Ha sido un soplo de aire fresco no tener que cuestionar la lealtad o la confianza de mi hermana como tuve que hacer con Valerie.

—De nuevo, lo siento. Te prometo que tienes toda mi atención esta vez.

—No, no lo creo. Creo que necesitas decirme qué está pasando que tiene tu enfoque en otro lugar.

La miro con los ojos entrecerrados, tratando de evaluar si está realmente preocupada o solo quiere algo de lo que cotillear con mi otra hermana y mis padres. Bridget es famosa por no guardar secretos y siempre me delataba cuando éramos más chicos. Pero como ahora es mi asistente personal, creo que sería mejor decirle lo que está pasando, especialmente para que no se sorprenda cuando reciba la factura de Thomas.

—He contratado a un investigador privado y estoy esperando noticias de él.

Ahora es su turno de entrecerrarme los ojos.

—¿Por qué contrataste a un investigador privado?

—Para encontrar a alguien.

—Bueno, nada de darle vueltas. ¿A *quién* estás tratando de encontrar, Cal?

—Una persona de mi pasado.

Ella pone los ojos en blanco y suspira antes de recoger sus papeles de mi escritorio y levantarse para irse.

—Llámame cuando ya no estés distraído y *tal vez* estés disponible.

—Siéntate, Bridget. —Suspiro de frustración. Tenemos un concurso de miradas durante unos diez segundos antes de que ella vuelva a sentarse de mala gana—. Lo siento por ser un idiota.

—Gracias, pero no estarás perdonado hasta que me des detalles más específicos.

Sacudo la cabeza, me agarro el puente de la nariz y cuento en silencio hasta diez antes de continuar.

—Estoy tratando de encontrar a una mujer que conocí hace más de cuatro años. Ella vive en Chicago y me gustaría ponerme en contacto con ella para ver si podemos encontrarnos cuando llegue.

Ella inclina la cabeza hacia un lado, sus ojos ardiendo con preguntas.

—¿Por qué quieres encontrarte con ella?

—Para ponerme al día y ver cómo le va.

—¿Es joven o vieja?

—Ella tiene nuestra edad —respondo, sin entender el punto de la pregunta—. ¿Por qué importa eso?

—Porque no sólo quieres ver gente casualmente a menos que tengan un propósito —dice exasperada.

—Eso no es cierto.

—Claro que lo es. ¿Cuál es su nombre?

—Jenna.

Abre la boca, sorprendida, ante mi respuesta.

—¡Oye! ¿Es esta la chica con la que te acostaste durante una semana y después de un mes de citas a larga distancia, te dejó?

—¿Cómo diablos sabes sobre eso? —pregunto con ira, sabiendo muy bien que nunca le dije a mi familia sobre Jenna.

Bridget sonríe e instantáneamente sé mi respuesta.

—¿Quién crees?

Maldito Sean.

No debería sorprenderme que Sean le haya dicho a mi hermana, pero de alguna manera, lo estoy. Es muy cercano a mi familia y lo tratan como si fuera su otro hijo.

—No te enojes con él, estaba preocupado por ti. Dijo que nunca te había visto actuar así con una mujer.

—No era asunto suyo decírtelo.

—Si nos lo hubieras dicho, él no habría tenido que hacerlo —responde, y no estoy en desacuerdo—. Entonces,

¿estás tratando de encontrarla para poder tener una compañera sexual mientras estás en Chicago?

—Ella es más que un buen polvo —gruño, no me gusta lo casual que Bridget la hace sonar.

Bridget abre los ojos, sorprendida.

—¿Cómo es eso, Cal? Si ella es algo más, entonces ¿por qué ahora estás tratando de ponerte en contacto con ella todos estos años después?

—Cuando conocí a Jenna, todavía estaba herida por su divorcio. Ella no estaba buscando tener una pareja de nuevo, especialmente con alguien como yo, alguien que nunca estuvo enraizado en un lugar por mucho tiempo debido a mi horario agotador... y por lo obvio. Mi profesión. Ella no creía que valiera la pena buscar una relación a larga distancia. Yo tenía la esperanza de poder hacerla cambiar de opinión, pero era difícil mantenerse al tanto de enviarle un correo electrónico de vuelta mientras grababa una película.

—¿Qué quieres decir con enviarle un correo electrónico de vuelta? ¿Por qué no agarraste el teléfono y la llamaste?

—Ella se negó a darme su número de teléfono. —Sonrío con tristeza ante la expresión de asombro de Bridget—. Cuando nos separamos, ella estaba demasiado asustada para dármelo. Tuve suerte incluso de recibir su correo electrónico.

—Si te gustaba tanto, ¿por qué no le exigiste que te diera su número o no podía irse?

Le doy a mi hermana una mirada exasperada, preguntándome si realmente está tan loca como parece.

—No puedo retener a alguien en contra de su voluntad, Bridget. —Frunzo el ceño ante la sonrisa diabólica que se extiende en su rostro—. Además, estaba tratando de ser un caballero y darle tiempo. Tenía la esperanza de que después de que nos escribimos por un tiempo, ella me extrañaría y vería lo ridículo que era enviar correos electrónicos.

—Vaya —dice Bridget arrastrando las palabras, pareciendo impresionada con mi respuesta—. Apuesto a que fue una prueba de su parte. Es más difícil mantenerse al día con el correo electrónico, por lo que, si te mantuvieras constantemente en contacto con ella de esa manera, eso le habría demostrado que hablabas en serio con ella.

—Quizás. —Me encojo de hombros, reflexionando sobre sus pensamientos sobre el asunto—. Pero le di mi número de teléfono para que me llamara y nunca lo hizo… o eso creo.

—¿Qué quieres decir?

—Cuando estaba en la fiesta del elenco una vez que la película terminó de filmarse, recuerdo que mi teléfono celular sonó con un número desconocido. Le entregué mi teléfono a Valerie para que atendiera la llamada ya que no contesto números desconocidos y estaba ocupado en medio de una conversación con otra persona. Pero podría haber jurado que la escuché decir el nombre de Jenna cuando saludaba a quien estaba al teléfono. Pero nunca lo sabré porque dejó caer mi teléfono por accidente y se rompió convenientemente.

—¿De verdad crees que fue un accidente? —Bridget pregunta con una mirada de complicidad.

—Valerie dice que fue un accidente y cuando le pregunté quién era, dijo que no escuchó su nombre antes de que el teléfono se le cayera de la mano. —Aprieto los puños con ira ante el recuerdo. Estaba un poco borracho en esa fiesta, así que creí cada palabra que Valerie me dijo porque en ese momento no sabía lo mentirosa y manipuladora que era—. Nunca sabremos la verdad.

—Y ahí fue cuando cambiaste tu número, ¿verdad?

—Sí, pero habría tenido que cambiarlo de todos modos porque un fan consiguió ese número y no me dejaba en paz. Es por eso por lo que ahora tengo dos teléfonos separados: uno para el trabajo y otro solo para la familia y los amigos cercanos.

Entonces, incluso si Jenna intentara llamarme nuevamente, ese número ya no está en servicio.

—Mmm, cierto. ¿Le enviaste un correo preguntándole si intentó llamarte?

—Sí, y el correo electrónico quedó sin respuesta. Le escribí varias veces antes de finalmente rendirme.

—¿Por qué no trataste de encontrarla entonces?

—Porque tan pronto como terminé de filmar esa película, tuve que regresar a Noruega para continuar filmando 'Wrath of the Vikings'. Ese programa de televisión catapultó mi carrera y estábamos filmando la tercera temporada. No podía pedirle al director que retrasara la producción para poder buscar a alguien que me estaba evitando por lo que sabía.

Nos sentamos en un cómodo silencio por un momento, ambos analizando la situación.

—Aquí está la cosa, Cal, y no estoy diciendo esto para ser una perra ni nada —comienza Bridget, y me preparo para que no me guste lo que estoy a punto de escuchar—. Eres mi hermanito y siempre te diré la verdad, pero si ella realmente quisiera intentar hacer la larga distancia, te habría dado su número de teléfono el día que se fue de Las Vegas.

Asiento secamente sabiendo que este podría ser el caso. Se me ha pasado por la cabeza muchas veces. Sin mencionar que Sean dijo lo mismo hace tantos años cuando Jenna dejó de enviarme correos electrónicos. Demonios, es por eso por lo que no me he esforzado en tratar de encontrarla antes.

—Puede que tengas razón, pero no lo sabré hasta que la encuentre de nuevo.

—Pero ¿por qué vas a gastar tanto dinero tratando de encontrar a alguien que tal vez no quiera ser encontrado?

—Porque *yo* necesito cerrar el ciclo, Bridget —digo con exasperación y me levanto de la silla con tanta rapidez que el movimiento hace que se deslice hacia atrás contra la pared.

Comienzo por caminar, la energía inquieta de mí que necesita respuestas me hace sentir como un tigre enjaulado—. No puedo dejar de pensar en ella. Sentí cosas con ella que ninguna mujer ha estado cerca de hacerme sentir desde entonces y podría haber jurado que la hice sentir de esa manera también.

Dejo de caminar y paso mis manos por mi cabello. Miro hacia el techo y suspiro, dejando salir todas mis emociones en un suspiro.

—Tengo que saberlo, Bridget. Debo encontrarla y verla por mí mismo. Si la química no sigue ahí... si sigue adelante, la dejaré ir. Entonces tal vez finalmente pueda dejar de arrepentirme de haberla dejado salir de mi vida hace cuatro años.

Vuelvo a mirar a Bridget y la veo parpadear rápidamente para tratar de contener las lágrimas.

—Sean tenía razón. Nunca te había visto de esta manera antes. —Ella se detiene y traga saliva antes de continuar—: Ella debe ser especial para que pases por todos estos problemas para encontrarla.

—Lo es, Bridget. Ella es esta mujercita, pero es tan fuerte. Y no me refiero sólo físicamente. Ella es mentalmente fuerte y estaba construyendo su negocio mientras pasando por un divorcio. Es brillante e ingeniosa, amable y respetuosa con los demás. —Sonrío mientras la cascada de recuerdos de mi tiempo con Jenna comienza a derramarse a través de mí—. Ella siempre trató de pagar todo y se enojaba cuando no la dejaba al menos dividir las cuentas.

Me río ante la imagen de la cara hermosa y descontenta de Jenna cuando pagué nuestra última cena juntos sin que ella lo supiera.

—Me sentí yo mismo con ella, Bridget. No estaba impresionada con que fuera actor. En todo caso, ese fue el desvío. Ella me quería por mí. O eso supuse.

—Estoy segura de que lo hizo, Cal —dice con una pequeña sonrisa jugando en sus labios—. Parece encantadora. ¿Cómo es?

—Ella es hermosa, Bridget. Tiene el cabello del color del chocolate con leche que siempre olía a durazno. Sus ojos son del color del ámbar que tiende a hipnotizarte a veces. —Dejo de lado el hecho de cómo se oscurecerían en el deseo y cómo anhelo verlos volver a tener ese color algún día, muy pronto.

—Maldita sea, Cal —gime Bridget y toma un pañuelo de papel de la caja de Kleenex en mi escritorio para secarse los ojos—. Está bien. Tienes que encontrarla, y le pido a Dios, Jesús, Zeus, Alá, Buda, a quien sea que necesitemos rezar, que sea tuya para el resto de sus vidas.

Bridget se levanta y me da un fuerte abrazo.

—Gracias, hermana. —La aprieto con fuerza antes de soltarla. Sé que le va a contar todo a los demás miembros de la familia, pero me doy cuenta de que ya no me importa. Tal vez dar su versión y ver lo serio que soy les ayudará a recibir a Jenna con los brazos abiertos cuando finalmente la conozcan.

Porque la conocerán cuando la haga mía.

—¿Qué puedo hacer para ayudar? —pregunta antes de volver a tomar asiento.

—Cuando tenga noticias del investigador privado sobre su ubicación física, quiero que reserves mi hotel lo más cerca posible de ella. No me importa si está lejos del set de la película.

Bridget sonríe lentamente, el brillo malvado de mis pesadillas de la infancia centelleando en sus ojos.

—Oh, definitivamente puedo hacer eso.

Capítulo 3

Los sonidos de risas llenan el aire mientras mi familia y yo disfrutamos de mi sobrino Jack contándonos sobre su día en la escuela. Mientras estoy en casa en Inglaterra durante mi tiempo libre, trato de hacer tantas cenas familiares como sea posible, ya que son una de mis partes favoritas de estar en casa. Mis hermanas y sus familias viven a treinta minutos de mis padres y todos los viernes por la noche cenan juntos. Es el mejor momento para tratar de ponerme al día con los horarios diarios de todos y me ayuda a no sentirme tan excluido. Como me iré de nuevo a los Estados Unidos en un par de días, cada minuto con mi familia es especial. Miro alrededor de la mesa con una sonrisa en mi rostro, esperando que algún día tenga mi propia familia en esta mesa.

Jenna encajaría perfectamente aquí. Su personalidad burbujeante y su entusiasmo por hablar con cualquiera la convertirán en la favorita de la familia. *Pero ¿y los niños?* Mi sonrisa se convierte en un ceño fruncido. *¿Jenna incluso quiere tener hijos?* Los recuerdos de nuestro tiempo juntos en Las Vegas me recuerdan que Jenna dijo que no creía que pudiera tener hijos debido a un útero anormal que descubrió al intentarlo con su exmarido. *Siempre podríamos adoptar.* Niego con la cabeza por adelantarme a los pensamientos de Jenna convirtiéndose en mía. Además, no me importa si Jenna quiere tener hijos o no.

Todo lo que quiero es a ella.

La vibración de mi celular me saca de mis pensamientos. Lo saco de mi bolsillo para ver a Philip llamando. Ignoro su llamada y la guardo en mi bolsillo, no queriendo hablar durante la cena familiar. No diez segundos después, Bridget está sacando su teléfono de su bolsillo y dándome una mirada cuestionable.

—Philip me está llamando. ¿Debería responder? —me pregunta, y niego con la cabeza, especialmente con mi madre fulminándonos con la mirada por siquiera voltear a ver nuestros teléfonos. Ella tiene una regla estricta de no usar el teléfono en las cenas familiares y trato de ser respetuoso con su pedido.

Pero luego recibo un mensaje de Philip, diciendo que es una emergencia y que necesito devolverle la llamada lo antes posible.

—Necesito tomar esta llamada. Parece que hay algún tipo de emergencia —le digo a mi familia antes de salir del comedor. Atravieso la sala de estar y me dirijo al estudio de mi padre. Estoy a punto de cerrar la puerta cuando veo a Bridget por el pasillo, viniendo hacia mí. Dejo la puerta entreabierta para ella e inmediatamente llamo a Philip.

—¿Qué ocurre? —Exijo cuando contesta. Philip nunca me había enviado un mensaje con una emergencia y mi corazón está acelerado con adrenalina. Mis pensamientos inmediatos van a Sean, preguntándome si está herido, pero no he recibido notificaciones de él ni de su familia.

—Espera mientras conecto con Thomas.

Antes de que pueda preguntar por qué, Phillip me pone en espera. El temor comienza a deslizarse por mis venas porque esta llamada solo puede ser sobre una persona: Jenna.

—Thomas, finalmente lo conseguí —Phillip anuncia, alertándome que están de vuelta en la línea—. Adelante, cuéntale lo que has descubierto.

—¿Le pasa algo a Jenna, Thomas? —Lo interrumpo, necesitando saber si ella está bien.

—Señor Harrington, ¿ha visto algún artículo sobre usted hoy?

—No, Thomas, trato de evitar cualquier noticia sobre mí —le digo secamente—. No respondiste mi pregunta sobre Jenna.

—La señorita Pruitt parece estar bien, señor.

—Entonces, ¿de qué se trata esto?

—Ha comenzado a circular un artículo sobre usted. Y, señor, parece estar cobrando fuerza.

—Está bien —respondo lentamente, todavía sin entender por qué Thomas está involucrado. No le doy mucha importancia a los tabloides con toda la información errónea que reportan, así que algo debe estar mal si tanto Philip como Thomas me están llamando por esto—. ¿Sobre qué es el artículo?

—El artículo trata sobre usted y su falta de participación en la vida de su hija.

Me detengo en seco, sin darme cuenta de que estaba paseando.

—¿Que acabas de decir?

Seguramente, no podría haberlo escuchado correctamente. *¿Una hija?*

—Sabes bien que no tengo hijos. Será mejor que alguien me explique qué diablos está pasando —gruño en voz baja y amenazante, sin creer lo que acabo de escuchar.

—¿Estás cerca de una computadora, Cal? —Philip pregunta y yo respondo que sí mientras doblo la esquina del escritorio de mi padre—. Acabo de enviarte por correo electrónico el enlace a uno de los artículos.

Me siento en su silla y empiezo a escribir la contraseña de mi padre que creé para él. Voy a Internet y registro en mi correo electrónico. Abro el correo electrónico de Philip y hago clic en el enlace. El enlace me lleva al National Mail, un sitio web de un tabloide británico, y el titular en letras grandes y en negrita dice—: **¡CAL HARRINGTON ES UN PAPÁ DESOBLIGADO!**

Qué. Mierda.

Me desplazo hacia abajo y mis ojos no se enfocan en el artículo o la foto mía, sino en la foto de Jenna cargando a una niña pequeña. Jenna le sonríe a la niña y estoy momentáneamente hipnotizado. Absorbo esa foto durante un minuto antes de hacer clic en ella para ver si puedo ver mejor a la niña. Hago zoom en su cara, pero es solo una vista lateral. Minimizo la foto y vuelvo al artículo. Me desplazo hacia abajo un poco más y ahí es cuando descubro otra foto en el artículo. Esta vez la niña se aferra al cuello de Jenna, su cara mirando directamente a la cámara. Hago clic en la foto y cuando se amplía en mi pantalla, contengo el aliento.

Ella se parece a mí.

—¿Es posible, Cal? —Philip debe haber escuchado mi jadeo y trato de concentrarme en su pregunta, pero mi mente está dando vueltas.

—Thomas, dime quién es —exijo porque mi instinto me dice que Thomas ha investigado un poco antes de alertar a Philip sobre el artículo.

—Los registros de nacimiento no son públicos en el estado de Illinois, Cal, así que no tengo todas las respuestas para ti. Llamé a la agencia de noticias donde se originó este artículo y no pude obtener mucha información. Lo único que mi fuente pudo decirme es que estas fotos fueron tomadas la semana pasada, y el fotógrafo y la fuente son anónimos. No revelaron de dónde obtuvieron la información. Estoy en Chicago y acabo de seguir a la señorita Pruitt. Dejó a la misma niña en este preescolar que está cerca de su apartamento. La niña parece tener alrededor de tres o cuatro años, lo que se acerca a la línea de tiempo de cuando estuviste con la señorita Pruitt en Las Vegas.

—¿Cómo sabemos esto? —Cuestiono mi mente en piloto automático mientras trato de digerir que Jenna tiene una hija.

Podría tener una hija.

—Lee el artículo, Cal —instruye Phillip en voz baja. Me desplazo hacia atrás hasta el comienzo del artículo y cierro los ojos, tratando de darme un momento antes de continuar.

—Cal, ¿está todo bien? —Oigo la voz de Bridget antes de abrir los ojos para reconocerla. Niego con la cabeza antes de que mi mirada vuelva al artículo.

¡Cal Harrington es un papá desobligado!

El caballero británico se niega a mantener a su propia hija.

Parece que El Caballero Británico no es tan caballeroso después de todo. Aparentemente, el actor de Hollywood es un padre que tiene una hija con la organizadora de eventos estadounidense Jenna Pruitt. Los dos se conocieron hace más de cuatro años en un viaje de negocios a Las Vegas, donde tuvieron una aventura. Según nuestra fuente anónima, Jenna descubrió que estaba embarazada tres meses después y cuando le contó la noticia al rompecorazones británico, él le dijo que no quería saber nada de ella ni del bebé.

—Cal Harrington no solo se negó a cuidar financieramente a su hija, sino que ni siquiera la ve —ha confirmado nuestra fuente.

La señorita Pruitt ha estado criando sola a su hija mientras es una de las organizadoras de eventos más buscadas en

Chicago. Entonces, ¿por qué esta noticia escandalosa de repente ve la luz del día ahora?

—Es hora de que el mundo sepa cómo es realmente Cal Harrington.

—¿Qué diablos es esto, Cal? ¡Esto no puede ser verdad! —Bridget susurra junto a mi oído. Ni siquiera me di cuenta de que caminó a mi alrededor para leer sobre mi hombro.

—No sé qué es esto, pero sí sé que nunca me dijeron que tenía una hija, ni jamás diría ninguna de esas cosas. —Estoy conmocionado y momentáneamente sin palabras porque no quiero creer que esto sea cierto.

Esto no puede ser verdad.

Jenna no me ocultaría algo tan grande. Ella no es mala ni confabuladora. Lo habría visto si lo fuera. Ella no es capaz de este tipo de engaño.

¿O lo es?

Todo mi mundo se sale de su eje y ni siquiera puedo pensar con claridad.

Mi hermana, al sentir mi desesperación y mi lucha por recuperar algún tipo de control, me quita el teléfono de la mano, lo coloca sobre el escritorio y presiona el botón del altavoz. —Philip, ¿qué hacemos? Estas son algunas acusaciones serias.

—Cal, ¿algo de esto puede ser verdad? —Philip vuelve a preguntar y empiezo a negar con la cabeza como si pudiera verme físicamente.

—Usamos protección todo el tiempo.

—Los condones se pueden romper, Cal.

—Lo sé, pero ella me dijo que no podía quedar embarazada. Algo sobre un útero anormal.

—Los milagros pueden suceder todos los días, Cal. Hay muchas mujeres a las que sus médicos les han dicho eso y luego quedan embarazadas —me informa Bridget con delicadeza.

—Creo que ella mintió. Lo inventó con la esperanza de que dejaras de usar condones para poder atraparte— concluye Philip, lo que hace que sacuda la cabeza de nuevo en negación. No puedo creer que Jenna mienta sobre eso. Me *niego* a creerlo.

—No, ella no me engañaría así.

—¡Cal, *por millonésima maldita vez,* apenas conocías a esta chica! —Philip se burla molesto, frustrado por tener que recordarme una vez más que en realidad no conozco a Jenna tan bien como creo. —No sabes qué motivos ocultos pudo haber tenido.

—Si eso es cierto, ¿por qué esperaría hasta ahora?

—O su negocio no es tan exitoso como parece y necesita dinero ó todo lo contrario. Su negocio es tan exitoso que ve esto como otra oportunidad de ganar más dinero al asociarse contigo. —Su razonamiento me enferma, especialmente porque son argumentos válidos sobre cuáles serían sus motivos para revelar esto ahora—. Estás en el apogeo de tu carrera, Cal. Ganas veinte millones de dólares por película. Esta sería la oportunidad perfecta para que se presente un escándalo como este.

—¡*No!* —grito, golpeando el escritorio con tal fuerza que todo traquetea. Me pongo de pie y empiezo a caminar de nuevo, negándome a creer que Jenna es capaz de lo que Philip está insinuando.

Aunque puede haber algo de verdad en sus palabras.

—¿Qué está pasando aquí? —pregunta mi padre desde la puerta. Miro hacia arriba para ver al resto de mi familia de pie detrás de él, la preocupación escrita en sus rostros. Bridget sacude la cabeza hacia él, dándoles una advertencia silenciosa para que se mantengan callados.

—¿Por qué no intentaría ponerse en contacto conmigo en privado? —pregunto, mi rayo de esperanza se desvanece a medida que pasa el tiempo.

—Porque obtendrá el resultado que espera si lo convierte en un escándalo público para ti. —Cierro los ojos mientras asimilo las palabras de Philip. La duda se desliza lentamente en mi cerebro como niebla, nublando mi juicio y dejándome frío por la amargura.

—Le sugiero que no responda a estas acusaciones todavía hasta que tengamos más hechos —aconseja Thomas, rompiendo su silencio. Asiento, porque la idea de hacer una declaración en este momento sin saber la verdad sería un error estúpido. Aprieto mis ojos para aclarar mis pensamientos y me obligo a pensar en un plan de juego.

—Estoy de acuerdo con Thomas. Guardémonos en silencio por ahora. Philip, necesito que me pongas en contacto con el mejor abogado de familia de Chicago esta *noche*. Asegura una llamada telefónica con ellos, no me importa qué hora de la noche sea. Debe hacerse dentro de las próximas dos horas.

—No hay problema, Cal. Conozco muchos abogados aquí en California que conocerían a alguien allí.

—Entonces necesito que me consigas un avión. Quiero estar en Chicago mañana y que este abogado se reúna conmigo de inmediato. Quiero que expongan todas mis opciones si una prueba de paternidad concluye que ella es mía.

—Thomas, ¿puede estar disponible para reunirse conmigo después de mi reunión con el abogado? —pregunto, cambiando el tema ahora a él.

—Absolutamente, solo hágame saber a qué hora es su reunión y estaré disponible.

—Excelente. Mientras tanto, siga a Jenna y obtenga tanta información como pueda. Quiero saber sobre todas las personas que están en su vida diaria y cuál es su rutina diaria.

—No hay problema, señor Harrington.

Cuelgo con Thomas y miro a mi familia aturdido por la confusión de cómo mi vida acaba de cambiar en un abrir y cerrar de ojos.

—¿Cuál es tu plan después de reunirte con Thomas, Cal? —Bridget pregunta suavemente.

—Es hora de encontrar a Jenna y saber la verdad.

Capítulo 4

Me froto los ojos con la palma de la mano, exhausto más allá de lo imaginable. Nunca se me dio bien dormir en los aviones, pero con todo lo que está pasando, pensé que sería buena idea intentarlo. Lástima que mi cerebro se niega a apagarse. Demasiada adrenalina corre a través de mí y, por una vez, deseé estar ya en Estados Unidos cuando estalló la noticia. Pero no lo estaba y aquí estamos, en un avión a Chicago. Abro la cortina de la ventana y miro hacia abajo para ver que finalmente hemos cruzado el Atlántico y sobre tierra. Es difícil distinguir en qué parte de los Estados Unidos estamos, pero no importa, ya que probablemente aterrizaremos pronto.

Me recuesto en mi asiento y suspiro, tratando de digerir cómo el curso de mi vida cambió enormemente en veinticuatro horas. David, el abogado que Philip me consiguió, sugirió que cuando me reúna con Jenna, pida voluntariamente primero una prueba de paternidad. Si ella se niega, iremos inmediatamente a la corte y solicitaremos que se ordene una. Si la prueba de paternidad sale positiva, debo llenar y presentar un reconocimiento voluntario de paternidad.

Si la prueba da positivo.

Si la prueba da negativo, entonces puedo emprender acciones legales contra Jenna o lavarme las manos para siempre e irme, lo cual no será difícil de hacer. Si ella está detrás de todo esto, entonces no hay forma de que sea la mujer que pensé que era.

La idea me pone completamente enfermo del estómago.

Thomas envió un correo electrónico con más información sobre el negocio de Jenna, que incluía enlaces de YouTube a sus segmentos de noticias. Pasé la mayor parte del viaje en avión hipnotizado por esos videos y viendo la progresión del embarazo de Jenna en la televisión. Su hermoso rostro se volvió más lleno, su ropa más holgada a medida que los segmentos avanzaban durante meses y finalmente, se escondía detrás de la mesa y los accesorios que traía para compartir.

Pero ¿por qué ocultó su embarazo? Y si el bebé es mío, ¿por qué me lo ocultó?

Su negocio está prosperando, y este tipo de publicidad solo hará que la gente se interese más por ella. La gente la fichará solo para decir que ficharon a la chica que estaba asociada con Cal Harrington. Cierro los ojos, aún sin querer creer la posibilidad de que Jenna esté siendo una oportunista. Mi instinto me dice que no puede ser cierto, pero ¿qué otra explicación podría haber? La Jenna que creía conocer nunca me ocultaría algo así.

Tantas malditas preguntas para las que necesito respuestas. Siento que estoy perdiendo el control y odio ese sentimiento. Siempre tengo el control de mi vida, mis circunstancias y mis situaciones. Tengo que estar en esta industria, pero esto me ha descarrilado por completo.

—¿Señor Harrington? —Abro los ojos para ver a una de las azafatas parada a mi lado. —Aterrizaremos en una hora. ¿Está bien si despierto a la señora Harrington?

Mi madre insistió en venir conmigo y se negó a aceptar un no por respuesta. Me alivia que ella esté aquí porque necesito a alguien que me ayude a mantener la cordura cuando vea a Jenna por primera vez.

—Sí, está bien —respondo y la veo caminar hacia la parte trasera del avión donde se encuentra el dormitorio. Decido ponerme de pie y utilizar el baño en la parte delantera del avión para lavarme la cara y cepillarme los dientes.

Cuando termino, salgo y encuentro a mi madre despierta y sentada mientras le sirven el té.

—Hola cariño, ¿dormiste algo? —pregunta antes de agradecer a la azafata. Pido una taza para mí antes de responderle.

—No, estaba investigando más. —Básicamente, acosar a Jenna durante la mayor parte del vuelo.

—Entonces, ¿cuál es el plan cuando aterricemos en Chicago?

Miro mi reloj y calculo el tiempo en mi cabeza.

—Con el cambio de hora, serán alrededor de las nueve de la mañana cuando aterricemos. Un conductor debería estar esperándonos y nos llevará directamente al hotel. Luego nos reuniremos con el abogado y Thomas. Después de eso, almorzaremos y luego nos dirigiremos a casa de Jenna.

—¿Has llamado a Jenna para avisarle que vas a venir? —Mi madre levanta una ceja hacia mí, sabiendo muy bien que no la he llamado personalmente.

—David ha estado intentando y me dijo que su línea telefónica está continuamente ocupada. —Mi abogado llamó a la línea comercial de Jenna para tratar de comunicarse con ella, pero el buzón no está activado o está descolgado.

—No creo que sea prudente que nos presentemos sin darle algún tipo de aviso adecuado.

—No me interesan especialmente los avisos de cortesía en este momento, madre. Estamos aquí por una razón y cuanto antes obtengamos respuestas, mejor. Además, no es culpa nuestra que no podamos localizarla.

—Cal —dice con su voz de advertencia—. Suenas como si estuvieras convencido de que Jenna es culpable. ¿Qué pasa si no lo es? ¿Qué vas a hacer?

—Madre, por favor. —Froto mis manos arriba y abajo de mi cara, mi cerebro y mi cuerpo están más que cansados por este torbellino—. No sé a quién o qué creer, pero en este momento la evidencia apunta a Jenna y, desafortunadamente, ella es la única que sabe la verdad.

—Está bien, hijo —dice mi madre en voz baja y ahora me siento como un idiota por ser severo con ella. La azafata me trae el café y nos sentamos en silencio hasta que no puedo soportar la culpa que me corroe por ser irritable con mi madre.

—Perdón por estar tan enojado, mamá. Esperemos y veamos qué sucede antes de tomar cualquier decisión. —Le ofrezco una pequeña sonrisa y soy recompensado con una propia.

—Estás bajo mucha presión, muchacho. No necesitas disculparte.

—Gracias por venir, mamá —le digo con sinceridad.

—No hay otro lugar en el que prefiera estar, especialmente si existe la posibilidad de conocer a otro de mis nietos.

Trago el resto de mi café y asiento, todavía sin querer creer la posibilidad de que haya tenido una hija de la que nunca supe.

Lo descubriremos pronto.

Cuarenta y cinco minutos después, aterrizamos sin problemas y nos llevan al Ritz Carlton en el centro de Chicago. Nos registramos en nuestra suite residencial y, en treinta minutos, llega David. Pre firmo algunos documentos y repasamos nuestra estrategia una vez más con respecto a Jenna.

—Llámame tan pronto como termines de reunirte con ella. Si eres el padre, tenemos que empezar a reclamar la paternidad.

Padre. Joder si esa palabra no me pone la piel de gallina. Le doy la mano mientras le agradezco y lo acompaño hasta la puerta. La próxima reunión es con Thomas y le pido a mi madre que ordene el almuerzo para todos al servicio de habitaciones.

Él me da una unidad USB de sus archivos sobre Jenna y continuamos nuestra conversación sobre ella durante el almuerzo.

—La historia está circulando, y los paparazzi ya han llegado en enjambres. Vas a necesitar a alguien en el interior. Confío en un tipo llamado Chase Wilson. Es uno de los mejores en el negocio, pero tiene conciencia. Aquí está su tarjeta. —Thomas me entrega la tarjeta de Chase y la miro brevemente antes de guardarla en mi bolsillo—. Recomiendo buscarlo en Google antes de llamarlo, para que conozcas su historia de fondo. En este momento, él será más adecuado para ti que yo.

—¿Por qué? —cuestiono, sin entender cómo los paparazzi son mejores que un investigador privado.

—Los paparazzi son como versiones más pequeñas de investigadores privados. Él la estará siguiendo a ella y a ti durante todas las horas para obtener las inyecciones de dinero. Le aconsejo que lo contrate para que siga a Jenna y que le informe lo que dicen y hacen sus compañeros.

—Me gusta la forma en que operas, Thomas —le digo con aprecio porque nunca había pensado en eso.

—A menos que me necesites para otra cosa, creo que mi trabajo aquí está hecho. ¿Cuándo se reunirá con la señorita Pruitt?

—Tan pronto como te vayas —confirmo, asintiendo hacia mi madre, quien me mira sorprendida.

—Entonces déjeme no hacerlo esperar. —Él deja la servilleta sobre la mesa y se levanta para irse. Le agradezco de nuevo y lo acompaño hasta la puerta. Tan pronto como se va, me doy la vuelta para mirar a mi madre.

—Voy a darme una ducha rápida. ¿Puedes estar lista para partir dentro de una hora?

—¿David se puso en contacto con ella?

—No, y no importa en este momento. Estamos aquí, sé dónde vive y vamos a ir. Así que por favor prepárate.

No le doy tiempo a mi madre para responder. Camino a mi habitación, cierro la puerta y me dirijo rápidamente a la ducha.

Es hora, Jenna.

Capítulo 5

2201.

Los números dorados adornan la puerta que está pintada de negro. Hay una pequeña mirilla que indica que los ocupantes del interior pueden ver quién está afuera. Parpadeo un par de veces ante los números, congelado porque todavía me cuesta entender por qué estoy aquí hoy. Hace un par de días, esperaba estar parado afuera de esta puerta, orando por una segunda oportunidad con la mujer que he estado extrañando, no parado aquí, a punto de ver si me ha estado escondiendo a mi propia hija.

Joder, ¿cómo es esta mi vida en este momento?

—¿Cal? —mi madre pregunta en voz baja. No sé por qué estoy retrasando lo inevitable. Tal vez porque no hay nada feliz en las circunstancias. O la niña es mía y se me ha ocultado todos estos años o no es mía y todo esto es un truco publicitario. De cualquier manera, me mintieron, y todas las señales apuntan a que Jenna es la culpable.

Me pone jodidamente furioso.

Cierro los ojos y trato de bajar el tono de mi ira. Necesitando terminar con esto, en silencio cuento hasta diez. Cuando termino, asiento en dirección a mi madre y luego llamo a la puerta.

Nadie responde de inmediato, pero podemos escuchar susurros al otro lado. Jenna sabe que soy yo quien está parada aquí porque tuvo que darle permiso al guardia de seguridad de la recepción para que nos dejara subir. La impaciencia asoma su fea cabeza y estoy a punto de tirar la mierda viviente por la puerta cuando finalmente se abre y un par de ojos color whisky, los mismos con los que he estado soñando, me miran fijamente.

Me la trago, sin importarme que vea mi mirada vagando desde su cabeza hasta los dedos de sus pies. Jenna se ve tan hermosa como siempre, incluso sin maquillaje y con el cabello recogido en una cola de caballo. Su cuerpo está envuelto en ropa deportiva y me doy cuenta de que parece más delgada que antes. Observo sus piernas, recordando brevemente un momento en que estaban envueltas alrededor de mis caderas solo con tacones altos mientras la embestía deliciosamente, los gritos de sus orgasmos resonaban en mi mente.

Joder, la he echado de menos.

—Hola, Jenna —murmuro, mi voz más ronca de lo que pretendo que sea. Verla por primera vez desde Las Vegas abre las compuertas de recuerdos de lo increíble que fue nuestro tiempo juntos. Sus ojos también me están evaluando y me pregunto brevemente si está recordando las mismas cosas que yo.

—Cal —asiente secamente, su voz y sus ojos fríos cuando finalmente se encuentran con los míos—. Qué amable de tu parte aparecer sin llamar.

Su comportamiento sarcástico borra nuestros recuerdos húmedos y mis defensas ahora están en alerta máxima. No estoy acostumbrado a esta versión de Jenna, y hace que mi presión arterial suba por la animosidad que irradia su mirada.

—Mi abogado trató de llamar a tu línea de trabajo, pero nadie respondió. —Coincido igualmente con su tono frío, diciéndome a mí mismo que estoy aquí por negocios porque seguro que esta no va a ser la reunión feliz que esperaba.

—Hemos sido bombardeados con llamadas de reporteros, por lo que esa línea va directamente al buzón de voz. Pero es bueno ver que finalmente estás haciendo el trabajo sucio al presentarte en persona.

Inmediatamente me sorprenden sus palabras. Frunzo el ceño confundido por su golpe, sin entender lo que quiere decir o por qué está tan enojada. Si alguien debería estar enojado, debería ser yo. Mis ojos se estrechan hacia ella, tratando de averiguar cuál es su juego, pero su atención ahora está dirigida a mi madre.

—Hola, soy Jenna. ¿Supongo que eres la madre de Cal?

—Oh, sí, Rosalind Harrington, pero por favor llámame, Rose —le responde a Jenna, extendiendo su mano para que se la estreche—. Gracias por aceptar vernos en tan poco tiempo, Jenna. He visto tantas fotos tuyas en los últimos dos días, y debo decir que eres aún más bonita en persona.

Por supuesto, mi madre la felicitaría, siendo la mujer británica adecuada que es. Pero he terminado con las cortesías. He terminado con cualquier juego y quiero las respuestas por las que vine aquí.

—¿Te estabas preguntando si ibas a tener noticias mías? Déjate de tonterías, Jenna, ¿cómo *no* podrías saber de mí? Esta historia está en todas partes, y el momento en que la plantaste es brillante. Traje a mi madre aquí para que sea testigo en la prueba de paternidad y luego nos iremos. Mi abogado se comunicará contigo una vez que tengamos los resultados.

Abre la boca y me mira como si la hubiera abofeteado físicamente.

—Disculpa, pero ¿acabas de acusarme de vender esta historia a los medios? —pregunta con incredulidad.

Si está actuando en este momento, es una jodidamente brillante actriz porque en realidad se ve sorprendida. *Mantente enfocado, Cal.*

—¡Maldita sea, lo estoy y no mientas sobre eso! Sé que a tu negocio le ha ido bien y que esta información puede poner a tu empresa en el centro de atención que has estado esperando.

—La rabia dentro de mí está aumentando y no puedo mantener mi disgusto por la situación enterrado por más tiempo—. Una semana juntos nunca sacó a relucir tu lado calculador, manipulador y de perra.

—¡Cal! No hay necesidad de ser grosero hasta que aclaremos los hechos —me reprende mi madre, mirando horrorizada por mi comportamiento, y una parte de mí está decepcionado conmigo mismo, pero no puedo retractarme de lo que acabo de decir. Su actitud hacia mí es insultante y me niego a que me engañen.

—¡Cómo te atreves! —Jenna me sisea, con los puños apretados a los costados. Sus ojos son salvajes, y parece que se está conteniendo de sacarme los ojos con las uñas. —¡Cómo te atreves a venir a mi casa, acusarme de mentir y sembrar esta historia para impulsar mi negocio! ¡Nunca usaría a un niño inocente así! A diferencia de ti, no quiero ser el centro de atención y nunca quise que la historia se hiciera pública. Una vez que te negaste a ser parte de su vida, terminé contigo y tus juegos. ¡No quería volver a escucharte o verte nunca más!

—¿De qué *mierda* estás hablando? —gruño de frustración, sin entender de qué diablos me está acusando—. Nunca supe de un bebé hasta que fuiste a los tabloides. ¡Nunca me negaría a ver a mi propio hijo!

—¡Mira quién miente ahora! —Ella grita en mi cara, dejándome sin palabras por su furia—. Qué conveniente que hayas olvidado el correo que me escribiste diciéndome que, si el bebé era tuyo, no tenías tiempo en tu vida para eso. Incluso copiaste a tu asistente en el correo.

—¿Valerie? ¿Cuándo hablaste con Valerie? —pregunto confundido, un nudo de inquietud formándose en la boca de mi estómago ante la mera mención de su nombre. Tenía que ser Valerie porque mi hermana no fue mi asistente durante mi tiempo con Jenna.

Algo se siente terriblemente mal acerca de esto si Valerie estuvo involucrada.

—¿Cuándo no hablé con Valerie? Siempre estaba hablando con Valerie porque tú nunca contestaste el teléfono. ¿Olvidaste que me dijiste que ella manejaba tus llamadas telefónicas cuando estás trabajando en el set? Cada vez que te llamé, ella descolgó el teléfono. Incluso comenzó a responder a mis correos electrónicos cuando dejaste de hacerlo. Fuiste demasiado cobarde para hablar conmigo —escupe con furia y me señala con el dedo en la cara—. ¡Nunca más, Cal! ¡Terminé con tus tonterías y mentiras! Puedes hablar con mis abogados.

Ella está a punto de cerrarme la puerta en la cara, pero rápidamente reacciono y coloco mi pie entre la puerta y el marco, impidiéndole cerrarla.

Siento que el color desaparece de mi rostro mientras sus palabras se hunden. *Valerie.* ¿Valerie estuvo involucrada en esto? Entonces, Jenna me llamó. Todo este tiempo pensé que Jenna nunca llamó. Escucho a mi madre jadear y la miro brevemente, sus ojos me dicen que está pensando lo mismo que yo. *Esa maldita perra. ¿Qué ha hecho?*

—Jenna, parece que hay un malentendido —es todo lo que puedo murmurar después de descubrir esta bola curva en una situación ya jodida.

—Apuesto a que ha habido un gran malentendido, y es que crees que puedes entrar en nuestras vidas cuatro años después solo porque la historia se ha hecho pública, ¡y ahora todos saben que eres un padre desobligado!

Me estremezco ante sus palabras, porque joder, duelen, pero veo el tormento en sus ojos. Veo la ira reprimida y el dolor que ha tenido que soportar por mi culpa, y sé que solo necesito dejarla tener un momento para sacarlo todo, aquí mismo, ahora mismo. No importa lo difícil que va a ser para mí escucharlo.

—No permitiré que me quites a mi hija. ¡Lo he estado haciendo muy bien sin ninguna ayuda! No quiero tu dinero ni a ti en nuestras vidas. Una cosa es no quererme, pero ¿no querer a tu propio hijo? ¿Y luego finalmente aparecer solo cuando la historia afectará tu carrera? *¡Eres repugnante!* —ella grita, sus ojos llenos de odio hacia mí—. Nunca me habría acostado contigo si hubiera sabido lo despreciable que eres. ¡Quiero que te largues de mi vida, maldito imbécil!

Su pecho está agitado y está aspirando aire como si ya no pudiera respirar, pero he dejado de prestarle atención. Una pequeña, diminuta mano aparece en el muslo de Jenna y eso es todo en lo que puedo concentrarme. No puedo apartar los ojos de esa pequeña mano hasta que veo los dedos de Jenna entrelazados con los de ella. Mi mirada viaja lentamente a un mentón pequeño, adorables labios carnosos rosados, hermoso cabello castaño y luego directamente a sus ojos.

Ojos azules, del mismo color que los míos, mirándome fijamente.

Mirando directamente a mi alma.

Contengo la respiración, mis ojos absorbiéndolo todo a la vez porque sé sin lugar a dudas que esta niña es mía.

Tengo una hija.

Una hija de cuatro años a la que acabo de conocer.

Capítulo 6

Cuatro Malditos. Años.

Mi hija está hipnotizada conmigo mientras yo estoy con ella y casi me olvido de respirar. Sus ojos están llenos de lágrimas como si estuviera a punto de llorar. Ella mira a Jenna, quien le da una sonrisa tranquilizadora. Vuelve su atención a mí, mirando brevemente a mi madre, su mirada se vuelve curiosa por saber quién soy, el extraño al que su madre le está gritando.

¿Puede ella entender lo que estamos diciendo? ¿Sabe que soy su padre? ¿Llama a alguien más papá? Mi corazón comienza a doler con ese pensamiento.

—Lo siento, Jenna, traté de mantenerla en su habitación, pero escuchó los gritos y se molestó. —Miro detrás de ella para ver a un hombre acercándose a nosotros. Lo reconozco por las fotos que Thomas me envió y lo identifico como el asistente de Jenna, Robert.

—Mami, tienes que prepararte para ir a nadar —le dice a Jenna y comienza a arrastrarla dentro del apartamento.

Su voz dulce y caprichosa es uno de los mejores sonidos que he escuchado en toda mi vida.

—Vamos a tomar té primero ya que te hace sentir mejor. —Ella deja de tirar de Jenna y coloca los puños en sus caderas. Ella me mira directamente y de repente sus ojos cambian. Sus ojos azules se vuelven tormentosos, me mira con enojo y grita—: ¡Deja de gritarle a mi mami, maldito imbécil!

Tengo que morderme el interior de la mejilla para no reírme a carcajadas de lo divertido que es escuchar a una niña de cuatro años tratando de insultarme. Miro a Jenna levantando una ceja burlona, que parece completamente mortificada mientras se tira del labio inferior y sacude la cabeza con

46

resignación. Nuestra hija es adorable y mi corazón sufre de necesidad. Quiero levantarla en mis brazos y abrazarla. Quiero decirle que *soy* un maldito imbécil por no saber que estaba viva. Quiero saber todo sobre ella. A qué huele. Lo que le gusta comer. Quiénes son sus amigos. Con lo que le gusta jugar.

Todo. Quiero saber todo.

—Avery —dice Jenna, arrodillándose a su nivel y mirándola a los ojos—. Mami no tuvo la intención de llamar a su amigo con esa mala que acabas de decir. Por favor, no repitas después de mí, ¿de acuerdo?

Avery. El nombre de mi hija es Avery. El nombre es hermoso, al igual que ella.

—¿Qué malas palabras, mami? —Avery le pregunta a su madre confundida. Claramente, Avery no entendió lo que dijo, pero veo la necesidad de Jenna de explicarse para no repetir esas palabras en público. Aunque sería brillantemente divertido si lo hiciera.

—Las malas palabras que mamá acaba de decir que tú repetiste —le dice Jenna suavemente, usando una voz tranquilizadora.

—¡Mami, no dije malas palabras! Lo estaba llamando por su nombre. Dijiste que su nombre era maldito imbécil —dice Avery con una sonrisa, como si estuviera orgullosa de sí misma por recordar mi nombre. Me río de su astucia y miro a mi madre, que se tapa la boca para tratar de sofocar su risa y falla.

—Ese no es realmente su nombre, Avery.

—¿Llamaste a tu amigo con una mala palabra, mami? —Avery susurra con una mirada de asombro en su rostro, sin creer que su madre pueda hacer algo mal.

—Sí. Mami estaba un poco molesta y no debería haber dicho esas malas palabras. Fue un accidente, y haré todo lo posible para no volver a hacerlo.

—Mami, tienes que decirle a tu amigo que lo sientes.

Miro a Jenna, que parece asqueada por la idea. No puedo evitar sonreírle, disfrutando completamente el hecho de que Jenna tendrá que tragarse sus propias palabras.

—Sí, Avery, mamá se disculpará con su amigo —dice Jenna con un suspiro de molestia. Se levanta a regañadientes, se da la vuelta y me mira con el ceño fruncido.

No puedo contener mi diversión ante la mirada de disgusto en su rostro por tener que disculparse conmigo.

—Cal, siento haberte llamado con esas malas palabras —murmura, sin siquiera mirarme a los ojos. Si esto fuera en cualquier otro momento, cualquier otro momento, la levantaría, la besaría hasta que me rogara por más. Pero en cambio, ella me odia, y de alguna manera tengo que llegar al fondo de esto, porque me he dado cuenta de que tener a Jenna odiándome es un sentimiento que no manejo bien.

—Disculpa aceptada —le digo a Jenna con una sonrisa. Me trago todo lo que quiero decirle porque ahora no es el momento. No delante de Avery. Miro a mi hija y decido arrodillarme para que estemos al mismo nivel. Es hora de que me presente, pero voy con precaución. Jenna y yo necesitamos planear juntos una estrategia sobre cómo vamos a revelar que soy su padre y que ahora mismo no es el momento. Entonces, en cambio, seguiré la idea de Jenna de que yo sea un nuevo amigo.

—Hola Avery, mi nombre es Cal, y esta es mi madre, Rose.

—¿Rose? ¡Ese es mi segundo nombre, me llamo Avery Rose Pruitt! —Ella anuncia con entusiasmo. Mi madre inhala profundamente y giro la cabeza y miro a Jenna sintiéndome bastante sorprendido, mis ojos le preguntan si su segundo nombre es en honor a mi madre. Ella asiente para confirmar, y me sorprende aún más que recuerde que se lo dije. Lo recuerdo vívidamente: estábamos recostados en los brazos del otro después de una noche llena de pasión. Eran las primeras horas de la mañana en nuestro último día juntos, y estábamos acumulando tanta información sobre entre nosotros como podíamos porque sabíamos que estábamos corriendo contra el reloj antes del vuelo de Jenna para ir a casa.

Poco sabíamos en qué dirección iban a ir nuestras vidas.

Parpadeo para recordar los recuerdos y vuelvo mi atención a mi hija.

—Tu nombre es hermoso, Avery. Vinimos desde Londres para jugar contigo.

—¿Londres? ¿Conoces a Wendy, John y Michael? Ellos viven en Londres. ¿Ves a Peter Pan volando a su casa? —nos interroga, y yo sonrío ante su rápido interrogatorio. Me encanta lo curiosa que es y el hecho de que adora a Peter Pan.

—Sí, Avery, lo sé todo sobre Peter Pan —responde mi madre por nosotros—. ¿Puedo acompañarte a tomar el té y contarte todo sobre ellos?

—Sí, sí puedes. ¡Mami, vamos! —ella chilla de emoción y continúa empujando a Jenna de regreso al apartamento.

—Avery, tu mami y Cal necesitan hablar sobre algunas cosas. ¿Te parece bien si me muestras tu habitación y tú y yo tomamos el té juntos? —Mamá mira a Jenna, quien asiente en señal de aprobación.

—Adelante, diviértete con Rose, Avery. Voló un largo camino solo para tener un tiempo a solas contigo. Mami estará en su oficina hablando con Cal. —Jenna me mira y yo asiento en confirmación. Me muero por escuchar lo que Valerie le dijo a Jenna porque estoy hirviendo por dentro y mi rabia apenas pende de un hilo. Todavía no entiendo cómo o por qué Valerie mantuvo a Jenna y a mi hija fuera de mi vida.

—Está bien, mami. ¡Vamos, Rose!

Avery agarra la mano de mi mamá para llevarla a su habitación y se detiene para presentarle a Robert.

—Tío Robert, esta es Rose. ¡Ella conoce a Peter Pan! —ella lo dice con entusiasmo—. Vamos Rose, vamos tío Robert, te jugaré una carrera.

Con eso se marcha hacia su habitación delante de ellos.

Jenna vuelve su atención hacia mí y nos evaluamos brevemente una vez más. Su mirada está llena de confusión y duda, y me mata. Ella me da una sonrisa cortés, se gira hacia su lado y me hace un gesto para que entre. Paso junto a ella hacia el pasillo de su apartamento. La oigo cerrar la puerta detrás de mí y entro más, observando mi entorno. Estoy un poco sorprendido por las increíbles vistas del lago Michigan y lo agradable que es este apartamento. Mientras admiro mi entorno, noto que Robert me mira fijamente.

—¿Y tú debes ser el asistente de Jenna, el famoso Robert? —Sonrío, extendiendo mi mano a modo de saludo.

Robert se sonroja y me devuelve la mano.

—¡Ese soy yo! ¿Puedo ofrecerle algo de beber o comer, señor Harrington? —él pregunta tímidamente, sin encontrar directamente mi mirada. Jenna me contó todo sobre Robert y cómo él fue su apoyo cuando estaba pasando por su divorcio. Al ver que todavía está aquí trabajando para ella, no tengo ninguna duda de que eso significa que él también ha sido una gran parte de la vida de Avery.

—Por favor llámame Cal y agua sería genial, gracias. —Me quito el abrigo y antes de que pueda dejarlo, Robert me lo quita y se retira a la cocina. Observo a Jenna seguirlo y siguen susurrando. Escucho la palabra enemigo salir de la boca de Jenna y tengo que reprimir mi molestia. Jenna pensando que yo no quería tener nada que ver con ella y Avery quiere decir que su odio por mí es profundo. Frunzo el ceño ante esto, decepcionado de que ella le creyera a Valerie, entonces, de nuevo, ¿qué otra opción tenía?

¿Cómo diablos voy a arreglar esto?

Escucho sus pasos venir hacia mí y regresa de la cocina con mi agua. Asiento agradeciendo antes de tomar un gran trago.

—¿Por qué no vamos a mi oficina? —ella pregunta y antes de que pueda decir algo, gira sobre sus talones y abre el camino. La sigo a una habitación con puertas francesas y una vez que estoy dentro, las cierra detrás de mí para tener privacidad.

—Este lugar es agradable. ¿Cuánto tiempo has vivido aquí? —pregunto, tratando de entablar una pequeña charla para ayudar a aliviar la tensión que está impregnando el aire.

—Diez años —responde mientras camina a mi alrededor. Me sorprende su respuesta porque el apartamento se ve nuevo y moderno—. Mi abuela me lo dejó.

Asiento en reconocimiento, observando en silencio su inquietud con mi presencia. Se frota las palmas de las manos contra las piernas y se niega a mirarme a los ojos. Pareciendo insegura de qué hacer consigo misma, me da la espalda y mira por la ventana.

—Entonces, ayúdame a entender cómo todo esto ha sido un gran malentendido.

Dejo las palabras flotando en el aire porque, por una vez, me quedo sin palabras y no sé cómo proceder. Cuando finalmente me mira por encima del hombro, paso mis manos por mi cabello y suspiro, tratando de averiguar por dónde empezar. Tomo otro sorbo de agua y empiezo nuestro viaje de regreso a través del carril de la memoria.

—¿Recuerdas la historia de cómo Valerie y yo nos conocimos? —Ella asiente ante mi pregunta, y continúo—: Realmente no pensé nada al respecto cuando me dijo que ella debería manejar mis llamadas telefónicas y correos electrónicos mientras estaba en el set. Hizo que pareciera que era algo profesional y que todos los asistentes lo hacían. Nunca me molesté en preguntar a mis compañeros actores si esto era normal, ni noté ninguna llamada o correo electrónico perdido. Avanzando rápido hasta cuando te conocí. Le dije que nos enviábamos correos electrónicos y que, con suerte, tú también llamarías pronto. Le dije que tú eras una prioridad en mi vida y, por favor, me avisara de saber si había correos electrónicos o llamadas que ella pudiera ver antes que yo. —Me mira y esta vez me mira a los ojos y puedo ver la batalla que está teniendo consigo misma para decidir si me cree—. Ella nunca en el pasado se mostró celosa de nadie, así que no tenía motivos para sospechar de ella. Le creí cuando me dijo que no me habías intentado contactarme, especialmente por lo reacia que estabas a mantenerte en contacto cuando nos separamos. Una vez pensé que la atrapé hablando contigo, pero ella lo negó, diciendo que me lo habría dicho si hubieras llamado. Luego, mi teléfono se rompió convenientemente y ella me consiguió un nuevo teléfono con otro número. Todos mis contactos estaban en el teléfono anterior, por lo que nuevamente no tenía motivos para sospechar. Ella dijo que mis correos habían sido pirateados, lo cual es muy común para las personas en mi industria. Le pedí que te enviara mi nueva dirección de correo electrónico y me dijo que lo hizo.

Hago una pausa por un momento, dejando que mis palabras penetren para que entienda que ella era una prioridad para mí y que le dejé en claro a Valerie que lo era.

—Cuando pasó el tiempo y no supe nada de ti, me resigné al hecho de que pensabas que debería haber sido una aventura y habías seguido adelante. Nuevamente, no tenía ninguna razón para pensar que algo andaba mal.

Camino hacia ella, me detengo justo a su lado y la miro. La observo tragar y parece incómoda con mi cercanía. Pero necesito estar cerca de ella para lo que voy a decirle a continuación.

—Para prepararme para una de mis películas, tenía que estar en cierta forma, así que el estudio contrató a un entrenador para mí. El entrenador resultó ser una mujer llamada Geri Roberts. Valerie estaba de vacaciones cuando tuve mi primer encuentro con Geri. Se había ido por una semana y no había conocido ni sabido de Geri. El único detalle que sabía era que iba a entrenar con un entrenador diferente al mío. Cuando Geri llamó para hablar conmigo, Valerie le dijo que le devolvería la llamada, pero nunca me dio el mensaje porque no tenía idea de la relevancia de Geri, solo que era una mujer de la que nunca había oído hablar. Esto continuó durante casi dos semanas. Geri finalmente se quejó con el estudio de que nunca le devolví las llamadas, cuando yo había estado esperando saber de ella. Pensé que Geri era poco profesional. Cuando me enteré de que Geri me había estado llamando todo el tiempo, interrogué a Valerie, quien a su vez me confesó que estaba enamorada de mí. La despedí y le impuse una orden de restricción. —Me detengo un momento y luego le digo—: Eso fue hace dos años.

Cierra los ojos y envuelve sus brazos alrededor de su cuerpo. Aprieto los puños con impotencia mientras observo la montaña rusa emocional en la que se encuentra actualmente mientras digiere esta información. Sé con cada fibra de mi ser que Jenna es inocente. Nadie puede fingir el dolor, la ira y la desconfianza que se reproducen como una película lenta en su rostro.

No puedo soportar verla en tal confusión y desesperación. Me muevo para pararme frente a ella y agarrar sus brazos. Ella inhala con mi toque y abre los ojos para mirarme. Miro fijamente esos orbes marrones, necesitando que ella vea que nunca supe de sus correos electrónicos o llamadas telefónicas.

—Jenna, tienes que creerme cuando te digo que no tenía idea de que todavía estabas tratando de contactarme.

—¿Entonces no fuiste tú quien escribió ese correo electrónico diciendo que no querías estar en la vida de Avery? —El escepticismo ata su voz y una parte de mí odia que todavía no me crea, pero si los papeles se invirtieran, probablemente sentiría lo mismo que ella.

—No, dejé de ver correos electrónicos tuyos antes de irme a Hong Kong.

—¿Qué? —ella jadea por la sorpresa—. Hubo más correos electrónicos después de eso. Ella debió haberlos eliminado antes de que iniciaras sesión para verlos y, obviamente, tu cuenta no fue pirateada en absoluto. Probablemente cambió la información de inicio de sesión para que no lo comprobaras por ti mismo.

Ella sacude la cabeza con incredulidad.

—Tengo cada correspondencia en un archivo que puedo darte si deseas leerlos.

Suelto sus brazos y, en cambio, paso mis manos por mi cabello, agarrándolo para tratar de mantener la compostura. No puedo soportar ver esos correos electrónicos en este momento. Eventualmente necesitaré verlos, pero en este momento mi enfoque es tratar de recuperar lentamente la confianza de Jenna.

—No necesito verlos. Te creo, Jenna. ¿Pero tú me crees? —Suelto mi cabello y la alcanzo de nuevo, pero me detengo—. Sé que no nos conocemos muy bien, pero tienes que creerme cuando digo que nunca los habría abandonado a ambas si hubiera sabido la verdad.

Ella no responde de inmediato y no puedo culparla. Todo este tiempo ella creyó que era yo quien no quería ser parte de su vida y saber ahora que todo era falso es mucho para asimilar. Sé que necesito darle tiempo para pensar en todo, pero me siento desesperado por que me crea.

—No sé qué creer, Cal —susurra, y odio esa maldita respuesta. Lo odio porque nunca debí dejar que esto suceda.

Nunca debí haber puesto toda mi confianza en Valerie. Debería haber luchado más para mantener mi relación con Jenna. Nunca debí haber escuchado a la gente cuando decían que tenía que dejarla ir y no tratar de encontrarla.

Todo esto es *mi* culpa.

Comienzo por caminar alrededor de su oficina, mi furia por la situación comienza a burbujear y desbordarse.

—¡No puedo creer esto! No puedo creer que haya tenido una hija durante los últimos cuatro años y no tenía idea al respecto. ¡Esa maldita perra intrigante! —escupo con incredulidad—. Tiene suerte de que ya tenga una orden de restricción en su contra.

Se me ocurre una idea y de repente dejo de caminar para mirar a Jenna. *Si Jenna nunca le contó a la prensa sobre Avery, ¿quién lo hizo?*

—¿Cómo se enteró la prensa de Avery si no les dijiste?

Se mira las manos y comienza a juguetear con las uñas, la inquietud se filtra en su voz.

—En pocas palabras, Layla se lo contó a la persona equivocada en el momento equivocado.

Layla es la mejor amiga de Jenna a quien conocí en Las Vegas. Por mi poca interacción con Layla, parecían ser tan cercanas como Sean y yo.

—¿Por qué Layla le diría a alguien?

Ella vuelve a mirarme y suspira—: ¿Acaso importa en este punto? Fue un accidente.

¿Un accidente? ¿Y eso que significa? Reflexiono sobre esta información y su gravedad.

—Entonces, si ella no le hubiera dicho accidentalmente a la persona que fue a la prensa, ¿todavía no sabría sobre Avery? —Ella me da una mirada que confirma que no estaría parado aquí hoy y mi mandíbula se aprieta con fuerza. Supongo que Layla debe haber estado borracha cuando reveló esa información porque nunca habría traicionado a Jenna yendo voluntariamente a la prensa.

La voz de Avery me saca de mis pensamientos y me doy vuelta para verla salir con mi madre de su habitación a través del vidrio de las puertas francesas. Observamos en silencio mientras le muestra a mi madre su carrito de compras de comida falsa y su pequeña cocina que está cerca de la cocina real. La mirada en el rostro de mi madre es pura alegría mientras se sienta y mira a su nueva nieta.

La culpa y el anhelo fluyen a través de mí. Vuelvo a mirar a Jenna con remordimiento.

—Lo siento, Jenna —le digo con pesar—. Lamento mucho todas las mentiras que te dijeron. Lamento no haber estado allí para ti cuando estabas sola lidiando con esto.

Sin pensarlo, la agarro en mis brazos y la aprieto contra mí. La abrazo con fuerza, esperando que pueda sentir cada emoción que irradia mi cuerpo. Arrepentimiento, pena. Inhalo su embriagador aroma y la abrazo con más fuerza porque se siente como estar en casa. Encaja perfectamente en mis brazos, y me hace darme cuenta de la batalla cuesta arriba que tengo que escalar para ganar su confianza y la de Avery.

—Por favor, suéltame —me suplica mientras la aprieta contra mi pecho. Sus manos están tratando de apartarme, pero mi agarre sobre ella es demasiado. Sé que ella es de otra persona en este momento, pero parece que no puedo dejarla ir.

Que la toques es lo último que ella quiere, me recuerdo y la suelto.

Me alejo de ella y me quejo—: Lo siento —a pesar de que no estoy jodidamente arrepentido por abrazarla.

Quiero abrazarla para siempre.

Ella trata de poner algo de distancia entre nosotros y se aclara la garganta.

—¿Cuándo quieres hacer la prueba de paternidad? —pregunta, cambiando de tema y sin reconocer en absoluto mi disculpa.

Sé que tendré que hacer una por motivos legales, pero para recuperar la confianza de Jenna, necesito que vea que confío en ella y le creo. Por ahora, le dejaré ver que los tribunales lo exigen y que no proviene de mí.

—No es necesario. Ella se parece a mí —le digo con una sonrisa y maldición si no me siento llena de orgullo por el hecho de que Avery se parece a una Harrington.

—Sí… se parece a ti —suspira Jenna, dándome una pequeña sonrisa.

Ese atisbo de sonrisa me recuerda el pasado, donde las risas eran contagiosas. Jenna también debe estar sintiendo nostalgia porque nos miramos fijamente, ambos atrapados en un tiempo lejano. Pero la realidad vuelve a mí y me doy cuenta de que se ha perdido mucho tiempo. Me perdí tanto de la vida de mi hija que ahora necesito ponerme al día. Parece que no puedo detener la ira que hierve a fuego lento como una bestia dentro de mí y está tomando toda mi fuerza de voluntad para controlarla mientras estoy frente a Jenna.

Me trago mis emociones y me aclaro la garganta.

—Me gustaría volver mañana con mi abogado para discutir aspectos legales. Necesito toda su información para poder agregarla a mi testamento y crear algunas cuentas bancarias para ella. También necesitamos discutir mis derechos de visita cuando me mude permanentemente a Chicago. —Mi mente está acelerada con todas las cosas que necesito hacer y casi pierdo la respiración brusca de Jenna.

—¿Espera, qué? ¿Te mudas a Chicago?

—Por supuesto que me voy a mudar a Chicago. Comenzaremos a filmar mi nueva película aquí en un par de semanas, así que estaré en un hotel al principio, pero luego encontraré una casa para comprar. —Ella me mira con tal sorpresa que me pregunto qué estaba esperando—. Aquí es donde vives. Nunca me imaginaría mudar a Avery cuando puedo ser flexible. Las visitas deben señalarse porque me gustaría que ella también visitara a mi familia en Inglaterra conmigo.

—Ella nunca ha viajado en un avión.

Su voz está llena de ansiedad y se frota la frente como si le doliera la cabeza.

—Todo esto va demasiado rápido. No puedo lidiar con esto ahora —dice y niega con la cabeza.

—Quiero una relación con mi hija, Jenna, y necesitaré tu ayuda con eso —le digo en un tono firme. Sé que es mucha información que manejar y confío en que Jenna no me negaría a mi hija, pero su respuesta a mi mudanza a Chicago me molesta.

—Estas cosas van a llevar tiempo, Cal. ¡Ella ni siquiera sabe que existes!

Entrecierro los ojos hacia ella, no me gusta su respuesta.

—¿Qué quieres decir? ¿Le dijiste que no tiene padre?

—Ella sabe que tiene un padre, pero no le dije quién era su padre. Todo lo que le dije es que su papá no vive con nosotros y trabaja todo el tiempo —explica y me siento aliviado de que le dijo un poco la verdad y no mintió.

—Bueno, gracias por no decirle que estaba muerto —le digo con una sonrisa tímida porque fácilmente podría haberlo hecho.

—No hay razón para mentirle. Sabía que algún día ella querría saber acerca de su verdadero padre.

—¿Actualmente tiene algún tipo de figura paterna? —le pregunto, enderezando mi columna vertebral como si eso fuera a protegerme de la respuesta que estoy temiendo escuchar de ella.

—Mi papá y Robert. Estoy saliendo con alguien, pero él no está presente mucho en su vida en este momento.

Gracias a Dios.

—Ah, sí, el jugador de hockey.

Asiente y está a punto de hablar, pero se distrae con la presencia de Robert fuera de las puertas de la oficina.

—¿Me disculpas por un momento, por favor? —pregunta, pero se va sin esperar una respuesta mía.

Cierro brevemente los ojos y respiro hondo para calmarme. Necesito llamar a Philip y averiguar qué se puede hacer con Valerie. La perra tiene que pagar y yo tengo que averiguar mi retribución. Abro los ojos cuando escucho los pasos de Jenna acercándose.

—Mi abogado puede reunirse mañana a las nueve. ¿Es demasiado temprano para ti y tu abogado?

—Eso debería funcionar —le digo y veo que su comportamiento ha cambiado a modo negocios de nuevo.

Creo que este es el momento perfecto para hacer nuestra salida. Necesito llamar a mi abogado y a Phillip.

—Tenemos que ponernos en marcha. Ah, y esta vez, necesitaré tu número de teléfono —solicito con una sonrisa llena de satisfacción. De ninguna manera la voy a dejar esta vez sin tenerlo. Ella frunce el ceño, pero asiente en acuerdo.

La sigo hasta la sala de estar donde recupera su teléfono del mostrador de la cocina e intercambiamos números. Una vez hecho esto, me dirijo a mi madre y le hago un gesto con la cabeza.

—Odio anunciar esto, pero es hora de que nos vayamos, Avery.

—Gracias por jugar conmigo, Rose. ¡Fue muy divertido! —Avery lanza sus bracitos alrededor de las piernas de mi madre y las aprieta. Ella responde arrodillándose y abrazando a Avery, con los ojos cerrados, pero con el rostro radiante de felicidad. El orgullo me llena con el dulce gesto de mi hija, y puedo ver que mi madre está tratando de mantener la compostura y no llorar frente a Avery.

—Muchas gracias por dejarme jugar contigo, Avery —ella le dice.

Me acerco a ellas y ayudo a mi madre a ponerse de pie. Para mi sorpresa, se acerca a Jenna y la abraza.

—¡Gracias! —La escucho susurrarle a Jenna, que se encuentra allí en un silencio incómodo. Cuando mi madre se aleja, Jenna asiente y parece que también está luchando por mantener sus emociones a raya. Sé que una vez que estas dos se conozcan, mi madre amará a Jenna como si fuera otra de sus hijas. Veo a mi madre mirar a Avery con añoranza y se me ocurre una idea.

—¿Estará bien si mi madre pasa tiempo con Avery mañana mientras tenemos nuestra reunión? —le pregunto a Jenna, mis ojos suplicándole que diga que sí. Mi madre mira a Jenna con esperanza mientras Avery salta de emoción, gritando su aprobación.

—Avery suele estar en la escuela para entonces —responde Jenna, pero puedo ver que está pensando. De repente mira a Robert, quien asiente como si hubiera leído su mente—. Pero como esta es una ocasión especial, puede quedarse en casa por la mañana para que pasen tiempo juntas.

—Muchas gracias —le digo con sinceridad, agradecido de que le esté dando a mi madre más tiempo con Avery. Todos caminamos hacia su puerta, y la abro con pavor, no queriendo irme, pero sabiendo que necesito hacerlo. Le hago un gesto a mi madre para que camine frente a mí y cuando cruzamos la puerta, me giro una vez más para mirar a Avery y luego a Jenna. Las miro brevemente mirándome y me recuerdo a mí mismo que esta será mi nueva normalidad.

—Hasta mañana. —Me despido con la cabeza y necesito cada onza de fuerza en mí para poner un pie delante del otro.

Capítulo 7

Esto se siente tan mal.

Dejar el apartamento de Jenna después de encontrarlas no está bien y agrego más combustible al fuego que se está acumulando dentro de mí. Nada de esto estaría pasando si me dijeran la verdad desde el primer día.

Camino hacia el elevador y una vez que lo alcanzo, pulso el botón de bajar. Al no poder quedarme quieto, empiezo a caminar mientras esperamos. Mi madre permanece en silencio, pero me mira con preocupación. Ella sabe que soy como un volcán a punto de estallar.

El timbre del ascensor nos alerta de su llegada y entramos cuando se abren las puertas. Tan pronto como cierran, no puedo contenerme más.

—¡*Mierda*! —Rujo antes de girarme hacia la pared y patear los paneles de madera—. ¡Joder, joder, joder!

Pateo la pared con más fuerza, el agujero que se ha formado se hace más grande con cada patada.

—¡Cal, por favor, detente! —Mi madre suplica y me detengo lo suficiente para que ella me abrace, sosteniéndome tan fuerte como puede. Me obligo a calmarme y trato de tomar respiraciones profundas para recuperar la compostura. Antes de que esté listo, hemos llegado al vestíbulo del edificio y las puertas del ascensor se abren. Como necesito salir del espacio confinado, ni siquiera me molesto en mirar el daño y, en su lugar, me dirijo directamente a la recepción para informarlo.

—Mi nombre es Cal Harrington y he dañado su ascensor —le digo al conserje de recepción sin rodeos y sin ningún saludo. Saco mi tarjeta del bolsillo de mi abrigo y se la entrego—

. Este es el número de teléfono de mi asistente. Hágale saber cuánto cuestan las reparaciones y yo lo pagaré.

—Sé quién es usted, señor, y si este comportamiento vuelve a ocurrir, se le prohibirá ingresar al edificio. ¿Lo entiende? —Apenas me mira mientras toma el teléfono y marca lo que supongo que es el departamento de mantenimiento.

—Entendido —le asiento, gustándome el hecho de que no está aceptando mi mierda solo porque soy una celebridad.

Doy la vuelta y camino hacia la entrada principal, mi madre me sigue. Tan pronto como salimos, caminamos hacia nuestro carro que nos espera. Le abro la puerta a mi madre, mi ira se calma lo suficiente como para recordar mis modales. Cierro la puerta una vez que ella está adentro y me muevo por la parte trasera del carro hacia mi lado, donde el conductor mantiene la puerta abierta para mí. Entro y una vez que cierra la puerta, miro por la ventana. No puedo manejar una pequeña charla en este momento y mi madre debe sentirlo porque me da unos cinco minutos de silencio antes de hablar.

—Habla conmigo, Cal. —Su suave voz atraviesa mis pensamientos, pero mis ojos permanecen fijos en el mundo exterior mientras pasa.

—Todo este tiempo. Todo este maldito tiempo han estado aquí sin mí. —Niego con la cabeza porque simplemente no tengo las palabras para expresar lo perdido que me siento acerca de todo.

—Siento muchísimo que te haya pasado esto, Cal. —Se acerca y agarra mi mano, dándole un apretón de ánimo—. Tienes todo el derecho de estar enojado, pero ahora que sabes la verdad, necesitas reagruparte y concentrarte en el futuro. Tienes muchas decisiones que tomar.

—La única decisión que debo tomar en este momento es cómo voy a hacer que mi exasistente pague por lo que hizo.

Todo lo demás está decidido. Me mudaré a Chicago y seré parte de la vida de mi hija. No se necesita discusión sobre eso.

—La venganza no te va a quitar el pasado y el tiempo que has perdido con tu hija. Deja eso, Cal. Tienes que poner toda tu energía en recuperar la confianza de Jenna. Tú y Jenna deben tener una relación amistosa para ser padres compartidos sin problemas.

—Oh, planeo tener algo más que una relación amistosa con Jenna, madre.

—Cal... —me advierte, pero antes de que pueda continuar, suena mi teléfono celular. Lo saco del bolsillo de mi abrigo, con la esperanza de que sea Jenna, pero me decepciona ver que es Philip.

—¡Puedes hablar porque el suspenso me está matando!

—Valerie —escupo con disgusto—. Valerie fue la mente maestra detrás de todo esto. Ella borró mis correos electrónicos, nunca me dijo cuándo llamó Jenna y cuando Jenna le dijo que estaba embarazada, Valerie se hizo pasar por mí en un correo electrónico y le dijo a Jenna que no quería tener nada que ver con el bebé.

—¡Cállate la boca! —Philip dice con asombro—. ¿En serio?

—Cuando ella dijo que mi cuenta de correo electrónico fue pirateada y que accidentalmente rompió mi teléfono y me consiguió un número nuevo... todo fue mentira para que Jenna ya no tuviera forma de contactarme.

—¿Pero no tenías la dirección de correo de Jenna en una tarjeta? —pregunta Philip.

—Sí, pero aparentemente Jenna cambió su dirección de correo electrónico cuando pensó que no quería estar en sus vidas.

—Vaya, Cal, estoy en estado de shock ahora mismo —murmura Philip—. Simplemente no puedo superar lo perra loca que es Valerie.

—Ella tiene que pagar por esto, Phillip.

—¿Qué quieres decir? No vamos a matar a nadie por esto, Cal —él dice con una risa nerviosa.

—Quiero arruinarla por lo que me ha hecho a mí... *a nosotros.*

—Cal —comienza mi madre, pero levanto mi dedo para indicarle que se detenga para poder terminar mi llamada telefónica.

—A menos que haya pruebas concretas que demuestren que ella está detrás de esto, no hay nada que Ahora podemos hacerlo, Cal.

—Jenna ha guardado todos los correos electrónicos.

—Sí, pero Valerie no va a admitir que se estaba haciendo pasar por ti. Son rumores.

—Ella tiene que pagar, joder, Philip —grito al teléfono, sin importarme lo loco que pueda parecerle a mi madre o al conductor.

—Cal, entiendo que estés herido y molesto, pero escúchame... no vale la pena arruinar tu carrera por ella. Ya ni siquiera trabaja en la industria. Está casada con un rico productor italiano que tiene conexiones con la mafia. Ella no vale tu tiempo.

—Philip... necesito que se haga algo —exijo en un tono letal.

Deja escapar un largo suspiro y me lo imagino pasándose las manos por el cabello.

—Déjame pensar, Cal. En este momento, lo único que se me ocurre es obtener una orden de restricción permanente, pero incluso eso podría ser difícil sin pruebas.

—Averígualo y llámame mañana. —Cuelgo después de despedirme y vuelvo mi atención a la ventana.

—La venganza no es la respuesta, Cal. Por favor, te ruego que dejes pasar esto —suplica mi madre, con un matiz de preocupación en su voz. La miro brevemente antes de que se me ocurra una idea.

—Marco —llamo al conductor, quien me mira por el espejo retrovisor—. ¿Puedes llevarnos a la juguetería más cercana?

Marco asiente y redirige su navegación.

Me giro hacia mi madre y la miro.

—No quiero hablar más de Valerie esta noche, madre. ¿Puedes hacer eso por mí, por favor? —Ella asiente e ignoro la mirada de decepción en sus ojos—. Nos dirigimos a la tienda de juguetes donde recogeremos regalos para Avery para llevárselos mañana. Necesito tu experiencia sobre qué elegir.

Ella me da una pequeña sonrisa y niega con la cabeza.

—Bien, pero recuerda no comprar toda la tienda. El apartamento de Jenna ya está bastante lleno con todos los juguetes de Avery.

—Sí, también tendremos que remediarlo en el futuro.

Mi madre entrecierra y me mira.

—¿Qué quieres decir con eso?

—Jenna necesita una casa más grande. —Me encojo de hombros, tratando de parecer inocente, pero mi madre ve a través de mí.

—Escúchame, Cal. Por lo que vi hoy, Jenna no es una tímida dócil que te dejará entrar en su vida y tomar el control por ella. Es una mujer independiente que ha sido madre soltera estos últimos cuatro años y le va bien sola. —Aprieto la mandíbula, sintiendo que mi presión arterial aumenta ante el recordatorio.

—Jenna no es de tu propiedad ni te concierne. Ella no va a aceptar que tomes decisiones tanto por ella como por Avery.

—Ella es la madre de mi hija. Por supuesto que ella va a ser mi preocupación.

—No dudo que quieras lo mejor para Jenna, especialmente porque si ella es feliz, entonces Avery será feliz. Pero hijo, es posible que no seas la mejor opción para Jenna.

Levanto mis ojos a los de ella y la miro fijamente.

—¿Que se supone que significa eso?

—Ella ya está en una relación, Cal. Una en la que no necesitas que te entrometas porque sientes que sabes lo que es mejor —me regaña, lanzándome una mirada de complicidad.

—No planeo entrometerme en su relación, madre, aunque sé que soy el mejor para ella. Jenna llegará a esa conclusión por su cuenta. —No seré un tercero en la relación de alguien, pero estoy seguro de que todavía hay química entre nosotros. Solo tengo que encontrar una manera para que Jenna se dé cuenta de eso—. Confía en mí, madre. Jenna será mía. Puede tomar tiempo, pero ella lo será.

—¿Ah, de verdad? No lo hará si sigues sonando como un gilipollas arrogante como lo haces ahora. —Deja que sus palabras cuelguen en el aire unos segundos antes de soltar un suspiro y agarrar mi mano—. Si bien nada me gustaría más que verte feliz y tranquilo, te ruego que andes con cuidado, Cal. Ella ha pasado por mucho y va a empeorar. Ella no ha vivido tu estilo de vida y lo que es estar en el ojo público. No sabe cómo manejar a los paparazzi y ahora tiene que compartir a su hija con alguien que es un completo extraño.

Estoy a punto de comentar que no soy un extraño, pero mi madre no quiere nada de eso.

—Eres un completo extraño, Cal, y debes darte cuenta de eso. —Corta su mano en el aire, haciéndome callar—. Le tomará mucho tiempo confiar en ti como persona y como padre de Avery. Sé que te gusta tener el control de todo, pero, por favor, Cal, sé lento y cauteloso con Jenna. Esta debe ser una asociación con una comunicación abierta entre los dos. No queriendo manejar todo.

Absorbo las palabras de mi madre, sabiendo que hay mucha verdad en lo que dice.

—Haré lo mejor que pueda, madre. —Suspiro profundamente, cierro los ojos y apoyo la cabeza en el reposacabezas—. Todo lo que quiero es arreglar todo y seguir adelante.

—Sé que eso quieres, pero esta es una situación delicada. No hay nada que arreglar, solo necesitas mostrarles el verdadero Cal y ser el mejor padre para Avery que puedas ser. Y olvida la venganza, Cal. —Abro los ojos y solo la miro. Estoy demasiado cansado para discutir con ella en este momento, ya que el agotamiento finalmente se está asentando por la falta de sueño y las emociones del día.

Nos detenemos en la acera frente a la tienda de juguetes. Ambos nos sentamos y lo miramos por un momento, ninguno de nosotros intenta salir del carro.

—Tal vez esto no es una buena idea —murmuro, sin saber qué demonios estoy haciendo—. Después de todo, no tengo idea de lo que le gusta.

—Bueno, sabemos que le gusta Peter Pan y las fiestas de té, así que eso es un comienzo. —Mi madre me da palmaditas en la mano para animarme—. Vamos, hijo. Esta es la parte cuando las abuelas saben mejor. Solo sígueme y dame tu tarjeta de crédito cuando esté lista.

Me guiña un ojo y me río, agradecido de que mi madre esté aquí conmigo.

Un cálido sentimiento de felicidad lentamente comienza a invadirme ante la idea de ver a mi hija mañana y su hermosa sonrisa mientras abre su primer regalo.

El primer regalo de parte de su padre.

Capítulo 8

Me invade una sensación de déjà vu cuando nos acercamos a la puerta de Jenna a la mañana siguiente. Estamos llegando antes de lo esperado para nuestra reunión con los abogados, pero quería llevarles el desayuno y darle a Avery sus juguetes que compramos. Con las manos llenas cargando bolsas, mi madre llama a la puerta.

Unos momentos después, Jenna la abre con una mirada de sorpresa en su rostro.

—Oh, lo siento, no te esperaba tan pronto. —Su cabello y maquillaje están listos, pero aún no está vestida y estoy paralizado, viendo sus manos agarrando las solapas de su bata de satén azul, con cuidado de no revelar nada. Pero sé exactamente cómo se ve su cuerpo y mi mente inmediatamente visualiza lo que hay debajo. Recuerdo pasar mis manos sobre su cuerpo suave y sedoso, salivando sobre sus curvas que están en los lugares correctos. Lamo mis labios recordando cómo sus rosados pezones en esas deliciosas tetas se fruncían bajo mis dedos. Recordando sus pequeños y dulces gemidos cada vez que la besaba hace que mi pene se endurezca instantáneamente.

Me muevo incómodamente sobre mis pies y me obligo a concentrarme en su rostro y no en el recuerdo de su cuerpo.

—Lamento no haberte avisado, pero queríamos sorprenderlas a ambas con sorpresas.

—¿Sorpresas? ¿Qué sorpresas? —La voz de Avery viene detrás de Jenna, el golpeteo de sus pies resonando en los pisos de madera.

—Buenos días, Avery.

Saludo a mi hija con una gran sonrisa. Jenna nos indica que entremos y entramos al apartamento.

—¿Te gusta el chocolate caliente? —pregunto.

Avery me da una sonrisa descarada, revelando pequeños hoyuelos en esas mejillas que solo quiero besar.

—¡Sí! —Sus ojos se iluminan y se pone de puntillas mientras responde.

—¿También te gustan las donas de fresa?

—Esas son mis favoritas —susurra asombrada, y me complace saber que compartimos la misma debilidad por los sabores de las donas.

—Cualquier cosa con azúcar es tu favorita —responde Jenna con una sonrisa.

—Entonces tengo el desayuno perfecto para ti —le digo con un guiño. Dejo las bolsas que sostenía en la encimera de la cocina mientras mi madre deja las bebidas que lleva y saca la caja de donas de una de las bolsas.

—Pero ya he desayunado —anuncia Avery y mira a su madre con el ceño fruncido. Sus labios comienzan a temblar en un puchero, y ya puedo predecir que no tendré fuerza de voluntad para decirle a esta niña que no por lo que quiera. Miro a Jenna en busca de ayuda y ella se ríe de mi impotencia.

—Puedes tomar dos desayunos por hoy, Avery. Pero sólo por esta vez. —Jenna tiene que gritar por encima del grito de alegría de Avery.

—Gracias —le digo suavemente a Jenna—. Y si la memoria no me falla, ¿sigues bebiendo un café con crema de avellana por las mañanas?

La observo tragar y asentir lentamente.

—Estás en lo correcto. Gracias. —Ella me da una sonrisa vacilante antes de alcanzar el café que le compré. Nuestros dedos se tocan cuando le entrego la bebida y me encanta el lindo rubor que tiñe sus mejillas.

—Esto… si me disculpas por un momento, voy a terminar de arreglarme —dice, sin mirarme a los ojos. Se gira y

71

le pregunta a Robert—: ¿Te importaría entretener a nuestros invitados con Avery?

—Sólo si se me permite comer una dona —responde Robert, y le entrego la caja para que elija una.

—Gracias —ella le dice, y la veo entrar en su dormitorio. Se da la vuelta y me mira brevemente a los ojos antes de cerrar la puerta. Miro fijamente esa puerta por un momento más, con la esperanza de que pronto no habrá más barreras entre nosotros. Vuelvo a concentrar mi atención en Avery, pero no antes de atrapar a Robert mirándome con un brillo travieso en sus ojos y una sonrisa de complicidad en su rostro.

—Avery, ¿quién es ese en tu pijama? —le pregunto justo cuando le da un gran mordisco a su dona.

—*Cenichienta* —murmura, mientras una gran gota de dulzura de fresa cae de su boca y cae sobre su plato.

—Avery, sabes que tu madre siempre te dice que no hables con comida en la boca —le advierte Robert, dándome una mirada de complicidad.

—¿Es Cenicienta tu princesa favorita? —Mi madre le pregunta cuándo ha terminado de masticar.

—Sí. Y Jasmine, y Ariel, y Merida. —Se detiene a pensar si ha dejado a alguien fuera—. Y Olaf.

Todos nos reímos de su respuesta, y hago una nota mental para preguntarle a Jenna si Avery ya ha estado en Disney World. Sería el primer viaje juntos, con suerte como familia. Sería perfecto.

Mi madre le pregunta cortésmente a Robert sobre sus antecedentes mientras vemos comer a Avery. Mientras lo escucho recordar cómo llegó a trabajar para Jenna, mi teléfono vibra en mi bolsillo. Lo saco para ver que me perdí la llamada de Bridget.

—Robert, ¿hay alguna habitación en la que pueda atender una llamada?

—Puedes usar la oficina de Jenna. —Él asiente hacia las puertas francesas, y le doy un pulgar hacia arriba antes de disculparme. Una vez dentro, cierro las puertas y llamo a mi hermana.

—Pude coordinar que el avión de mamá y el tuyo salieran a la misma hora, así que no llegues tarde —anuncia tan pronto como la saludo.

—¿Mi avión? No voy a volver a Londres.

—No jodas, vas a Los Ángeles para los Oscar.

—Joder —gruño, olvidando por completo que soy presentador este año.

—¿Puedes decirle a Philip…?

—Cien por ciento no, ¡no le diré a Philip que no irás! —Bridget interrumpe, leyendo mi mente completamente sobre lo que le iba a pedir que hiciera—. Sabes que esto es un gran asunto para que te presentes, hagas entrevistas previas para tu próxima película y presentes.

Ella está en lo correcto. Se verá mal si me retracto, sin mencionar que Philip y el estudio estarían furiosos. Una semana lejos de mis chicas no parece mucho, pero va a ser una tortura, especialmente con la batalla cuesta arriba que tengo que pelear para ganarme la confianza de Jenna.

—Bien —suspiro con resolución—. ¿A qué hora?

—Ambos salen a las ocho de la noche en el mismo hub privado donde aterrizaste antes. Ya le envié a Marco tu información.

—Gracias, Bridget.

—¿Qué tal te va?

—Más o menos. Estoy en casa de Jenna ahora mismo y estamos a punto de irnos a la oficina del abogado.

—¿Avery ya lo sabe? —Bridget pregunta con esperanza en su voz.

—No, y no hemos hablado de cuándo se lo diremos. Por ahora, ella piensa que soy un amigo de la familia.

—Qué pena.

—Sólo han pasado veinticuatro horas, Bridget. Estas cosas toman tiempo.

Me río de su impaciencia porque siento exactamente lo mismo, pero sé que es mejor decirle a Avery cuando sea el momento adecuado.

—Escucha, tengo que irme —le digo cuando veo a Jenna a través de las ventanas de las puertas francesas—. Te llamaré más tarde.

Termino la llamada y salgo de la oficina. Me detengo en seco al verla y gimo por dentro. Ella tiene toda esa vibra de sexy profesional vestida con una blusa de seda blanca, una falda lápiz gris que se moldea a esas caderas y tacones negros. Mi mente evoca todas las pequeñas cosas sucias que podría hacerle mientras está vestida así. Mi pene se revuelve y ya puedo decir que va a tomar cada gramo de fuerza para mantener mis manos quietas.

—¡Mami, te ves linda! —Avery le dice y no podría estar más de acuerdo. Sintiendo mi intensa mirada sobre ella, Jenna me mira y un rubor regresa a sus mejillas. Rápidamente aparta la mirada y se aclara la garganta.

Todavía la afecto como ella me afecta a mí, pienso y sonrío.

—Gracias cariño. Ahora, Avery, necesito que te comportes y escuches a Robert y Rose mientras mami no está, ¿de acuerdo?

—Sí, mami, seré tan buena que querrás comprarme un regalo.

Jenna le sonríe a Avery y se inclina para darle un abrazo y un beso.

—Quizás lo haga. Ya veremos.

—Jenna, reorganicé tu horario hoy para que no tengas nada planeado hasta las cinco —menciona Robert cuando le entrega las gafas de sol y la abraza para despedirse.

—¿Por qué tendría algo planeado a las cinco? —ella le pregunta con una mirada confundida en su rostro.

—Peinado y maquillaje para la gala benéfica de los Blackhawks.

Los Blackhawks son el equipo de hockey local, lo que significa que Jenna estará con su novio esta noche. Mi sonrisa se tambalea y estoy completamente irritado porque no estaré cerca para evitar que ella lo vea.

—¡Oh mierda! Lo olvidé —chilla con una mirada culpable en su rostro.

—Está bien, Jenna. Te tengo cubierta. Ve a concentrarte en tu reunión —le dice.

—¿Tengo un carro esperándonos si estás lista para irnos? —Interrumpo su conversación, queriendo que olvide el tema de Jax Morrow y se concentre en la tarea que tiene entre manos.

Nos despedimos y nos dirigimos al ascensor en silencio. Una vez que llega y entramos, me doy cuenta de que ella se para lo más lejos posible de mí. Sonrío mientras presiono el botón del vestíbulo y me pregunto si recuerda la última vez que estuvimos solos en un ascensor juntos. Sé que no puedo detenerme en esos recuerdos, de lo contrario, estaré duro como una roca y me cuadraré, así que en su lugar le cuento sobre el acto de circo que actualmente nos espera afuera.

—Solo para advertirte, hay muchos paparazzi abajo. En cuanto se abran las puertas del ascensor, ponte las gafas de sol. Sígueme hasta el carro y no les digas nada. ¿Entendido?

—¡Muero de ganas! —responde sarcásticamente y busca en su bolso para agarrar sus lentes de sol.

Aborrezco este aspecto de la fama y me siento culpable por traer esto a su vida, pero desafortunadamente, viene con el territorio. Hago todo lo posible por no llamar la atención sobre mí mismo fuera de mi carrera, pero este escándalo fue la excusa perfecta para que los paparazzi de todo el mundo aparecieran en Chicago. Algunos de estos tipos ganarán millones de dólares con la foto perfecta de nosotros. No entiendo muy bien la necesidad insaciable de chismes de celebridades, pero es una industria de miles de millones de dólares.

Las puertas se abren y la escucho jadear en estado de shock al ver cerca de veinte lentes de cámara apuntando en nuestra dirección. Tengo muchas ganas de agarrar su mano, pero eso solo agregará más especulaciones al chisme.

El clic de las cámaras y las preguntas nos llegan una vez que salimos de la comodidad de su edificio. Rápidamente nos dirigimos a mi carro estacionado y no creo que tomemos un respiro hasta que estemos seguros adentro. Veo a Jenna darse la vuelta para mirar detrás de nosotros y está paralizada por todos ellos esparciéndose como hormigas para saltar a sus carros y taxis para seguirnos.

—Jenna —digo con voz severa y su mirada vuelve a mí, pero no antes de ver el miedo en sus ojos—. Necesito que le digas al conductor la dirección de adónde vamos.

—Sí, lo siento, eso sería realmente útil, ¿no? —se ríe nerviosamente y le da a Marco la dirección de la oficina de su abogado. Comienza a alejarse, pero pronto los paparazzi nos alcanzan en sus propios carros.

—¿Cómo te acostumbras a esto? —me pregunta con una mirada aturdida en su rostro.

—Se apagará, Jenna. A estos tíos no les gusta estar afuera cuando hace frío —yo le digo, con la esperanza de que mi respuesta la haga sentir mejor, pero en lugar de eso, se ve aún más confundida.

—El invierno no es hasta dentro de un par de meses, ¿se quedarán aquí todo el tiempo?

Mierda, tal vez no debería haberle dicho eso.

—Temo que sí. Siempre mantén la cabeza baja, déjalos que hagan su toma y no les digas nada. —Ella asiente y se gira para seguir mirando por la ventana. No creo que mi respuesta haya sido de su agrado, pero tampoco quiero mentirle. Quiero que esté completamente preparada durante los momentos en que no pueda estar cerca y protegerla.

Nos detenemos frente al edificio de su abogado y nuestro carro es inmediatamente acorralado por paparazzi.

—Jenna, déjame salir primero y luego sales de mi lado para que pueda ayudarte a navegar a través de ellos, ¿de acuerdo? —Ella me hace una seña mientras salgo del carro.

Sonrío y los saludo para desviar la atención de Jenna hacia mí. Me doy la vuelta y extiendo mi mano para ayudar a Jenna a salir del carro. Tan pronto como sale, suelta mi mano y la conduzco delante de mí colocando mi mano en la parte baja de su espalda. Llegamos a las puertas que la seguridad mantiene abiertas para nosotros y procedemos a ser recibidos por nuestros abogados que nos esperan para escoltarnos escaleras arriba. Intercambiamos presentaciones y los seguimos hasta la sala de reuniones para iniciar los procedimientos para hacer que Avery sea oficialmente mía.

Capítulo 9

—¿Por qué vamos a casa de Jenna otra vez? ¿Está todo bien con ella y Avery? —Mi madre pregunta con preocupación después de escucharme decirle a Marco que haga un desvío a la casa de Jenna antes de ir al aeropuerto.

—Quiero asegurarme de que está bien después de nuestra reunión con los abogados esta mañana.

No esperaba que nuestro encuentro fuera emotivo para Jenna, pero resulta que lo fue. Empezó bien al principio. Firmó los trámites para la declaración voluntaria de paternidad. Luego elaboramos una declaración conjunta para enviar a la prensa pidiéndoles que respeten nuestra privacidad mientras lidiamos con esta situación como familia. Acordamos que Jenna debería tener la custodia física principal de Avery, pero compartiremos la custodia legal conjunta para que yo pueda participar en todas las decisiones que la afecten. Cuando la discusión se centró en compartir las vacaciones, su comportamiento comenzó a cambiar. Sonreía menos y era más ágil.

—¿Por qué ella no estaría bien? Dijiste que hoy fue bien.

—Creo que sí, pero parecía enfadarse cuando empezamos a hablar de dinero.

—¿Ella sintió que lo que estabas ofreciendo era demasiado bajo? —pregunta mi madre, perpleja.

—Por el contrario, sintió que era demasiado alto.

Jenna se mantuvo firme en no aceptar mi pensión alimenticia, argumentando que se las arregla bien sola y que no quiere ni necesita mi dinero. Su abogado tuvo que sacarla del lugar para tratar de convencerla de lo contrario. Cuando regresaron, ella todavía rechazó mi oferta y, en cambio, aceptó de mala gana que pagara retroactivamente sus gastos durante los últimos cuatro años después de presentar los recibos. Tengo la sensación de que Jenna planea convenientemente no entregar nada.

Cuando mi madre me lanza una mirada inquisitiva, sigo explicando.

—Básicamente rechazó la pensión alimenticia y cree que la cantidad de dinero que quiero pagar por la manutención de mi hija es enorme. Cuando descubrió cuánto dinero Avery va a recibir cuando cumpla veinticinco años, se puso furiosa y dijo que nuestra hija no se convertirá en una consentida niña rica que no conoce el valor del dinero.

—Eso hace que Jenna me guste aún más —comenta mi madre con una sonrisa.

Asiento porque Jenna es extraordinaria. No podría haber elegido a una mejor mujer y modelo a seguir para ser la madre de mi hija.

—Ella es especial, mamá, pero también muy terca. —Sonrío al recordar sus ojos brillando de ira hacia mí. Era jodidamente sexy y quería sacar esa ira de ella. Aunque no disfruto que esté enojada conmigo, al menos fue por el bien de nuestra hija.

—Bueno, eso explica por qué estaba un poco distante, pero ¿sabe siquiera que nos detendremos de nuevo?

—No, porque si le hubiera preguntado, habría dicho que no. —Le doy una sonrisa juvenil, una que sé que normalmente derrite su corazón.

—Calvin —me regaña usando mi nombre completo—. Esto no es una buena idea.

—¿Por qué no? —pregunto con fingida inocencia—. Me preocupa su bienestar y solo quiero ver cómo está.

El automóvil convenientemente se detiene frente al edificio de Jenna exactamente al mismo tiempo.

—Ya estamos aquí y no nos llevará mucho tiempo. Además, ¿no quieres recibir otro abrazo de despedida de tu nieta? —Le doy una sonrisa victoriosa porque, por supuesto, ella no va a decir que no a eso.

—Bien —gime ella, alcanzando ya la manija de la puerta—. Pero debemos ser rápidos al respecto. No quiero entrometerme en la privacidad de Jenna.

Le digo a Marco que se quede aquí ya que no tardaremos mucho, salimos del carro y entramos al edificio. Nos dirigimos a la recepción para registrarnos donde un hombre alto con cabello rubio nos está esperando de espaldas a nosotros. Cuando nos acercamos, el conserje nos ve y asiente mientras habla por teléfono—: Tengo a Cal Harrington y Jax Morrow aquí para la señorita Pruitt.

Me giro para mirar al hombre rubio que está parado a mi lado, su expresión refleja mi sorpresa mientras nos miramos fijamente. Me olvidé por completo de la conversación entre Robert y Jenna sobre que ella lo vería esta noche y, especialmente, no sabía a qué hora. Sabía que Jax Morrow era guapo por las fotos que me había enviado Thomas, pero me cabrea que se vea mejor en persona. No esperaba conocerlo tan rápido. De hecho, esperaba no encontrarme con él en absoluto. Mi estado de ánimo inmediatamente se oscurece al darme cuenta de que tendré que verlo interactuar con Avery y, lo que es peor, verlo poner sus manos sobre Jenna.

—Ambos son libres de subir después de registrarse.

Nos turnamos para registrarnos y él se nos adelanta para el ascensor. Lo observo caminar rápidamente hacia adelante y me doy cuenta de que es tan alto como yo, pero de constitución más delgada. Nos detenemos a su lado para esperar el ascensor y el aire está cargado de tensión. Decide romper el hielo volteándose hacia nosotros y presentándose.

—Soy Jax Morrow, el novio de Jenna.

Aprieto la mandíbula ante sus palabras y me doy cuenta de que extiende la mano para que mi madre se la estreche, pero solo asiente en mi dirección.

—Soy Cal Harrington y esta es mi madre, Rose.

Las puertas del ascensor se abren y entramos juntos. Presiona el botón del piso de Jenna y luego dirige su atención a mi madre.

—Ah, es la abuela de Avery —él dice en dirección a mi madre con una sonrisa en su rostro—. Avery es una niña maravillosa. Disfruto cada momento que paso con ella. ¿Cuánto tiempo estarás en la ciudad?

Veo el juego que este hombre está empezando a jugar, y me dan ganas de darle un puñetazo en la puta cara. Aunque su pregunta estaba dirigida a mi madre, yo respondo por ella.

—Mi madre se va esta noche para regresar a Londres, pero me mudaré aquí de forma permanente lo antes posible.

Su sonrisa vacila, pero rápidamente enmascara su sorpresa.

—Qué maravilloso por Avery —responde con falso entusiasmo y no dice nada más.

Mi madre decide llenar el incómodo silencio haciendo preguntas sobre de dónde es Jax y a qué se dedica. Responde a sus preguntas cortésmente mientras salimos del ascensor y caminamos por el pasillo hasta la puerta de Jenna. No contribuyo a la conversación porque todo lo que él le está diciendo son cosas que ya sabía y, sinceramente... Me importa un carajo este tipo y lo prefiero fuera de nuestras vidas.

Desafortunadamente, nada de eso depende de mí.

Robert nos da la bienvenida al apartamento de Jenna y la primera persona que ve Avery es Jax. Ella grita su nombre y corre hacia sus brazos abiertos. Observo con celos cómo levanta a mi hija, la sostiene en alto y luego procede a darle un fuerte abrazo antes de sostenerla en su cadera. Mi ira hierve porque todavía no estoy lo suficientemente cerca de ella para obtener la misma reacción de ella y no puedo ocultar mi odio por él en este momento.

—¡Cal y Rose, han vuelto! —Nos saluda con la mano, pero permanece en sus brazos. Estoy a punto de separarla de él cuando el sitio de Jenna capta toda mi atención.

Ella aparece desde su habitación con un vestido de cóctel largo, azul oscuro, de encaje con pedrería que abraza sus caderas y corpiño con un escote en V que muestra la parte superior de sus gloriosas tetas. Su cabello está recogido en un caprichoso moño bajo en la base de su cuello con mechones de cabello rizados alrededor de su rostro. Lleva mucho maquillaje incluso pestañas postizas, pero con un lápiz de labios nude que quiero quitar con un beso. Se ve impresionante, momentáneamente dejándome sin palabras con su belleza. Ella me da una sonrisa vacilante y asiente en mi dirección, pero se queda clavada en su lugar, aparentemente indecisa sobre a quién debería acudir primero.

Me acerco más al pasillo para acercarme a ella cuando noto por el rabillo del ojo un movimiento que proviene del dormitorio de Avery. Giro a mi derecha para ver a Layla, la mejor amiga de Jenna, saliendo de la habitación, con una expresión cansada en su rostro mientras me reconoce.

—Es bueno verte de nuevo, Layla. ¿Puedo presentarte a mi madre? —Hago las presentaciones y trato de saludar a Layla con un abrazo, pero ella me lo impide.

—Lo siento, Cal, pero he odiado tus entrañas estos últimos cuatro años y realmente no sé cómo me siento al verte. Sin ofender, señora Harrington —ella dice, dándole a mi mamá una sonrisa genuina, pero para mí, una que es un poco más reservada.

—Parece ser el consenso en este lugar —bromeo y miro en dirección a Jenna para verla sonreír ante mi respuesta.

—Bueno, ¿puedes culparnos? —Layla exige y niego con la cabeza hacia ella porque sus sentimientos eran cien por ciento válidos.

—No, y aunque estoy seguro de que en ese momento pensaste que era devastador, te estaré eternamente agradecido por contarle a quien le hayas contado sobre Avery. —A pesar de sus sentimientos hacia mí, la agarro y le doy un fuerte abrazo, aunque ella no me lo devuelve.

Me gusta creer que me habría enterado de Avery por Thomas, pero ¿y si nunca lo hubiera contratado? Si no fuera por Layla, me habrían ocultado la verdad debajo del paraguas de mentiras que se tejieron. Quise decir lo que dije sobre mi gratitud hacia ella. Ella me da una sonrisa incómoda cuando la dejo ir y solo me da una palmadita en el brazo, su incomodidad con la situación claramente a la vista.

—Vaya, Avery, mira a tu mami. ¿No se ve hermosa? —La declaración de Jax desvía mi atención y veo a Jenna sonreírle. Su sonrisa es un puñetazo en mis entrañas porque así es exactamente como quiero que me mire.

Jax lleva a Avery hacia Jenna y la envuelven en un abrazo grupal. Se ven como una familia feliz perfecta y cuando él le susurra algo al oído y la besa en los labios, mi visión se vuelve roja. Siento la mano de mi madre en mi brazo y me aprieta. La miro y sus ojos me ruegan que no haga nada. Asiento y mentalmente cuento hasta diez. No dañaré físicamente a Jax Morrow, pero con gusto lo venceré en su juego mental.

Jenna es la primera en alejarse, mirándome con una sonrisa incómoda.

—¿Todos han sido presentados? —pregunta, mirando alrededor de la habitación a cada uno de nosotros.

—Sí, subimos en el ascensor y Jax se nos presentó entonces —respondo, y luego procedo deliberadamente a follarla con los ojos de tal manera que veo que el agarre de Jax se aprieta alrededor de su cintura. No importa si él está aquí o no, la forma en que se ve Jenna esta noche tendría la misma reacción en mí. La observo tragar y arrastrarse sobre sus pies, y sé que podía sentir el calor de mi mirada. Quiero a Jenna y con mucho gusto dejaré al mundo entero saber mis intenciones para ella.

—Sí, pero no esperaba que me presentaran al señor Harrington esta noche. ¡Mejor ahora que nunca! —Jax declara con la más falsa de las sonrisas. Hubiera preferido nunca, y apuesto a que él siente lo mismo.

—Es mi culpa por esta visita sorpresa. Nos vamos esta noche y solo quería despedirme de Avery una vez más —dice mi madre mientras da un paso adelante. La miro sorprendida porque no tenía que decir eso ya que fue mi idea visitarla en primer lugar.

—¿Te vas esta noche? —Jenna me mira buscando una explicación.

—Mi madre necesita regresar a Londres y yo tengo que estar en Los Ángeles esta semana por negocios. Volveré el próximo lunes para discutir nuestro futuro— le digo con una sonrisa coqueta, ignorando a Jax cuando se aclara la garganta. Los ojos de Jenna se agrandan y mira a Robert, que tiene una sonrisa de comemierda en su rostro.

—¿Volveré a verte, Rose? —Avery pregunta y me duele el corazón cuando veo la expresión de mi hija cuando mira a mi madre.

—Eso espero, Avery. ¿Quizás este verano? —Veo a Jenna tensarse ante las palabras de mi madre, y niego ligeramente con la cabeza, mis ojos le dicen que mi madre no dirá nada en voz alta sobre nuestro acuerdo de que Avery pase los veranos en Inglaterra.

—Oh mami, ¿podemos? —Avery pregunta con entusiasmo y Jenna le da una sonrisa vacilante.

—Ya veremos, Avery. Mami tiene que irse. Dame un abrazo y un beso. —Jenna la toma de los brazos de Jax y le da un abrazo y un beso. Avery comienza a enojarse con la idea de que Jenna se vaya y comienza a rogarle que no se vaya. Doy un paso hacia ella, pero Layla se me adelanta y toma a Avery de Jenna y comienza a jugar con ella como una distracción.

Veo a Jenna abrazar a todos para despedirse, incluso a mi madre, y yo soy su último obstáculo antes de que pueda llegar a la puerta. Rápidamente miro hacia arriba para ver a Jax despidiéndose de Robert y hacer mi movimiento. Me inclino y rápidamente beso a Jenna en la mejilla antes de acercarme a su oído.

—Te ves hermosa —le susurro bruscamente, haciendo que Jenna se estremezca.

Da un paso atrás y me recompensa con una mirada sexy que me hace reír.

—Te llamaré cuando regrese —le digo lo suficientemente alto para que Jax me escuche, quien ahora está a su lado disparándome dagas con los ojos. Extiendo mi mano para que me la estreche, lo cual hace y aprieta tan fuerte como puede. Si Jenna no estuviera cerca, probablemente intentaría romperme todos los huesos de la mano.

—Encantado de conocerte, Cal. Te veré cuando regreses —dice Jax con una sonrisa babosa, y le pido a Dios que nunca vuelva a ver a este bastardo.

Asiento y me obligo a no darme la vuelta y verlos salir por la puerta. Oigo el clic de la puerta detrás de mí y sé que se han ido.

—Oooh wee, estaba haciendo calor aquí —bromea Robert mientras camina a mi lado. Le lanzo una mirada de advertencia, que solo lo hace reír. Robert se siente lo suficientemente cómodo conmigo como para bromear y despierta un pensamiento. Voy a necesitar ayuda cuando se trate de Avery y Jenna, y Robert es el mejor hombre para ese trabajo.

—Robert, creo que deberíamos intercambiar números para casos de emergencia. —Saco mi teléfono celular de mi bolsillo y levanto una ceja cuando él solo me mira.

—E…está bien —tartamudea y mira a Layla en busca de ayuda, quien responde encogiéndose de hombros.

—Tú también, Layla —le pido y aunque sé que Layla no será tan útil como Robert, sigue siendo una buena idea tener el de ella también. Espero resistencia, pero me sorprende dándomelo sin dudarlo.

—Avery, tenemos que irnos, pero te prometo que hablaré contigo todos los días mientras no esté. —Me arrodillo frente a ella y para mi deleite, lanza sus brazos alrededor de mi cuello y me da un abrazo. Aspiro su dulce aroma y me doy cuenta de que su cabello huele a durazno, igual que el de su madre.

—Cuídate y diviértete, Cal —me dice y me río porque es algo muy extraño para que lo diga una niña de cuatro años.

—¿Es eso lo que te dice tu madre? —pregunto.

Ella asiente y sonríe—: Todos los días antes de que me deja en la escuela, pero siempre vuelve a buscarme. ¿Volverás, Cal?

La pregunta me destripa, especialmente al ver la preocupación en sus pequeños ojos azules. Le digo sin convicción—: Siempre volveré, Avery.

***

—Estás callado, ¿en qué estás pensando? —pregunta mi madre, rompiendo nuestro cómodo silencio durante nuestro viaje al aeropuerto.

—Solo estoy elaborando estrategias sobre mi tiempo aquí.

—Espero que eso no incluya cómo romper su relación.

Sus comentarios me hacen mirarla con una mirada inquisitiva.

—Tu comportamiento allá arriba fue incorregible. Déjame recordarte una vez más que su relación no es asunto tuyo, Cal —ella me regaña, conociéndome lo suficientemente bien como para ver a través de mi mierda.

—Por supuesto que es asunto mío, madre. Cualquier persona en la vida de mi hija es asunto mío.

—Cal, no hagas nada estúpido que haga que Jenna siga odiándote. Ella tiene años de ira reprimida hacia ti. Tienes que andar con cuidado y ajustar tu vida a la de ellas.

—No tengo intención de romper su relación si eso es lo que estás insinuando. Ella lo hará sola cuando se dé cuenta de que él no es el hombre adecuado.

Ella levanta los brazos y resopla—: ¡Qué arrogante de tu parte! Ni siquiera sabes si eres el hombre adecuado para ella. Apenas la conoces.

—Creo firmemente que hay una razón por la que estamos aquí ahora, todos estos años después. Hay una razón por la que no he dejado de pensar en ella desde el día que la conocí. Hay una razón por la cual la química entre nosotros sigue siendo eléctrica. Así que sí, madre, soy el hombre adecuado para ella. Soy de ella y ella es jodidamente mía —gruño, cansado de este tema y de por qué la gente cuestiona mis sentimientos. Nunca me he sentido tan seguro; esto fuertemente sobre alguien en mi vida entera.

—¡Pero no lo es, Cal! —dice en voz alta, con los ojos brillantes de ira—. Cal, debes aceptar la posibilidad de que Jenna no sienta lo mismo que tú. Ella podría estar enamorada de su novio. Tiene más historia con él que contigo. Fuiste una aventura de una semana que terminó en mentiras y un bebé que pasó los últimos cuatro años criando sola.

—Eso no fue mi culpa —rugo, todavía furioso por el hecho de que alguien jodió mi vida y me negó los primeros años de formación de mi hija.

—Lo entiendo, pero no puedes intervenir y tomar decisiones por ellas.

—Madre —suspiro con frustración, no queriendo faltarle el respeto, pero también queriendo terminar esta conversación—. Necesito que confíes en mí, por favor. Dame seis meses para demostrar que estás equivocada.

—Esto no es un juego, Cal. Espero que me demuestres que estoy equivocada. No quiero nada más que verte feliz con la mujer que amas y si esa mujer resulta ser la madre de tu hija, que mejor que eso. Te estoy pidiendo que no seas el otro hombre en esa relación. Te estoy pidiendo que te pongas en el lugar de otra persona y veas las cosas desde el punto de vista de Jenna. Te pido que vayas despacio con Jenna y Avery porque esto va a ser un gran ajuste para ambas.

—Lo haré, madre —le aseguro.

—Y te pido que te prepares en caso de que no seas el hombre para Jenna. Ser buenos padres compartidos debería ser la prioridad número uno, Cal, así que, si ella te rechaza, no se lo reproches.

Esa ni siquiera es una opción para mí, así que la tranquilizo con un rápido—: Sí, mamá. —Ella pone los ojos en blanco, sabiendo mis payasadas y se sienta en su asiento.

Jax Morrow podría ser mi obstáculo actual, pero no tengo dudas de que Jenna es mi futuro.

Ahora es solo cuestión de tiempo, y algo de trabajo de mi parte, para mostrarle a Jenna que se nos ha dado una segunda oportunidad.

Capítulo 10

Tengo que salir de aquí.

Miro mi reloj para ver que todavía me quedan otras dos horas antes de poder partir y abordar mi avión de regreso a Chicago. Ha sido una larga semana de hacer prensa y tener reuniones y, sinceramente, mi mente no ha estado en eso. Por lo general, me encanta hablar sobre mis próximas películas y reunirme con directores para posibles proyectos futuros, pero me di cuenta de que el único lugar en el que quiero estar ahora es volver con mis chicas, aclimatarme a sus vidas y viceversa.

He hablado con Avery varias veces desde que estuve fuera, cada vez me dolía el corazón cuando era hora de colgar con ella. Puedo decir que está empezando a acostumbrarse a hablar conmigo, cada conversación se vuelve más fácil y menos incómoda, lo que me da la esperanza de que la transición de pasar tiempo a solas conmigo se sienta natural para ella.

Jenna, por otro lado, es una historia diferente. Cada vez que trato de entablar una conversación con ella, se apresura a colgar el teléfono o rápidamente le pasa el teléfono a Avery. Es obvio que le tomará mucho más tiempo acostumbrarse a mí que a nuestra hija. Empecé a enviar más mensajes de texto a Robert, con la esperanza de que pueda darme una idea de cómo comprender mejor a Jenna y aprender formas de apoyarla cuando rechaza mi ayuda. Me doy cuenta de que duda en hablar conmigo, como si estuviera traicionando a Jenna, pero creo que una vez que vea que mis intenciones son buenas, aceptará.

—Cal, ¿me escuchaste?

Miro a mi publicista y le doy una sonrisa de disculpa.

—Lo siento, Liz. ¿Puedes repetir lo que dijiste?

—Tú y Cora saldrán del carro al mismo tiempo y se tomarán fotos juntos y luego por separado.

—¿Por qué tenemos que tomarnos fotos juntos? —Cuestiono, no queriendo poner más especulaciones de las que ya existen sobre que somos una pareja.

—¿Qué pasa, Cal? ¿Estoy obstaculizando tu estilo? —Cora se ríe en broma, pero estoy bastante seguro de que puede sentir el cambio en mí. Había olvidado por completo que acepté asistir a los Oscar con ella, porque ha pasado casi un año desde que Philip mencionó el tema y me pidió que asistiera. En ese entonces no me lo pensé dos veces en que Cora me acompañara porque como amiga me ha acompañado a muchos estrenos y eventos. Pero Cora ha cambiado y me estoy dando cuenta de que la amistad siempre ha sido unilateral. Necesito proteger a mi hija de la fealdad de Hollywood y eso puede incluir incluso a Cora.

No me molesto en responder la pregunta de Cora y, en su lugar, le doy una sonrisa rápida antes de volver mi atención a Liz, quien no oculta que no soporta a Cora. Ella procede a darnos nuestras instrucciones sobre los eventos de esta noche y me dice a qué hora debo dejar mi asiento para ir detrás del escenario para estar en la fila de presentadores.

—Una vez que haya terminado de presentar, mézclate un poco detrás del escenario, tómate fotos con cualquier otro actor que esté allí y luego regresa a tu asiento.

—No regresaré una vez que termine de presentar. Tengo un avión listo para llevarme de regreso a Chicago esta noche— le digo a Liz, quien rápidamente saca su teléfono y comienza a enviar mensajes de texto a alguien.

—¿Qué? —Cora pregunta, con una mirada de sorpresa en su rostro—. ¿Desde cuándo pasó esto? No puedes simplemente dejarme, Cal.

—Estarás bien, Cora. Estoy seguro de que Liz puede hacer arreglos para que algún tipo guapo sea mi relleno de asiento.

Liz pone los ojos en blanco mientras Cora niega con la cabeza.

—Bueno, es una mierda de tu parte informarnos ahora —dice Cora, su voz mezclada con irritación—. ¿Por qué necesitas volver a Chicago tan rápido de todos modos? Pensé que tu nueva película aún no había comenzado la preproducción.

La miro fijamente, preguntándome si realmente se ha olvidado por completo de mi hija o simplemente no le importa una mierda.

Mi conjetura es lo último teniendo en cuenta que no me ha preguntado ni una vez sobre Avery.

—Quiero volver con mi hija, Cora. Tengo mucho que ponerme al día con ella.

—Tienes toda una vida con ella, Cal. Los Oscar son una rara oportunidad si no te invitan constantemente.

Aprieto la mandíbula y le doy una mirada asesina por su insensibilidad. Esto siempre ha sido lo más importante para Cora. No amistades, no amor, sino fama, poder y dinero. Es una de las mujeres más bellas del mundo y podría tener una vida tan increíble con Sean si tan solo le abriera los ojos y el corazón, pero en cambio está llena de malicia. Tiene un chip gigante en su hombro y cree que el mundo le debe su infancia de mierda, pero, aun así, no da nada a cambio.

Me alivia ver que nos detengamos en el Teatro Dolby y entramos en la línea de recepción. El aire en la limusina se ha vuelto hostil y no quiero nada más que largarme de aquí.

—Prefiero pasar cada momento despierto con mi hija que un minuto en un lugar con falsos cabrones que fingen ser mis amigos, pero solo me quieren por mi nombre y lo que puedo conseguirles. —Levanto mi barbilla hacia Cora y sin esperar su respuesta, abro la puerta y salgo del carro.

***

Ocho horas después, estoy parado frente a la puerta de Jenna, lleno de adrenalina para ver a mis chicas. Estoy a punto de llamar a la puerta Luego, la puerta se abre y Jenna comienza a salir, pero grita, sin anticipar ver a nadie en su puerta.

—*¡Ah!* —Ella coloca una mano sobre su corazón y agarra la puerta—. ¡Me asustaste!

Me acerco para estabilizarla y estoy a punto de preguntarle si está bien cuando la voz de Avery me interrumpe.

—¡Cal! —grita de emoción mientras pasa corriendo junto a su madre y salta a mis brazos que la esperan. Le doy un abrazo e inhalo su delicioso aroma. Me deja abrazarla por unos segundos antes de retirarse y darme una de sus hermosas sonrisas, haciendo que mi corazón se vuelva macilla en sus manos.

Joder si este no es el mejor sentimiento del mundo.

Miro a Jenna para verla mirándonos con asombro y me da la oportunidad de verla. Está vestida con ropa deportiva nuevamente y debo decir que Jenna con ropa deportiva es tan sexy como Jenna con un vestido formal. Borro mis pensamientos lascivos y me recuerdo a mí mismo que debo comportarme.

—Siento haberte asustado, Jenna. Seguridad me dejó entrar y tú abriste la puerta antes de que pudiera tocar.

—Sí, te puse a ti y a Jax en mi lista. —Odio escuchar que ese bastardo tiene acceso cuando quiera, pero probablemente fue justo que ella pusiera los nombres de ambos en la lista. Ella sacude un poco la cabeza, pero luego me mira confundida—.

Espera, ¿cómo estás aquí? Te acabamos de ver en la televisión anoche en Los Ángeles.

Me río y estoy feliz de saber que me estaban mirando.

—Tomé un vuelo en la madrugada. Es hora de empezar a establecerse aquí. —Le doy una mirada de complicidad, lo que hace que se sonroje, y ella mira a cualquier parte menos a mí. Miro a Avery y toco su linda nariz de botón antes de preguntar—: ¿Adónde van, señoritas?

—Llevaré a Avery a la escuela y luego haré ejercicio —responde Jenna, pero mantengo mi mirada en Avery.

—¿Puedo ir a la escuela contigo? —le pregunto a Avery mientras le hago cosquillas en el estómago. Ella se ríe y trata de apartar mi mano.

—Claro, puedes venir. Probablemente sería bueno que vieras adónde va. Ah, y la directora quiere hablar conmigo hoy sobre los paparazzi. Ella y el resto de los padres no están contentos con la atención que provocan.

Junto mis cejas y frunzo el ceño ante esto. *Paparazzis de mierda.* Se supone que los niños están fuera de los límites, pero a algunos de estos bastardos no les importa.

—Sí, reunámonos con ella para que podamos discutir algunas soluciones.

Jenna agarra la bolsa de Avery del piso donde la dejó caer y cierra la puerta detrás de ella. Dejo a Avery en el suelo, le doy una sonrisa traviesa y le digo—: Corre conmigo a los ascensores, Avery. —Le doy una ventaja antes de trotar ligeramente para seguirla. Su risa es contagiosa y, en poco tiempo, me gana en los botones del ascensor.

—Cárgame, Cal. Estoy cansada —se queja dramáticamente, fingiendo jadear pequeños suspiros. Jenna niega con la cabeza y se ríe mientras entramos en el ascensor. Hago lo que me ordenan y recojo a Avery.

—Otro hombre que tiene comiendo de la palma de su mano. Tenemos serios problemas con ella —comparte Jenna y no quiero ni pensar en que mi hija se haga mayor, y mucho menos en las citas, o en cualquier otro hombre al que haya envuelto entre sus dedos.

—No se permiten novios —le digo a Avery con voz severa.

—Correcto —dice Jenna sarcásticamente mientras pone los ojos en blanco.

—Ya tengo novio, Cal.

Finjo estar sorprendido, lo que hace que Avery se ría.

—¿Quién es este chico, porque debo conocerlo?

—Bueno, él vive en un bote y solo viene a visitarme por la noche.

Levanto una ceja hacia Jenna, quien se encoge de hombros mientras sale del ascensor.

—¿Tu novio es un pirata? —pregunto, siguiendo a Jenna para que pueda abrir el camino.

—¡No, él es un príncipe! —Avery dice con entusiasmo—. ¡Voy a ser una princesa!

Ella aplaude y yo me río.

—¿Ya te ha pedido que te cases con él? Sabes que debe preguntarme, quiero decir, a tu madre primero. —Capto la mirada de Jenna y la pequeña descarada me sonríe.

—Lo hará una vez que se deshaga de su otra novia — dice Avery tan casualmente que empiezo a ahogarme con la risa. Nos detenemos frente a un Land Rover negro y observo a Jenna abrir el carro y abrir la puerta trasera para nuestra hija.

—Entiendo tu dilema, Avery —le digo, dándole a Jenna una sonrisa maliciosa. Ella finge no darse cuenta, pero el rubor en sus mejillas dice lo contrario.

—Déjame mostrarte cómo atarla al asiento del carro —murmura Jenna mientras la veo atar a Avery. Cierra la puerta y camina hacia el otro lado mientras yo me meto en el carro.

—Buen carro —digo, admirando el interior de su vehículo. Mi mente no puede evitar preguntarse si compró esto con su propio dinero o si fue un regalo de Jax.

—Gracias. Fue lo único que me dio mi exesposo que decidí quedarme —responde, como si estuviera leyendo mi mente. Su revelación me sorprende ya que el carro parece nuevo. Por cómo expresó previamente su disgusto por su exesposo, no esperaba que ella todavía tuviera algo de él. Ella obviamente cuida el carro y cuando miro el tablero, su millaje confirma que apenas maneja.

—¿Cómo estuvo anoche? —me pregunta, cambiando deliberadamente de tema. Nos tiramos a salir del garaje y somos inmediatamente bombardeados por paparazzi. Cierran ambos lados del carro, tratando de llamar nuestra atención con preguntas mientras nos toman una foto.

—Agotador, pero bien —le digo, tratando de ocultar la irritación centrándome en su pregunta—. Es bueno ver a algunas personas que no he visto en mucho tiempo y ganaron muchas películas geniales.

—Cal, ¿esa chica del vestido verde era tu novia? —Avery pregunta, y rápidamente miro a Jenna para ver su reacción ante la pregunta. Sus ojos se esconden detrás de unas gafas de sol, así que es difícil para mí decirlo.

—Esa es mi amiga Cora y no, no es mi novia —le digo, sin dejar de mirar a Jenna mientras contesto—. La conocerás a ella y a mi amigo, Sean, muy pronto.

—¡Sí! ¡Me encanta conocer gente nueva! —Avery chilla y nos reímos de lo linda que suena.

No más de cinco minutos después, Jenna gira a la izquierda en el estacionamiento de un edificio de oficinas y se detiene en un espacio.

—Vaya, ¿ya estamos aquí? —pregunto sorprendido. Mi conmoción rápidamente se convierte en ira cuando observo a un enjambre de paparazzis salir de sus carros y acercarse a la entrada del edificio. Parece que descubrieron rápidamente la rutina matutina de Jenna.

—Sí, normalmente caminamos a la escuela, pero han estado haciendo que sea difícil hacerlo. —Ella asiente hacia los paparazzi—. Avery, ponte las gafas de sol. Puedes saludar a estos hombres si quieres también, pero sigamos con las gafas de sol, ¿de acuerdo?

Ella se pone los lentes y está lista para salir.

Prefiero que Avery no hable con nadie, pero mi razonamiento si pregunta por qué podría asustarla. Jenna y yo hacemos un plan: sacaré rápidamente a Avery del carro mientras Jenna se dirige primero a la entrada principal para desviar a los paparazzi en dos direcciones. Tan pronto como salimos del carro, comienzan a tomar fotografías y a llamarnos por nuestros nombres. Con mis pasos más largos que los de Jenna, rápidamente la alcanzo y entramos juntos. Una vez que atravieso la puerta principal, bajo a Avery mientras Jenna nos registra en la recepción y me presenta a la recepcionista. Me pide que complete un formulario y escanea mi identificación para que pueda tener acceso a recoger a Avery sin Jenna. Una vez que el papeleo está completo y listo, Avery toma mi mano y prácticamente me empuja hacia su salón de clases.

Entramos y ella procede a presentarme como su amigo a sus maestros y compañeros de clase. Los dos profesores miran entre Jenna y yo, la confusión escrita en sus rostros.

—Les informaré más tarde —les dice Jenna, y asienten con la cabeza.

—¿También me recogerás, Cal? —Avery me mira con esperanza en sus ojos.

—Claro que sí, cariño.

Puedo sentir la mirada inquisitiva de Jenna, así que la miro a los ojos y le sonrío, lo que no presagia nada bueno. Ella entrecierra sus ojos hacia mí, sus labios formando una delgada línea. Vuelvo mi atención a Avery, le doy un beso de despedida en la mejilla y le digo que la veré más tarde.

Caminamos en silencio hasta la oficina de la directora, donde nos recibe su asistente, quien nos acompaña al interior.

La directora levanta la vista de su papeleo y registra sorpresa en su rostro al verme. Jenna hace las presentaciones y nos sentamos.

—Señor Harrington, qué agradable sorpresa verlo hoy. Gracias por venir. Como le dije a la señorita Pruitt, los fotógrafos han perturbado mucho nuestro entorno y tanto yo como muchos otros padres estamos muy preocupados por la seguridad. Si esto no se detiene pronto, necesitaremos que Avery encuentre otra escuela.

—Entiendo completamente, directora Hayes, y lamento mucho la interrupción. Proporcionaré un oficial de tiempo completo en la puerta hasta que las cosas se calmen, y también haré una donación considerable a la escuela. Agradecemos todo el arduo trabajo que usted y su personal hacen por nuestros niños. Una vez más, me disculpo por las molestias de todo y espero que esta solución funcione para usted.

—Eso suena maravilloso, señor Harrington. Tome mi tarjeta y llámeme cuando el oficial esté asegurado y le daré información sobre cómo hacer esa generosa donación —ella me dice, pareciendo bastante satisfecha con mi respuesta.

Le sonrío a Jenna, que mira fijamente a la directora con la boca abierta por la sorpresa. Ella recupera la compostura cuando la directora se pone de pie y nos da la mano. Le doy el número de teléfono y el correo electrónico de Bridget para que discuta el pago del oficial. Nos despedimos y procedemos a salir del edificio.

—¿El dinero siempre te saca de apuros? —Jenna pregunta cuándo estamos de regreso en la privacidad de su carro después de maniobrar entre los paparazzi.

Pienso en su pregunta por un momento, recordando cómo rechazó la manutención de mi hija.

—No de todos. —Le doy una mirada mordaz y se echa a reír. El sonido es música para mis oídos y siento que acabo de obtener una gran victoria con ella. Se está riendo conmigo, solo nosotros dos, y casi olvido lo increíble que es su risa. Ella me pilla mirándola y las emociones en mi rostro deben asustarla porque deja de reírse y rápidamente vuelve a ponerse seria.

—Um, ¿a dónde voy? —me pregunta mientras enciende el carro y odio que haya vuelto a actuar de forma incómoda conmigo. Ella está colocando sus muros protectores uno por uno y solo quiero aplastarlos a todos. Necesito que recuerde lo cómoda que solía estar conmigo.

—¿Pensé que íbamos a hacer ejercicio? —bromeo y ella me da una mirada sorprendida ya que fue ella quien habló sobre hacer ejercicio.

Me mira de arriba abajo, observando mis jeans y mi camiseta con escepticismo.

—¿Cómo vas a hacer ejercicio en eso?

Miro mi ropa, sabiendo muy bien que entrenaré en cualquier cosa si me da más tiempo con ella.

—Puedo arreglármelas para hacer pesas. ¿Dónde está tu gimnasio?

—Iba a hacer ejercicio en el gimnasio de mi edificio —responde mientras nos saca del estacionamiento de la escuela.

—Está bien, haré ejercicio contigo.

—¿Por qué quieres entrenar conmigo? —pregunta con suspicacia, y me sorprende que no sepa ya esa respuesta. A menos que me esté poniendo a prueba, lo cual estoy empezando a darme cuenta de que a Jenna le gusta poner a prueba a las personas como parte de su mecanismo de defensa.

—Porque, en primer lugar, necesito hacer ejercicio y, en segundo lugar, creo que es importante que tú y yo pasemos tanto tiempo juntos como sea posible para que nos conozcamos mejor. Creo que eso me ayudará a progresar con Avery si conozco y entiendo mejor a su madre. —Todo lo que digo es cierto, pero mi motivo oculto es que Jenna se dé cuenta de que pertenecemos el uno al otro, y no lo hará si no tengo un tiempo a solas con ella.

Ella reflexiona sobre mi razonamiento durante unos minutos y mi intuición me dice que me rechazará.

—No creo que sea una buena idea, Cal —responde finalmente—. La gente hablará y lo siguiente que sabremos será que saldrá una historia diciendo que estás viviendo conmigo. Aunque sabemos la verdad, eso no es justo para Jax.

—Aunque no estoy de acuerdo contigo, no estoy de humor para discutir. ¿Por qué no discutimos esto tú y yo durante la cena? —Trato de actuar serio, pero la mirada atónita en su rostro me hace sonreír.

—¡No podemos salir a cenar! —ella exclama con exasperación.

—¿Por qué no? La gente necesita comer —le digo con total naturalidad.

—Porque los paparazzi lo etiquetarán como una cita, y no puedo tener eso.

—Robert me dijo que hay un restaurante en la parte superior de tu edificio. Podemos ir allí y los paparazzi nunca lo sabrán —sugiero mientras trato de darle mi sonrisa más encantadora. Todavía no le he dicho dónde está mi hotel y noto que hemos estado dando vueltas, pero no me importa. Estoy disfrutando bromear con ella y no quiero que nuestro tiempo termine.

—Por supuesto que Robert te diría eso —murmura molesta. No quiero meter a Robert en problemas, pero sí quiero que ella sepa que él y yo nos comunicamos.

—He estado hablando bastante con Robert ahora que tengo su número.

—Apuesto que lo haces. —Su voz está llena de tanto sarcasmo que me río.

—Todavía no me has dicho en qué hotel te dejo —me recuerda, y le doy una sonrisa sugerente porque sabe muy bien por qué no le he dicho adónde ir.

—Sí, lo sé —admito lentamente—. He estado disfrutando nuestro viaje en carro juntos.

Me mira brevemente antes de volver su mirada a la carretera. La observo tragarse sus emociones y sé sin lugar a duda que todavía puede sentir esa electricidad chisporroteante entre nosotros. No quiero nada más que ella estacione el carro para poder tomarla en mis brazos y comérmela a besos. No soy un hombre paciente de ninguna manera, pero sé que para tener a Jenna en mi vida para siempre, las cosas deben ir a su ritmo.

Sin mencionar el gran problema que se interpone en mi camino: su novio.

—Tengo trabajo que hacer hoy, así que, por favor, ¿en qué hotel te hospedas? —Su voz está llena de resignación cansada, y puedo decir que es hora de que esto termine.

—Me hospedo en el Ritz-Carlton. —Asiente y dirige el carro en esa dirección.

—Por favor considera cenar conmigo porque necesitamos hablar sobre mi horario. La filmación no comienza hasta dentro de dos semanas, así que me gustaría pasar el mayor tiempo posible con Avery. Quiero llevarla a la escuela, recogerla, ir de turismo con ella y comer con ella. Todo lo que las familias normales hacen entre sí, lo quiero hacer. Necesito que estés con nosotros por el momento para que ella se sienta cómoda conmigo y luego, eventualmente, comience a hacer cosas solo con ella y conmigo.

A pesar de mi enfoque en recuperar a Jenna, es cierto que ella es una parte intrincada de ayudar a Avery a hacer la transición de tiempo completo a mi vida. Necesito que se dé cuenta de la importancia de esto y que sea una participante dispuesta solo hará que las cosas sean más fáciles.

—También me gustaría que vayas a buscar casa conmigo para que puedas sentirte cómoda en la casa que elijo para ella. — Me mira con una ceja levantada pero no dice nada, así que continúo—. Una vez que comience la filmación, mi agenda será limitada durante los próximos tres meses. Voy a tratar de trabajar con el director para ver si podemos filmar más escenas nocturnas, pero no sé si estará de acuerdo con eso. Esta es otra razón por la que necesitaré tu ayuda.

Ella permanece en silencio y le doy tiempo para marinar lo que le he pedido. Nos quedamos así cuando ella se detiene junto a la acera del Ritz Carlton y estaciona el carro. Mira por la ventana a todos los paparazzi tomándonos una foto y suspira.

—Trabajaré para tratar de ser accesible para ti —dice en voz baja y mi corazón se eleva con gratitud.

Y victoria.

—Gracias, Jenna. Realmente no sabes lo que esto significa para mí. Te veré más tarde para recogerla de la escuela. —No trato de robar un beso en la mejilla esta vez, no con tantos paparazis tomándonos una foto. Salgo rápidamente del carro y cierro la puerta. La veo alejarse con arrepentimiento, odiando estas circunstancias en las que nos encontramos. Odiando que no estemos juntos bajo el mismo techo.

Paciencia, Cal, me recuerdo. *Sucederá un día.*

Me dirijo al hotel y me pregunto cuáles son sus planes para esta noche. ¿Ella lo está viendo? El pensamiento me hace rechinar los dientes de celos y luego recuerdo la conversación que tuve con Thomas y la tarjeta que me dio para alguien a quien puedo contratar para seguir a Jenna. Tomo el elevador a mi habitación y una vez que llego, rebusco entre las pilas de papeles que están en mi escritorio hasta que encuentro la tarjeta de presentación de Chase Wilson. Marco su número.

—Chase Wilson. —Él se identifica en el tercer timbre, su voz profunda y nítida.

—Chase, este es Cal Harrington. Recibí tu nombre y número de Thomas Black.

Se queda en silencio por un momento, como si estuviera decidiendo si cree en quién soy.

—¿Qué puedo hacer por ti? —finalmente pregunta con vacilación.

—Tengo una propuesta de negocios para ti que me gustaría discutir en persona. ¿Tienes tiempo para reunirte conmigo hoy?

—Puedo reunirme contigo ahora mismo —dice, su voz aún suena escéptica.

—Brillante. Me estoy quedando en el Ritz-Carlton. Regístrate en la recepción y aprobaré que te acompañen.

—Nos vemos en veinte minutos —dice y cuelga.

Dejo mi teléfono y me dirijo a mi habitación para refrescarme y cambiarme. Hacer que alguien siga a Jenna podría no ser lo más ético, pero me dará tranquilidad saber que siempre está siendo vigilada y mantenida a salvo.

Capítulo 11

Hay algo en Chase Wilson que no cuadra.

¿Por qué un tipo, que es heredero de una empresa que alguna vez fue de mil millones de dólares, ahora trabaja como paparazzi? Según mi rápida investigación, el hombre es uno de los solteros más cotizados de Canadá y anteriormente trabajó para la empresa de su padre, Wilson Enterprises. Con una buena apariencia de modelo y ganando millones de dólares, parecía tener la vida de sus sueños. Pero algo sucedió cuando su padre murió porque ahora se informa que Chase se negó a reclamar su derecho a la empresa y, en cambio, se la dejó a su hermano, Rhys, quien tuvo que dejar de ser jugador de hockey profesional para salvarla.

¿Por qué no se haría cargo él mismo de la empresa?

¿Por qué la empresa necesitaba ser salvada?

¿Por qué convertirse en fotógrafo?

Lo estudio mientras toma asiento frente a mi escritorio después de darnos la mano e intercambiar saludos. Me parece familiar, pero no recuerdo cuándo lo habría conocido.

—¿Nos hemos visto antes? —pregunto, esperando que él recuerde si lo hemos hecho.

—Sí, hace mucho tiempo. Antes de que te convirtieras en... —Levanta la barbilla hacia mí y sonríe.

—¿Que se supone que significa eso? —Estrecho mis ojos hacia él, no me gusta su tono y lo que está insinuando.

—Cuando hacías apariciones pagadas. —Su sonrisa es amarga y nunca llega a sus ojos. ¿Cuál es el maldito problema de este tipo?

—¿He hecho algo para ofenderlo, señor Wilson? —pregunto. No es que me importe una mierda este tipo, pero su hostilidad está empezando a irritarme.

—No asumir la responsabilidad de tu propia hija me ofende —responde, su tono es muy serio y sus ojos nunca se apartan de los míos.

—Como dijimos en nuestra declaración conjunta, es un malentendido que se está tratando en privado —digo entre dientes, con la mandíbula apretada por la ira ante su audacia.

—Correcto... la excusa de mierda para pagarle a la mamá de tu hija ahora que las noticias afectan tu reputación.

—Me importa una mierda mi reputación y mi vida privada no es asunto tuyo —le gruño. Mi temperamento estalla porque no era así como había planeado que fuera esta reunión.

—Si ese es el caso, entonces ¿por qué estoy aquí, señor Harrington?

—Antes de decirle por qué, necesito que firme un acuerdo de confidencialidad y que una vez que lo firme, entienda que todo lo discutido es confidencial. —Deslizo sobre el escritorio mi acuerdo estándar de no divulgación que hago que todos firmen. Lo mira fijamente, parpadea y luego me mira. Las preguntas se arremolinan a través de esos ojos color avellana suyos y puedo decir que su curiosidad lo está carcomiendo. Él mira hacia abajo y comienza a leer la divulgación. Una vez que veo que está cerca del final, coloco estratégicamente un bolígrafo cerca de la línea de la firma.

Termina de leer, se recuesta y cruza los brazos sobre el pecho.

—¿Por qué debería estar de acuerdo con esto?

—Porque te pagaré seis cifras por un par de meses de trabajo.

Levanta las cejas y sé que ahora está interesado.

—¿Qué tipo de trabajo?

Toco el formulario con el dedo y niego con la cabeza.

—Eso no se revela hasta después de que firmes.

Su mirada rebota entre el acuerdo y yo.

—¿Por qué debería confiar en ti?

—Podría hacerte exactamente la misma pregunta. Pero todo en la vida es una apuesta, incluso la confianza. —Me recuesto en mi asiento y lo miro con frialdad—. Entonces, señor Wilson, ¿le gusta jugar?

A pesar de que es un imbécil desde el momento en que puso un pie en mi espacio, estoy impresionado de que la mera mención de un pago de seis cifras no lo hizo firmar de inmediato. Confío en Thomas, así que, si está recomendando a este tipo, debe haber algo en él, independientemente de su disposición de mierda.

Se sienta en silencio durante un minuto y parece tener una batalla interna consigo mismo sobre si firmar o no. Se frota las manos de un lado a otro contra la tela de sus jeans. Estoy fascinado de que realmente esté debatiendo esto. Si fuera cualquier otra persona, el trato se habría hecho. Definitivamente algo más está pasando con él y si firma, contrataré a Thomas para averiguar qué.

Después de un par de minutos más de cavilar, agarra el bolígrafo, escribe su firma y tira el bolígrafo.

—No le des más rodeos, ¿para qué me contratas?

Inclino la cabeza y le doy una sonrisa perpleja ante su elección de palabras.

—Te voy a contratar para que sigas a Jenna. Necesito ojos y oídos sobre ella en todo momento. Su paradero, con quién está, todo, ya sabes.

Me mira con ojos entrecerrados.

—¿Por qué? ¿No confías en ella?

—Confío en ella completamente. Son otras personas en las que no confío. —Paso mis manos por mi cabello, decidiendo que necesito ser más sincero con él—. Yo no sabía que tenía una hija porque alguien de mi círculo cercano mintió y ocultó esa noticia. Por lo tanto, mi capacidad para confiar en las personas es limitada.

—¿No tenías idea de que tenías una hija? —pregunta con escepticismo.

—Ninguna —le digo con un movimiento de cabeza—. Todavía no sé quién le dijo a la prensa.

Parece sorprendido por eso, pero rápidamente enmascara su sorpresa.

—Entonces, ¿qué es exactamente lo que quieres que haga cuando la siga?

—Quiero que la sigas para asegurarte de que esté a salvo y escuches si sus compañeros de trabajo abren la boca.

—No soy un guardaespaldas, señor Harrington. Si desea protección, contrate a alguien que esté calificado. En cuanto a los otros chicos, tienes que poner atención en algunos de ellos. Uno en particular se llama Danny Salari. Es despiadado y no le importa cómo obtiene sus oportunidades para ganar dinero. La mayoría de los chicos son respetuosos, pero él está lejos de serlo. Algunos de los novatos seguirán su ejemplo, pero no son tan experimentados como él. De hecho, le advertí a la señorita Pruitt sobre él hace un par de semanas cuando me sorprendió tomándole fotos caminando por la calle.

Anoto el nombre de Danny Salari para enviar a Thomas a investigar.

—¿De verdad crees que Jenna necesita un guardaespaldas? —pregunto porque he estado jugando con la idea de contratar uno para ella, pero no estoy seguro de cómo reaccionará.

—No veo que esta historia desaparezca pronto, especialmente con usted en la ciudad filmando una película y pasando tiempo con su hija. Con gente como Salari, no me arriesgaría. Contrate uno temporalmente y una vez que las cosas se calmen, vuelva a evaluar.

Asiento mientras agarro mi teléfono y le envío un mensaje a mi hermana para preguntar por uno.

—Puedo seguirla y avisarte si veo que se está gestando algún problema, pero lo mejor que puedo hacer en esa situación es llamar a la policía.

—Y a mí. —Lo miro directamente a los ojos para ver lo serio que soy—. Aquí está mi tarjeta con mi teléfono celular. No dude en llamar si ve que necesita ayuda. Mientras tanto, espero correos electrónicos diarios de su paradero. Si conoce a las personas con las que se está reuniendo, aún mejor. Si escucha algún comentario alarmante de los otros muchachos, llámame.

Él asiente y toma la tarjeta.

—¿Cuándo empiezo?

—Ahora —demando, levantando una ceja para ver si discute. Él solo sonríe y sacude la cabeza hacia mí.

—¿Cuál es tu fin con todo esto, Harrington?

Hago una pausa antes de responder, queriendo elaborar mis palabras sabiamente sin revelar demasiada información.

—Proteger a mi hija y a su madre.

Chase Wilson no necesita saber que mis verdaderas intenciones son recuperar a mi familia.

Capítulo 12

Hay niños corriendo y gritando a mi alrededor como locos.

Los padres los persiguen, gritándoles con voces exasperadas y ojos cansados. Y luego está mi hija, que se está riendo como una loca por el subidón de azúcar del algodón de azúcar que le compré. Nunca había estado en este tipo de ambiente y aunque es caótico, en un nivel decimal impío, estoy pasando el mejor momento de mi vida.

Principalmente porque nunca había visto a mi hija tan feliz.

Esta semana ha sido una curva de aprendizaje observando las rutinas de ellas y Jenna mantiene a Avery en un horario apretado. Durante la semana, Avery va al preescolar de nueve a cuatro. para que Jenna pueda trabajar. De cuatro y media a cinco y media., Jenna la lleva a la piscina cubierta de su edificio o al parque, pero debido a los paparazzi, se han quedado en la piscina. Después de eso cena, juega un rato, luego un baño y lee un par de libros antes de acostarse. Jenna me ha dejado tomar la iniciativa en la hora del cuento esta semana y parece que a Avery le encanta cuando me meto en el personaje.

Los viernes por la noche, Jenna toma su patinaje sobre hielo, un ritual de cuando era una niña. Me encanta cómo le está transmitiendo tradiciones de su infancia a Avery y no veo la hora de empezar a incorporar algunas de las mías. Nunca había patinado sobre hielo antes, así que hubo muchas risas al verme caer. No estar firme sobre mis pies me dio una buena excusa para sostener la mano de Jenna mientras me ayudaba a mantener el equilibrio sobre mis patines. ¿Lo utilicé todo el tiempo que pude? Sí, sí lo hice. Una vez que vio que le agarre el ritmo, me soltó y mantuvo la distancia.

Hoy, Jenna nos deja hacer novillos desde que salimos del preescolar y yo llevé a Avery solo al Museo de los Niños mientras ella y Robert iban a una cita de negocios. Se supone que se reunirá con nosotros en cualquier momento y desde aquí, almorzaremos y tomaremos el taxi acuático por la ciudad. Espero persuadir a Jenna para que se tome el resto de la semana libre para que podamos mantener a Avery en casa sin ir a la escuela y hacer más cosas divertidas juntos. Sólo me queda una semana más antes de que comience la producción de mi película y con eso vendrá un calendario loco. Aunque trataré de pasar cada hora que no esté trabajando con Avery, sé que habrá muchos rodajes nocturnos y algunos días de doce horas por venir.

Avery se ha acostumbrado a tenerme cerca, pero Jenna todavía está en guardia. Ella me trata como a un cliente, actuando con frialdad y profesionalidad, sin importar cuánto me esfuerce en mostrarme encantador. Creo que su actitud hacia mí se debe a Jax. Según mis informes diarios de Chase, ella se reunió con Jax para almorzar un par de veces antes de que él se fuera a sus partidos fuera de casa. Me entristece que ella le esté dando libremente su tiempo, dándole sus sonrisas... sus besos. Y aunque no puedo dejar que mi mente piense en él tocándola, estoy casi seguro de que ella se acuesta sola todas las noches. Chase todavía observa el edificio de Jenna mucho después de que me vaya, y no ha visto a Jax venir ni una sola vez.

Deben estar surgiendo problemas porque Chase dijo que estaban discutiendo fuera del restaurante en el que estaban comiendo ayer y, aunque no podía escuchar la conversación con claridad, cree que tiene algo que ver conmigo.

Las inseguridades de Jax solo empujarán a Jenna directamente a mis brazos que la esperan, exactamente lo que espero que suceda. Es solo cuestión de tiempo antes de que sus celos se apoderen de él y terminen con su relación.

Sonrío ante la idea y concentro mi atención de nuevo en el presente y en mi hija. Estoy a punto de llevarla a otra sección del museo cuando veo a Jenna a unos metros, buscándonos a nuestro alrededor. Parece ansiosa y frustrada. Su mirada finalmente se fija en la mía y sonríe, pero no llega a sus ojos.

Algo está mal.

—Hola, nena —saluda a Avery, quien grita de emoción y prácticamente ataca a Jenna.

—Vaya —Jenna se ríe nerviosamente cuando la atrapa—. Parece que te estás divirtiendo.

—¡Mami! Cal me compró algodón de azúcar y está delicioso. ¿Cómo es que no me lo habías dado antes?

Jenna me mira y me doy cuenta de que debería haberle enviado un mensaje primero.

¡Mierda!

La miro con los ojos muy abiertos, lista para defender mi caso por no saber que no se le permitió algodón de azúcar cuando se echa a reír.

—Tu cara —ella balbucea, tratando de recuperar el aliento—. Parecías un niño pequeño que acaba de tener problemas con el director de la escuela.

Avery comienza a reírse con su madre y me uno a ellas, la calidez se extiende por mi corazón cuando escucho su risa caprichosa.

—Ah, necesitaba eso —dice Jenna después de que deja de reírse. Deja a Avery en el suelo y se limpia debajo de los ojos para asegurarse de que no se le haya corrido el rímel. Ella me mira y sonríe, esta vez es genuina.

—¿Mal día? —pregunto mientras seguimos a Avery a otra estación de aprendizaje.

Ella asiente.

—Nuestra reunión no salió según lo planeado.

—¿Qué sucedió?

Ella hace una mueca y no responde de inmediato. Sus expresiones faciales delatan que está debatiendo si decírmelo.

—Digamos que sus intenciones al organizar la reunión no fueron honestas.

—¿Qué querían?

Ella suspira y se gira para ver jugar a Avery antes de mirarme.

—Ellos te querían.

El temor comienza a filtrarse en mis venas ante su respuesta.

—¿Qué quieres decir?

—Básicamente, esperaban que una reunión conmigo les permitiera entrar contigo. —Ella sonríe tristemente antes de continuar—. Desafortunadamente, esto ha estado sucediendo con más frecuencia desde que salió a la luz la historia.

—Jenna, lo siento mucho. —Me acerco para tomarla en mis brazos, pero me detengo antes de hacer contacto.

—Está bien. No es como si estuvieras haciendo intencionalmente que la gente haga esto. Supongo que solo viene con el territorio de estar asociada con alguien famoso.

—Lo hace, pero no debería ser así —murmuro, disgustado con la gente.

—Es lo que es. Al menos me estoy poniendo mi armadura —responde antes de acercarse para ayudar a Avery.

Jenna ya tiene muros que protegen su corazón. No necesito que ella se vuelva dura y amargada también.

Pasamos otra hora explorando el museo y luego nos detenemos en una pizzería para que yo pueda experimentar cómo sabe la verdadera pizza de plato hondo de Chicago. Después de eso, tenemos algo de tiempo para matar antes de nuestro taxi acuático, así que llevo a las chicas a Centennial Wheel cerca del puerto.

—Mira mami, ahí está nuestro edificio. —Avery señala la ventana cuando llegamos a la cima, brindándonos una vista de trescientos sesenta grados de Chicago y el lago Michigan. Las vistas de Jenna desde su apartamento son magníficas y tomo nota mental para tratar de encontrar una casa en el lago si puedo. Me ha sorprendido gratamente lo que he visto hasta ahora de Chicago y estoy convencido de que la transición permanente aquí desde Londres será más fácil de lo previsto.

Una vez que finaliza el viaje, nos dirigimos hasta el muelle para tomar nuestro taxi acuático. Un gerente está esperando en la entrada para saludarnos y acompañarnos a nuestro bote. Después de abordar, Jenna mira alrededor del barco vacío antes de preguntar—: ¿Dónde están los demás?

Le sonrío tímidamente y le doy una sonrisa infantil.

—Podría haber llamado con anticipación y haber reservado un bote privado para nosotros.

Ella niega con la cabeza, una pequeña sonrisa jugando en sus labios.

—Por supuesto que lo hiciste —murmura, pero su sonrisa se desvanece y mira a su alrededor una vez más—. En realidad, será bueno no tener gente filmándonos por una vez mientras estamos fuera de casa, así que gracias. Eso fue algo realmente reflexivo de hacer.

—Haría cualquier cosa por ti, Jenna. Solo di la palabra. —La miro a los ojos, sosteniendo su mirada por un momento antes de que trague saliva, asienta y mire a Avery, preguntándole dónde quiere sentarse.

—¡El regazo de Cal! —exclama, y no puedo evitar la gran sonrisa de satisfacción que se extiende por mi rostro. Jenna se ríe y le dice a Avery que elija nuestros asientos. Nos instalamos y el capitán procede a alejar el barco del muelle.

Durante cuarenta minutos, nos embelesamos con el capitán hablando sobre la historia de la ciudad y señalando edificios emblemáticos. Mientras el bote regresa al muelle, siento que los brazos de Avery se relajan y aprieto mi agarre alrededor de ella.

—Está dormida —susurra Jenna y me mira con una sonrisa. Le devuelvo la sonrisa y le doy un beso en la cabeza a Avery.

—Esta ha sido una de las mejores semanas de mi vida, Jenna. Gracias por eso.

—No tienes que agradecerme, Cal. Estoy feliz de ver qué quieres participar.

—Por supuesto que quiero participar. Ojalá pudiera pasar cada momento despierto con ella... y contigo. —Una ráfaga de viento azota el lago, lo que hace que el cabello de Jenna le caiga en la cara. Muevo mi mano, agarrando el cabello entre mis dedos mientras acaricio su mejilla antes de empujar suavemente su cabello detrás de su oreja.

—Cal —susurra en una pequeña advertencia. Dejo caer mi mano y le doy una sonrisa triste, odiando esta barrera entre nosotros. Tomo una respiración profunda, pensando que este es el momento perfecto para preguntar sobre la próxima semana.

—Quiero pedirte un gran favor. ¿Avery puede quedarse en casa sin ir a la escuela toda la próxima semana?

Ella no dice nada al principio. Solo se muerde el labio y mira a Avery, contemplando mi pedido.

—¿Qué tienes en mente?

—Puedo ir a buscarla antes de tu primera cita en las mañanas y llevarla al Acuario, al Zoológico... básicamente a todos sus lugares favoritos que puedo experimentar con ella. Estaríamos de regreso a tiempo para reunirnos contigo para cenar. ¿A menos que quieras unirte a nosotros y tomarte toda la semana libre también? Sé que Robert puede manejar todo con los ojos cerrados. —Le doy una sonrisa traviesa que rivalizaría con la del Grinch y ella se ríe. Ver a Jenna reír hace que mis dedos se contraigan con la necesidad de enredarlos en su cabello y aplastar su linda boquita contra la mía.

Ella niega con la cabeza hacia mí con una sonrisa.

—Si bien no puedo tomarme toda la semana libre, podría hacer un fin de semana largo y tomarme el jueves y el viernes libres. Déjame revisar mi agenda y confirmar con Robert primero.

Estoy emocionado de ver que Jenna está dispuesta a tomarse un tiempo libre para estar a solas con nosotros. Asiento hacia ella con satisfacción y sé que, con un poco de tiempo, Jenna Pruitt será mía.

Capítulo 13

Es mi último día libre con Avery y Jenna antes de que comience la preproducción de mi película. Siempre he disfrutado el comienzo de una nueva película, pero esta vez la emoción no está ahí. He avanzado tanto con las dos chicas en las últimas dos semanas que sé que irme va a ser un contratiempo. Sigo recordándome a mí mismo que es solo por un par de meses y luego me tomaré un descanso para instalarme aquí. Necesito ser más estratégico ahora con los proyectos en los que decido firmar. Estoy comprometido con una película más después de esta y eso es todo por ahora. He ganado suficiente dinero en mi carrera que no tengo que volver a trabajar nunca más, pero esa no es mi naturaleza. Me haré cargo de algunos proyectos, pero deben ser convenientes para mi hija y su agenda. Me niego a no ser parte de su vida cotidiana. No ha cuestionado por qué pasa tanto tiempo a solas conmigo y siento que pronto podremos revelarle mi verdadera identidad.

Esta noche tengo planeada una fiesta sorpresa de sirenas para ella en mi hotel. Después de ir al zoológico, Jenna llevó a Avery a casa a dormir la siesta. Mientras las chicas descansan, Robert llega con el personal de planificación de eventos y decora la sala de estar para convertirla en una sala de juegos subacuática encantada temporal. Espero que tanto Avery como Jenna disfruten de la sorpresa, aunque Jenna no planea quedarse. Sé que planea ver a Jax mientras estoy con Avery, lo que me molesta. Mi paciencia se está agotando, pero todavía tengo mucho que demostrarle.

—Vaya, son buenos —le digo a Robert mientras inspecciono la habitación—. Entonces, ¿esto es lo que tú y Jenna hacen todo el día?

—No, no todo el día —se ríe Robert—. Ya no hacemos tantas fiestas infantiles como antes. El dinero está en grandes eventos corporativos y eso es a lo que nos hemos movido a lo largo de los años. Jenna seguirá haciendo publicaciones de blog sobre fiestas infantiles, y todavía vendemos artículos para fiestas. Creo que solo lo hace porque así es como empezó, así que siempre tendrá debilidad por ello.

—Puedo ver por qué. Realmente se siente mágico. —Miro mi reloj para ver que solo me queda un poco de tiempo antes de que aparezca Jenna—. Escucha, necesito hablar contigo sobre algo. ¿Puedes venir cinco minutos a mi oficina?

Él asiente y le dice a uno de los empleados que volverá. Entramos en mi oficina y cierro la puerta detrás de nosotros. Le hago un gesto para que tome asiento y me siento en el borde de mi escritorio.

—La seguridad de Jenna y Avery es mi prioridad número uno. Debido a que los paparazzi no se han calmado, creo que sería mejor asegurarles un guardaespaldas.

Robert me mira sorprendido.

—¿Jenna estuvo de acuerdo con uno? Debe ser peor que lo que me está diciendo.

—Ella aún no lo sabe y me gustaría mantenerlo así hasta que pueda hablar con ella al respecto.

Robert comienza a reír y lo miro fijamente, sin entender qué tiene de divertida la situación.

—Oh, Cal —responde cuando recupera la compostura—. Ella nunca aceptará un guardaespaldas.

—Lo supuse, pero ella no tiene otra opción en el asunto. Tengo que encontrar alguna forma de mantenerla a ella y a Avery a salvo cuando yo no esté presente.

—Contrata a uno sin hablar con ella y se va a enfadar contigo —él advierte.

—Ese es el precio que tendré que pagar si ella se niega y no es razonable al respecto.

—¿En realidad es *tan* serio? Sé que todavía la siguen a todas partes, pero ¿la dañarían físicamente?

—Nunca se sabe. Uno de ellos la llamó perra ayer por no sonreírles.

—¿Qué? —Robert salta de su silla indignado—. Jenna nunca me contó eso.

—Ella tampoco me lo dijo —revelo y sé lo que viene después.

—Entonces, ¿cómo te enteraste? —pregunta con los ojos entrecerrados.

—He contratado a uno de los paparazzi para que la siga en todo momento.

—Cal —Robert exhala lentamente y levanto mi mano para que deje de hablar. Se vuelve a sentar y levanta una ceja hacia mí.

—Aquí es donde necesito tu ayuda, Robert. Necesito que seas su persona de contacto cuando estoy en el set porque no se permite el uso de teléfonos celulares cuando estamos haciendo nuestras escenas. Necesitará su horario diario para que siempre pueda asegurarse de estar con ella.

—No. —Robert sacude la cabeza de un lado a otro—. No voy a traicionar la confianza de Jenna.

—No la estás traicionando, me estás ayudando a protegerla —gruño, necesitando su cooperación—. Solo necesito tu ayuda hasta que el guardaespaldas esté asegurado. Una vez que se contrate al guardaespaldas, ya no necesitaré que sigan a Jenna.

Cierra los ojos y aprieta el puente de la nariz mientras contempla.

—Tengo un presentimiento terrible sobre esto.

117

—No seas dramático. Una vez que Jenna se dé cuenta de que es por su seguridad y la de Avery, lo aceptará.

Abre los ojos y me resopla.

—Obviamente todavía no conoces muy bien a Jenna porque ella no lo verá de esa manera en absoluto. Ella pensará que le estás quitando su libertad y tratando de controlarla. Confía en mí cuando te digo que, si no hablas con ella sobre esto antes de que llegue el guardaespaldas, puedes despedirte de cualquier oportunidad con ella.

—Entonces, ¿tengo una oportunidad? —pregunto con una sonrisa astuta, sin querer cambiar de tema, pero queriendo escuchar sus pensamientos.

—Oh, Dios. —Él pone los ojos en blanco y sacude la cabeza como si acabara de decir la cosa más tonta del mundo—. La miras como si fueras un perro en celo, listo para saltar y reclamar tu territorio. Lo único que se interpone en tu camino es Jax y veremos cuánto tiempo más.

—No me dejes colgando con eso —exijo con frustración cuando no da más detalles—. Dime qué está pasando.

—No, porque eso *traicionaría* la confianza de Jenna —enfatiza y le frunzo el ceño, no feliz de que no me lo diga—. Todo lo que te diré es que él no está contento de que estés en su vida y ella no está contenta con la forma en que lo está manejando, pero se siente culpable por no haberle hablado nunca de ti en primer lugar.

—¿Por qué crees que no lo hizo?

—Porque ella nunca pensó que estarías en su vida de nuevo —comenta en voz baja, dándome una mirada mordaz.

—Correcto. —Asiento, queriendo cambiar de tema porque la idea de no estar en la vida de ella y de Avery hace que me duela el pecho—. Hay otro elemento con el que necesito tu ayuda.

—Oh querido señor, ¿qué es? Todavía no he aceptado tu primera solicitud, ¿sabes?

Sonrío e ignoro eso porque necesito que me ayude. No tengo otra opción.

—Los tabloides están publicando algunas historias falsas sobre Jenna que están afectando su reputación.

—Sí, los hemos visto y son horribles. —Él frunce el ceño y niega con la cabeza—. ¿Cómo pueden salirse con la suya diciendo algunas de esas cosas?

—Derechos de la Primera Enmienda. Pero esto es lo que creo que debemos hacer: cualquier historia negativa que encontremos sobre Jenna, la contrarrestaremos con una que arroje una luz más positiva sobre ella. Necesitaré que hagas eso y seas la *fuente anónima*.

Me mira como si me hubieran crecido dos cabezas.

—¡No sé cómo hacer nada de esa mierda!

—Mi publicista te enseñará.

Parpadea un par de veces y solo me mira.

—Vaya. ¿Este tipo de cosas suceden con frecuencia?

—Todo el tiempo.

—Hollywood es raro. —Su rostro se arruga con disgusto y me rio porque tiene toda la razón sobre lo rara que es la industria.

—Entonces, ¿me ayudarás, Robert?

—Bien —dice con un suspiro, sin verse feliz en absoluto—. Pero será mejor que este guardaespaldas llegue pronto.

—Estoy trabajando en ello. He entrevistado a un par, pero el problema es lo rápido que los necesito aquí. La mayoría de ellos tienen que cumplir el resto de sus contratos y eso puede llevar meses.

—No voy a ir a sus espaldas así durante meses, Cal.

—No, no lo haremos —confirmo justo cuando hay un golpe en la puerta y mi mayordomo asignado asoma la cabeza.

—La señorita Pruitt está subiendo, señor.

—Gracias, Randall. —Robert se levanta de su silla y salimos de mi oficina hacia la puerta principal. Salimos y cerramos la puerta, no queriendo que las chicas vean mi sorpresa todavía.

Doblan la esquina y tan pronto como Avery me ve, corre por el pasillo y abraza mis piernas. La levanto y la sostengo en mis brazos mientras vemos a Jenna caminar hacia nosotros. Lleva la camiseta del equipo de Jax con jeans ajustados que abrazan cada centímetro de sus piernas y botines abiertos. Muerdo el interior de mi mejilla para no mostrar mi disgusto porque nada me gustaría más que arrancarle ese jersey de su cuerpo y quemarlo.

—¿Por qué nos esperas afuera a nosotros y a Robert? ¿Qué haces aquí? Me dijiste que ibas a hacer una inspección del sitio.

—Sí, mentí —confirma Robert con indiferencia mientras se encoge de hombros—. Cal preparó una sorpresa para Avery con la que necesitaba mi ayuda.

—¿Una sorpresa? ¿Para mí? —Avery se ríe de la emoción.

—Así es, pero antes de que podamos entrar, debes cerrar los ojos. ¿Crees que puedes hacer eso sin abrirlos o necesitas una máscara brillante para los ojos? —pregunto, queriendo ver cuál elige.

—Máscara para los ojos porque mamá dice que a veces hago trampa cuando jugamos, así que haría trampa y abriría los ojos. —Nos reímos de su honestidad y la dejo de pie.

—Bueno, ya que Avery eligió la máscara, eso significa que mamá también tiene que usar una. —Robert saca dos máscaras brillantes y le entrega una a Jenna y otra a Avery.

—Esto es emocionante —exclama Jenna, intrigada por la sorpresa. Ella ayuda a Avery con su máscara antes de ponerse la suya. Cuando sabemos que las máscaras están aseguradas, tomo la mano de Avery y Robert toma la de Jenna y entramos con cuidado.

Avanzamos unos dos pies antes de detenernos.

—Muy bien chicas, a la cuenta de tres pueden quitarse la venda de los ojos. ¡Uno dos tres!

Se quitan las máscaras y Avery comienza a gritar de alegría. Ella corre hacia la pila de tesoros y comienza a rebotar desde la pared de globos turquesa hasta la mesa de manualidades y la mesa de comida temática con tiburones gomosos y galletas de cola de sirena, y luego continúa a través del comedor con una choza hecha de conchas.

Sonrío con satisfacción al ver lo feliz que está y me giro para ver a Jenna. Su boca está abierta con asombro mientras bebe el paisaje.

—¿Qué opinas? —pregunto, esperando que sea tan feliz como nuestra hija.

—Esto es increíble —murmura y mira a Robert—. Increíble trabajo, Robert.

Él asiente agradeciéndole antes de seguir a Avery y mostrarle los bocadillos. Jenna se gira hacia mí y puedo ver la apreciación en sus ojos.

—No tenías que hacer esto, Cal.

—Quería hacer algo memorable antes de que nuestros días juntos se vuelvan inconsistentes.

—Cada día que ha tenido contigo hasta ahora ha sido memorable. —Sus palabras me dejan sin palabras, y me doy cuenta de que esa es exactamente la afirmación que necesitaba escuchar, y esto viniendo de ella hace que mi corazón se acelere. Ella mira a Avery cuando la escuchamos reírse de algo que Robert le dice mientras mira su reloj.

—Será mejor que me vaya. —Ella me sonríe cortésmente y está a punto de decir adiós cuando rápidamente agarro sus manos y las agarro con fuerza, temiendo que se aleje de mí.

—Quédate —le susurro, mis ojos clavados en los de ella, rogándole que no se vaya. Necesito que ella esté aquí con nosotros. Necesito que ella vea la familia que podemos ser.

Quédate conmigo para siempre, mi corazón grita en silencio.

—No puedo —susurra con una sonrisa triste y mi corazón se desinfla como un globo que pierde todo el aire—. Le prometí a Jax que estaría en su partido de esta noche.

Simplemente asiento y suelto sus manos antes de alejarme de ella porque me duele demasiado mirarla. Observo en silencio mientras se despide de Avery y Robert, y apenas me doy cuenta cuando confirma a qué hora volverá para recoger a Avery.

Cuando la puerta se cierra tras ella, se siente como si la mitad de mi corazón hubiera desaparecido. Reproduzco las palabras de Robert de antes en mi cabeza para tratar de mantener la esperanza de que pronto Jax Morrow estará fuera de nuestras vidas.

Capítulo 14

Regreso lentamente a mi tráiler, el agotamiento se asienta en mis músculos por la sesión agotadora que tuvimos hoy. Nos hemos puesto en marcha en las últimas dos semanas con la producción y, hasta ahora, el cronograma ha sido manejable. Puedo unirme a Jenna para llevar a Avery a la escuela por las mañanas, pero las noches son esporádicas. Las noches que tengo libres, me reúno con las chicas en su casa para cenar y participo en sus rituales nocturnos. A veces, Robert y Layla están allí, otras veces solo Robert, pero también es bueno conocerlos mejor a esos dos. Me alivia saber que Jenna tiene un sistema de apoyo, pero aun así no reemplaza el hecho de que yo debería haber estado aquí desde el primer día.

Un par de noches que he estado allí, me quedé dormido con Avery. Jenna normalmente me despierta, pero una noche me dejó quedarme y me despertó a las cinco de la mañana para volver a mi casa a ducharme y prepararme para el día. Todavía no puedo sacar de mi mente el recuerdo de Jenna esa mañana, despertándome y viendo sus ojos somnolientos en pijama. Inmediatamente recordé cómo se veía debajo de esa capa de ropa, cómo se sentía. Mis manos ardían por recorrer ese hermoso cuerpo suyo y enterrarme profundamente dentro de ella. Y mientras la miraba, tratando de disuadirme de agarrarla y llevarla de vuelta al dormitorio para devorarla, pude ver en sus ojos que también recordaba cómo era para nosotros. Me tomó cada gramo de fuerza mantener mis manos quietas y salir por esa puerta.

Ser un buen tipo nunca se había sentido tan jodidamente mal.

Sé que ella siente lo mismo que yo y que la tensión entre nosotros se ha vuelto aún más tensa por el deseo. Jenna es tan leal como parece y debido a su compromiso con su novio, ha vuelto a tratarme como a un extraño. Siempre es educada y cordial, pero nunca me deja mirarla por más de un segundo y se asegura de que nunca más estemos solos.

Esta noche, ella irá a uno de los juegos en casa de Jax y se supone que yo debo hacerme cargo de las tareas de niñera de Robert tan pronto como me desocupe. El plan es tomar una ducha rápida y luego dirigirme directamente al apartamento de Jenna. Alcanzo mi remolque, abro la puerta y tomo mi teléfono del mostrador. Se me cae el estómago cuando veo que tengo cinco llamadas perdidas de Robert y un mensaje que dice que necesito llamarlo lo antes posible.

—Tenemos una situación grave, Cal —afirma tan pronto como contesta mi llamada. Su voz está llena de tensión e inmediatamente mi corazón comienza a latir con pánico.

—¿Qué ocurre? ¿Están bien las chicas?

—Acabo de abrir el correo y hay una amenaza de muerte contra Jenna y Avery. —Él susurra con ira, su voz mezclada con urgencia.

—*Joder* —me quejo y rápidamente rebusco en mi remolque para encontrar una bolsa para empacar algo de ropa—. ¿Jenna lo sabe?

—No, ella ya se fue y yo estoy en su casa con Avery. Nos lo enviaron al buzón de correo de nuestro trabajo y yo estaba revisándolo. Rápidamente lo escondí para que Avery no lo viera.

—Bien, mantenlo oculto hasta que yo llegue allí y hagas lo que hagas, no le digas a Jenna todavía.

—Cal, no me gusta esto.

—Tengo un plan y elaboraremos una estrategia cuando llegue.

Cuelgo sin decir una palabra más, meto la ropa en una bolsa para poder darme una ducha en casa de Jenna y salir corriendo de mi remolque hacia el carro que me espera. Afortunadamente, no estoy lejos de su apartamento y solo tardo veinte minutos en llegar.

Robert y yo alimentamos a Avery y nos turnamos para jugar con ella. Cuando llega la hora de acostarse, le leo dos cuentos y me quedo con ella hasta que se duerme. Una vez que escucho su respiración constante, salgo sigilosamente de su habitación y cierro la puerta en silencio.

Cuando ve que estoy de vuelta, Robert me indica que me reúna con él en la oficina de Jenna. Voy a cerrar la puerta de la oficina, pero la dejo entreabierta para poder escuchar si Avery se despierta. Me vuelvo hacia él e inmediatamente me entrega un sobre manila. Meto la mano dentro y saco una bolsa de esas con cierre que contiene una foto adentro. Tan pronto como le doy la vuelta y veo lo que es, mi interior se enfría. Es una foto en blanco y negro ampliada de Jenna sosteniendo a Avery. Ambos ojos han sido recortados y hay una sustancia roja pegajosa por toda la foto. Las palabras MUERE están garabateadas en la misma sustancia roja.

—Maldita sea —gruño, mi respiración se queda atrapada en mi pecho ante la perturbadora foto. Lo devuelvo al sobre y cierro los ojos, pero es demasiado tarde, la imagen ya está grabada en mi cerebro. La rabia comienza a hervir dentro de mí y quiero destruir a cualquiera que esté amenazando con lastimar a mi familia.

—¿Qué hacemos? —Robert pregunta con ansiedad.

—Desafortunadamente, las amenazas de muerte son comunes para las celebridades, pero sé lo que debemos hacer.

—Sí, bueno, no es común para nosotros, los pobres civiles —se burla Robert con sarcasmo.

—Mi agente ya tiene contacto con el FBI. Déjame llamarlo y ver si podemos reunirnos con alguien de la oficina local. —Llamo a Philip y lo actualizo sobre lo que está pasando. Me promete que alguien de sus oficinas locales me llamará dentro de las veinticuatro horas.

La próxima llamada telefónica que hago es a Chase para ver si ha escuchado si alguien en su círculo ha estado hablando de una amenaza contra Jenna.

—No, nadie ha dicho una palabra, Cal. ¿Cuándo diablos vas a conseguirle un guardaespaldas? —pregunta con frustración.

—Le envié un contrato a uno y estoy esperando que lo firme, pero estaba en Europa terminando un trabajo, por lo que es posible que no esté aquí hasta la próxima semana.

—¿Jenna sabe acerca de la amenaza?

—No aún no. Robert acaba de recibirla hoy y le dije que no se lo dijera todavía. —Miro a Robert, que me mira con preguntas en los ojos—. Quiero esperar hasta después de hablar con el FBI, que con suerte será mañana.

—Ella necesita saber, Cal —advierte Chase y, aunque estoy de acuerdo con él, tampoco quiero asustarla, lo que será inevitable de todos modos. Prefiero tener un plan en marcha para darle un poco de tranquilidad.

—Ella lo hará —le aseguro—. Mientras tanto, debemos vigilarla muy de cerca y no dejar que ni ella ni Avery se pierdan de vista.

Le entrego el teléfono a Robert para que pueda volver a confirmar con Chase su horario esta semana. Una vez que terminan, colgamos con Chase y repasamos los calendarios de ambos. Cuando levanto el mío, gimo en voz alta cuando veo que tengo sesiones tardías las próximas tres noches seguidas.

—Tengo tomas nocturnas la mayor parte de esta semana, así que estaré fuera de servicio.

—Puedo quedarme aquí con ellas —sugiere Robert, pero lo descarto.

—¿Me puede dar el nombre y el número del administrador del edificio? Puedo ver si puedo contratar seguridad extra alrededor del perímetro del edificio.

—Yo lo conozco. Te enviaré su número ahora. —Robert escribe vigorosamente en su teléfono y me envía un mensaje con la información.

—Me voy a quedar con esto. —Levanto el sobre y él se estremece antes de asentir. Regreso a la sala de estar y coloco el sobre en mi bolso, debajo de mi ropa. Me siento en el sofá e inclino la cabeza hacia atrás con un suspiro.

Robert hace lo mismo y se une a mí en el sofá.

—Tengo miedo de abrir el correo ahora —admite, y no puedo decir que lo culpo.

—Esperemos que atrapemos a quien sea antes de que puedan enviar otro.

**

Robert y yo formamos equipo la semana siguiente para asegurarnos de que Jenna y Avery nunca estén solas antes. En cualquier tiempo libre que tengo, estoy con ellas, y Robert compensa el tiempo que no estoy. No es inusual que Robert esté siempre cerca, por lo que Jenna nunca cuestiona nada.

No se han enviado otras amenazas de muerte y cuando envié la foto a la policía local y al FBI, nos dijeron que las únicas huellas dactilares eran las de Robert. Interrogaron a Robert, pero debido a que la foto se envió de forma anónima a un Po Box y no tenía otras huellas dactilares, no tenían nada por lo que pasar. Me devolvieron la foto y aumenté la seguridad dentro y alrededor del edificio de Jenna para ayudar, especialmente con los paparazzi. Todavía son una molestia y siguen cada uno de sus movimientos cuando sale de su edificio. Chase me informó que cuando Jenna se reunió con Layla para almorzar hace dos días, ni siquiera podía salir del restaurante debido a la cantidad de paparazzi que estaban acampados en el frente. El restaurante llamó a la policía y la escoltaron hasta el automóvil y la siguieron para asegurarse de que llegara a casa a salvo.

—¿Cuál es el estado del guardaespaldas, Cal? —Robert pregunta cuándo estoy de regreso en casa de Jenna ayudándolo a cuidar a Avery mientras Jenna está en el partido de hockey de Jax. Es el último juego de su temporada y, afortunadamente para mí, no llegarán a los playoffs. Esto significa que no tendrá que asistir a más partidos de hockey por la noche, pero todavía tengo que saber si Jax planea quedarse en Chicago este verano o regresar a Canadá para visitar a su hija.

El hijo de puta mejor se va a casa.

—Debería estar aquí cualquier día de estos. El contrato está firmado, pero acaba de regresar de Europa, así que acepté darle un par de días para ir a casa y conseguir lo que necesita. Afortunadamente, vive aquí y solía trabajar para algunos de los famosos jugadores de baloncesto locales.

—Bueno. ¿Cuándo piensas decírselo a Jenna?

—El día antes de que él llegue. —Le doy a Robert una mirada de complicidad y él niega con la cabeza hacia mí.

—¿Por qué quieres que se enoje contigo?

—No quiero, pero ¿qué otra opción tengo? Si se lo digo ahora, probablemente inventará algún plan en su contra. ¿Por qué darle tiempo para pensar en eso?

Robert inclina la cabeza hacia un lado y piensa en ello.

—Ese es un buen punto.

—¿Cómo ha estado, Robert? —pregunto en voz baja, necesitando que alguien me diga algo sobre ella. Layla apenas está en la ciudad debido a su trabajo, por lo que Robert es el único que puede darme una idea—. Y por favor no me jodas.

Ella me mantiene a distancia y su muro está levantado. Estoy genuinamente preocupado.

Robert me estudia antes de suspirar—: ¿La verdad? Ella pende de un hilo. Su relación está en ruinas y ahora debe cuestionar los motivos ocultos de todos para involucrarse con ella, tanto personal como profesionalmente. Ella ha perdido toda privacidad debido a su asociación contigo. Ella pone cara de valiente, pero puedo decir que todo la está afectando.

Sus palabras son pequeñas heridas punzantes en mi corazón, y odio que su asociación conmigo tenga consecuencias.

—Si ella se abriera a mí, podría intentarlo. o ayudar a mejorar las cosas.

—¿Cómo mejorarías las cosas, Cal? ¿Y por qué debería ella? Técnicamente, lo que suceda en su vida personal y profesional no es asunto tuyo.

—Ese nunca será el caso. Todo lo que ella hace es asunto mío.

Robert se echa a reír.

—Dios, eres tan posesivo. ¿Estás seguro de que no tienes un solo hermano gay, más joven, perdido hace mucho tiempo para mí?

Sonrío y estoy a punto de bromear sobre clonarme para él cuando oímos girar la cerradura de la puerta principal. Jenna entra y me alivia ver que ha vuelto sin Jax detrás de ella, pero una mirada a su rostro revela que ha estado llorando.

—Jenna, ¿qué pasa? —Robert pregunta antes de que yo tenga la oportunidad. Ambos saltamos del sofá y rápidamente nos dirigimos hacia ella.

—Jax rompió conmigo —murmura, sin mirarnos a ninguno de los dos—. Si ambos me disculpan, me voy a la cama ahora. Por favor, váyanse si no les importa.

—Lo siento, Jenna —le digo con sinceridad, odiando verla sufrir a pesar de que esto es lo que he estado deseando.

—De alguna manera, lo dudo —responde con amargura, y la vemos caminar hacia su habitación y cerrar la puerta detrás de ella.

Robert me mira con las cejas levantadas.

—Bueno, ahora, ¿no es eso un cambio de juego?

—Debería ir a verla. —Empiezo a darme la vuelta, pero Robert me agarra del brazo.

—No, no deberías. Si alguien debería hacerlo, soy yo, pero conociendo a Jenna, ella necesita estar sola en este momento.

Vuelvo a mirar su puerta cerrada con anhelo. Odio verla tan alterada. *¿Tal vez ella realmente lo amaba y lo arruiné todo?*

—No te preocupes, ella estará bien. A pesar de que me gustaba Jax, creo que la relación seguiría su curso sin importar si estabas en la foto o no —él me dice con una sonrisa astuta. Caminamos hacia su puerta y salimos de su apartamento.

—¿Por qué dices eso? —pregunto mientras caminamos por el pasillo hacia los ascensores, intrigado por escuchar su opinión.

—Jenna nunca estuvo dispuesta a encontrarse con Jax a mitad de camino y ciertamente no se iba a mudar a Canadá. Él tiene una hija allí y no quería vivir aquí a tiempo completo. Era solo cuestión de tiempo antes de que uno de ellos rompiera. Tu llegada acaba de acelerar el proceso.

Una sonrisa lenta y traviesa se extiende por mi rostro porque ahora no hay nada que se interponga en mi camino para perseguir a Jenna.

Robert ve mi sonrisa y se ríe.

—Despacio, Romeo. Ella no va a caer a tus pies así tan fácil. Va a necesitar algo de tiempo antes de que empieces a volverte un macho alfa con ella.

Las puertas del ascensor se abren y entramos.

—Le daré todo el tiempo que necesite porque eventualmente será mía.

Capítulo 15

La noche siguiente, estoy sentado en mi tráiler repasando mis líneas para la próxima escena que estamos a punto de filmar cuando recibo un mensaje de Jenna.

Jenna: Solo quiero que sepas que voy a contratar a una niñera para esta noche.

Frunzo el ceño ante esto. *¿Por qué necesita una niñera? ¿Está saliendo con Jax? ¿Están tratando de reconciliarse?*
A la mierda que lo harán si tengo algo que decir.

Yo: ¿Robert no está disponible para cuidarla? ¿Te sientes cómoda confiando en una extraña?

Sé que se enojará si le pregunto a dónde va porque en su mente, no es asunto mío. Necesito descubrir cómo descubrir su paradero para esta noche y el único que me dirá es Robert.

Jenna: Robert estará conmigo esta noche y esta niñera ha estado viendo a Avery desde que era una bebé. Confío en ella completamente.

El alivio se lava sabiendo que estará con Robert y no con Jax. Antes de responderle, rápidamente llamo a Robert para obtener más detalles.

—¿Vas a salir con Jenna esta noche?

—Estaba a punto de llamarte. Sí, llamó y dijo que quería ir a O'Malley, que es nuestro lugar de reunión habitual que está a solo un par de cuadras de su casa. Aparentemente, ha sido un día difícil para ella.

—¿Por qué, por Jax?

—Estoy seguro de que eso fue parte de eso, pero... —hace una pausa antes de continuar—. ¿Sabes que tiene un segmento semanal en el canal Tres?

—Sí —respondo y ya sé lo que sigue antes de que lo diga.

—Lo eliminaron con efecto inmediato —dice, confirmando mis sospechas.

—¿Por qué? —pregunto en voz baja.

—Sabes por qué, Cal —él suspira, y yo lo sé. Lo eliminaron por el escándalo conmigo.

—Mierda —murmuro, enojado porque incluso si llamara al productor para hablarles un poco de sentido común, Jenna se enojaría conmigo por entrometerme.

—Entonces, ella quiere desahogarse. Tanto Layla como yo estaremos con ella esta noche. Ella estará bien.

—Está bien —le digo, pero algo no me sienta bien sobre esto.

Me quedo con Robert y le envío un mensaje a Chase, haciéndole saber dónde y con quién estará esta noche. Confirma en cuestión de segundos que él estará allí y yo respondo a Jenna, agradeciéndole por hacerme saber sobre la niñera.

Trato de volver a concentrarme en mi guion, pero mi mente sigue volviendo a ella. Estar asociado conmigo está perjudicando su carrera y no sé cómo mejorar eso. Solo tengo que rezar para que el circo que gire en torno a nuestra historia desaparezca pronto y las cosas vuelvan a la normalidad para ella.

***

—Señor Harrington, hay un hombre llamado Chase Wilson afuera alegando que tiene una situación de emergencia que necesita su atención.

Mi corazón comienza a latir con fuerza ante las palabras del asistente de producción, y dejo de hablar con el director y corro directamente a la entrada del edificio. Son las 11:30 de la noche y el hecho de que Chase se presente en el set significa que algo sucedió esta noche mientras Jenna estaba fuera. Lo veo a lo lejos, caminando de un lado a otro y grito su nombre.

—Jenna fue emboscada por los paparazzi en su camino a casa desde el bar. Físicamente está bien, pero mentalmente está traumatizada.

—¿Qué carajo? —Rugo, mis ojos casi salen de sus cuencas de mi ira—. ¿Dónde diablos estaban Robert y Layla? ¿Dónde diablos estabas *tú*?

—Cálmate y déjame explicarte —él dice, levantando las manos—. Yo estaba dentro, mirándolos toda la noche. Pedí comida y me senté al final de la barra para que no me vieran. Jenna sabe quién soy, así que no quería que notara mi presencia. Después de un par de horas, todos se levantaron y parecía que se iban a ir juntos. Pagué mi cuenta y corrí al baño. Cuando salí, no vi a Robert ni a Layla por ninguna parte y Jenna estaba sola, rodeada de Danny Salari y sus matones. Por lo que pude ver cuando corrí hacia ellos, la tenían rodeada y la estaban cegando con sus flashes hasta el punto de que estaba encogida en el suelo, escondiendo su cabeza debajo de sus brazos. Saqué mi teléfono y tomé video mientras corría hacia ella para que pudieras tener pruebas para presentar los cargos.

—¿Dónde está? —Mi mente visualiza cómo debe haber sido ella, lo asustada que debe haber estado y cómo quiero matar a Danny Salari.

—Está en casa, desmayada en la cama por la conmoción de todo. Robert debe haber estado todavía dentro del bar cuando Jenna se fue inicialmente y vio la conmoción cuando se iba porque vino corriendo para ayudarme a llevarla a casa cuando vio que la estaba llevando a su edificio. Tan pronto como la llevamos de forma segura, llamó al oficial de policía con el que estaban trabajando con respecto a la amenaza de muerte. Está en casa de Jenna ahora hablando con él.

—¿Dónde estaba Layla?

—No estoy seguro.

—Sígueme a mi tráiler para que pueda tomar mis cosas y poder salir de aquí —ordeno, corriendo hacia mi tráiler y corro para tomar mi teléfono celular y mi ropa. Cuando miro mi teléfono para ver si Jenna me ha llamado, veo que me he perdido las llamadas de Chase y Robert, pero no ella.

—¡Señor Harrington! —Oigo que gritan mi nombre mientras salgo de mi remolque—. ¿Está todo bien?

El mismo asistente de antes dice mientras corre hacia nosotros.

—Necesito irme y atender una emergencia familiar. Por favor, dile a James que no estaré mañana. —Él confirma que le dará mi mensaje al director, luego Chase y yo nos dirigimos a mi carro. Ladro órdenes a mi conductor para que nos lleve a casa de Jenna y, tan pronto como nos subimos al carro, sale corriendo del estacionamiento.

—¿Dónde diablos está su guardaespaldas, Harrington? —Aprieto la mandíbula ante el tono de voz acusatorio de Chase y le doy una mueca.

—He estado trabajando en eso durante jodidas semanas, Chase. No hay una maldita tienda de excedentes de guardaespaldas donde pueda sacar uno de un maldito estante —me burlo mientras saco mi teléfono celular y marco el número de Mason, el nuevo guardaespaldas de Jenna.

Sigo llamándolo hasta que finalmente contesta.

—Te necesito aquí esta noche —le exijo—. Tuvimos un problema con los paparazzi y ella necesita protección ahora.

Le doy la dirección de Jenna y le digo que se reúna conmigo en el vestíbulo de su edificio en una hora. Después de colgar con él, me siento y trato de calmar mi furia.

—¿Por qué Salari haría esto? —pregunto, sin entender sus motivos o lo que cree que ganaría con esto.

—Sinceramente, no lo sé. Nunca lo he visto hacer algo como lo que hizo esta noche.

—Sí, bueno, no se saldrá con la suya —le prometo con voz amenazadora—. Déjame ver el video.

Chase desbloquea su teléfono, toca su aplicación de fotos y comienza a reproducir el video para mí. Aprieto la mandíbula y cuanto más observo, más aprieto los dientes hasta el punto de sorprenderme de no haberlos roto. Ella estaba completamente rodeada y en el suelo como un animal herido.

—Pero hay una cosa —comenta Chase cuando termina el video y lo rebobina hasta el principio—. Él nunca le puso la mano encima. Probablemente dirá que estaba borracha y se cayó porque cuando llegué a ella, ya estaba en el suelo.

—¿Qué estás diciendo? ¿Qué crees que él se saldrá con la suya? —pregunto con incredulidad porque haré todo lo que esté en mi maldito poder para asegurarme de que pague.

—Él podría. Depende de lo bueno que sea su abogado.

—De ninguna manera —gruño con disgusto ante la posibilidad de que salga libre de esto.

—He visto que sucede antes. Solo tratando de prepararte. Tienes suficiente evidencia para una orden de restricción contra él y todos sus compinches y eso podría ser todo lo que puedas obtener.

Entramos en el círculo del edificio de Jenna, y ni siquiera me molesto en responder cuando salgo del carro. Puedo ver a

Robert hablando con el detective Andrews a través de las ventanas de vidrio.

—¿Por qué estás aquí y no arriba con Jenna? —pregunto tan pronto como los llego a alcanzar.

—Porque Jenna y Avery están dormidas y no queremos despertarlas. —Robert responde con voz cansada. Su cabello está despeinado como si hubiera estado tirando de él toda la noche.

—Tengo registradas las declaraciones de usted y del señor Wilson, pero mañana necesitaré obtener las de la señorita Pruitt —le dice el detective a Robert. Se gira hacia mí y me da la mano—. Señor Harrington, espero que persuada a la señorita Pruitt para que presente cargos.

—Claro como la mierda que estamos presentando cargos —confirmo porque no hay forma de que deje que estos bastardos se salgan con la suya con lo que hicieron.

—Muy bien. Entonces los veré mañana. —Él asiente y se va.

—¿Por qué no estabas con ella cuando ella se fue? —exijo, necesito conocer su lado de la historia.

Deja escapar un suspiro cansado y se frota los ojos con los puños.

—Jenna estaba lista para irse antes que Layla y yo, pero yo iba a acompañarla a casa. Ella me aseguró que iba a tomar un taxi y que no me necesitaba, porque normalmente, hay taxis esperando justo afuera para los clientes. Miré afuera primero y vi muchos taxis y ningún paparazzi. Jenna fue al baño durante ese tiempo y cuando regresó, nos separamos. Pero debió haber cambiado de opinión tan pronto como salió y vio que no había nadie alrededor. Decidí irme diez minutos después y fue cuando vi la conmoción un par de cuadras hacia su casa y corrí. —Se pasa la mano por el cabello y cuando me mira, parece que está luchando contra las lágrimas—. Lo siento, Cal. Me dijo que iba a tomar un taxi. Debí haberme asegurado, haberla acompañado.

Suspiro con frustración, pongo mis manos detrás de mi cuello y miro hacia el techo antes de responder.

—No es tu culpa, Robert —le digo con resignación, mirándolo y bajando los brazos. Sé que se siente como una mierda al respecto y está asumiendo la culpa—. No sabías que iba a cambiar de opinión.

Él traga y asiente, pero no parece convencido.

—Nunca la había visto así —susurra y se mira las manos—. Parecía tan pequeña y frágil cuando Chase la cargaba. Nunca la había visto tan asustada en todos los años que la conozco.

Cierro los ojos y aprieto la mandíbula, mis manos se cierran en puños queriendo golpear algo... preferiblemente a Danny Salari. Por mucho que quiera lastimar a ese hombre por lo que hizo, estar tras las rejas es lo último que cualquiera de nosotros necesita en este momento.

—Esto nunca volverá a suceder —juro y lo miro fijamente a los ojos—. Su guardaespaldas estará aquí en cualquier momento y no me importa una mierda si a ella no le gusta.

Robert asiente y dice—: Bien, me alegro de que finalmente venga.

—Todavía voy a mantener a Chase incluso con el guardaespaldas —le digo a Robert, que parece inquieto por la noticia.

—¿Vas a decirle a Jenna que la están siguiendo a propósito? —pregunta con una ceja levantada.

—Lo haré una vez que se haya acostumbrado a que Mason esté cerca.

Robert niega con la cabeza, pero no dice nada a eso.

—La niñera se fue a casa, pero planeo dormir en la habitación de invitados esta noche.

—Tomaré el sofá. No me voy esta noche. No hasta que sepa que ella está bien. —Robert asiente con aprobación y decidimos sentarnos en los sofás del vestíbulo mientras esperamos a Mason.

Aparece veinte minutos más tarde con una bolsa de lona y me doy cuenta de que ni siquiera había pensado en sus arreglos para dormir esta noche. Le presento a Robert, quien nos ayuda a incluir a Mason en la lista de invitados de la recepción. Jenna tendrá que darle la aprobación final para estar en la lista aprobada.

Volvemos a sentarnos y lo actualizamos sobre lo que sucedió esta noche y cuáles son mis expectativas para él mientras trabaja para mí y protege a las chicas. Nos aseguramos de que él y Robert intercambien números de teléfono y luego Robert me ayude a asegurar una habitación de hotel para él en el hotel más cercano, que afortunadamente está a menos de una milla de distancia y tiene disponibilidad tan tarde en la noche.

Después de despedirnos de Mason, subimos las escaleras y entramos en silencio al apartamento. Primero voy a ver a Avery, que está recostada en la cama y tiene las sábanas por todas partes, pero está profundamente dormida. A continuación, reviso a Jenna. Está acostada boca arriba, completamente vestida y los restos de su rímel están pegados a sus mejillas por llorar. Incluso dormida, frunce el ceño y rezo para que no tenga pesadillas sobre lo que pasó.

Me quedo allí mirándola, deseando que todo fuera diferente porque sé que esto no estaría pasando si nunca nos hubiéramos separado hace tantos años. Nuestra relación habría crecido con mi carrera, y ella sabría cómo manejar estar con alguien que está en el ojo público. Sé que ya estaríamos casados y tendríamos más hijos. De repente, una ola de tristeza me invade mientras lamento lo que podría haber sido nuestra vida juntos si no la hubiera dejado escapar y dejar que otros interfirieran. Pero aquí estamos hoy y mi entrada en su mundo privado le ha traído caos e incertidumbre. Necesito averiguar cómo hacer las cosas mejor.

Se lo debo, tengo que solucionar esto.

La miro por última vez con anhelo antes de salir de su habitación y cerrar la puerta suavemente detrás de mí. Tener a Mason aquí es el primer paso para hacer las cosas bien, pero convencer a Jenna será otra historia. Jenna va a pensar que estoy tratando de controlar cada uno de sus movimientos al tener un guardaespaldas, razón por la cual aún no puedo contarle sobre Chase. Si mantener a Jenna a salvo hará que se enoje conmigo por un tiempo, que así sea.

Capítulo 16

—¿Dónde está mi mami?

Levanto la vista de mi computadora y veo a Avery de pie en la puerta de su habitación, con cabello por todas partes y ojos somnolientos. Son las siete y apenas he dormido un par de horas, mi mente ocupada pensando en cómo podría mejorar las cosas para Jenna, pero me quedé con las manos vacías.

—Buenos días, cariño. Tu mami todavía está durmiendo, creo que deberíamos dejarla descansar más tiempo y no despertarla. ¿Qué tal si vamos a comprar donas de camino a la escuela? —Su rostro se ilumina y está a punto de dar su infame chillido de placer cuando levanto un dedo y lo llevo a mi boca.

—Si te quedas callada como un ratón, te dejaré comer dos donas. A ver si puedes ir a prepararte para la escuela sin decir una palabra —la desafío y sus ojos se abren como platos, pero ella lleva sus dedos a su boca, aprieta su dedo índice con su pulgar y los gira como si estuviera sellando su labios con una llave. Me muerdo el interior de la mejilla de tanto reír y le sonrío. Vuelve corriendo a su habitación y cierra la puerta. Escucho que se abren y cierran cajones y sé que se está preparando.

Jodidamente amo a mi hija.

Lo que me recuerda que Jenna y yo todavía tenemos que idear un plan sobre cómo vamos a revelar que soy su padre. Es asombroso que el secreto se haya guardado tanto tiempo, pero acabamos de caer juntos en una rutina que a veces ni siquiera se siente como si ella no lo supiera todavía, pero es el momento adecuado. Espero que podamos convertirlo en una prioridad después de lidiar con el incidente de anoche.

—¿Acabo de escuchar a Avery? —Robert sale del dormitorio de invitados y la busca a su alrededor.

—Sí, se está preparando para la escuela. La soborné con donas para el desayuno si puede estar callada para no despertar a Jenna.

—¿Todavía está dormida? —él pregunta sorprendido. Asiento mientras cierro mi computadora portátil y me levanto del sofá.

—¿Has dormido? —pregunto, notando los círculos oscuros debajo de sus ojos.

—¿Apenas, tú?

—Lo mismo. Mason estará aquí después de que deje a Avery y esperaremos a que Jenna se despierte sola. Si se despierta mientras no estoy, por favor no dejes que se vaya.

—Buena suerte con eso. Si esa mujer quiere irse, lo va a hacer y no hay nada que podamos hacer para detenerla. A menos que quieras atarla a la cama. —Me sonríe y eso me hace reír, apreciando su sentido del humor, en especial porque eso es exactamente lo que me encantaría hacer.

—Objetivos futuros —le digo con un guiño—. Pero por ahora, tomaré su carro para dejar a Avery en la escuela.

—Oh, eso seguramente la enfadará —comenta Robert con una sonrisa y procede a agarrar sus llaves para mí del gancho de la pared.

Una vez que Avery está lista para partir, nos dirigimos al garaje y nos subimos al carro de Jenna. Encuentro la tienda de donas más cercana en la navegación del carro y me dirijo hacia allí. Una vez que llegamos, a Avery le toma solo diez minutos devorar dos donas y una botella de leche. Apenas dijo una palabra mientras comía, completamente consumida por la delicia de su desayuno azucarado. La limpio y salimos para ir a la escuela.

Estoy de regreso en el apartamento a los veinte minutos de dejarla. Mason llegó a trabajar mientras yo no estaba, y Robert le está mostrando el apartamento cuando entro. Le doy la mano a Mason a modo de saludo y Robert le entrega una copia impresa del calendario de Jenna para el mes. Seguimos hablando durante otros diez minutos cuando escuchamos que la puerta de Jenna se abre y se da la vuelta.

Está completamente vestida con ropa de entrenamiento, su rostro es ilegible. No esperaba histeria de Jenna, pero puedo sentir la ira saliendo de ella en oleadas. Mira entre nosotros y su mirada se detiene en Mason, mirándolo con sospecha.

—¿Cómo te sientes hoy? —Robert pregunta, rompiendo el silencio.

—Bien —le dice con voz firme mientras camina hacia la habitación de Avery. —¿Dónde está Avery?

—Ya la llevé a la escuela —respondo, mirándola atentamente—. Jenna, quiero que conozcas a Mason, tu nuevo guardaespaldas. Estará contigo en todo momento cuando necesites salir de casa. Somos extremadamente afortunados de que estuviera disponible en tan poco tiempo.

Asiento con mi gratitud.

Revisé sus credenciales y estoy cien por ciento seguro de que podrá mantenerlas a ti y a Avery a salvo cuando estén en público.

Ella me mira fijamente, sus ojos disparando dagas y si estuvieran sumergidos en veneno, estaría muerto en segundos. Está furiosa y aunque sabía que iba a reaccionar de esta manera, verlo en persona me pone nervioso.

Se vuelve hacia Mason con una mano extendida y la sonrisa más falsa que he visto en ella.

—Encantada de conocerte. ¿Cuál es tu apellido, Mason?

—Puede llamarme Mason, señora —le dice mientras le da la mano y puedo decir que no le gusta que no haya respondido a su pregunta por la forma en que su sonrisa vacila.

—Bueno, Mason, agradezco que estés aquí por mi bienestar, pero verás, parece haber una pequeña falta de

143

comunicación ya que nunca me preguntaron si te quería aquí o no y sin ofenderte personalmente, pero no lo hago. No necesito un guardaespaldas. Estoy segura de que el señor Harrington te está pagando generosamente para que desperdicie sus habilidades cuidándonos a mí y a mi hija. me disculpo en su nombre y le deseo la mejor de las suertes ya que no necesito sus servicios. —Me hierve la sangre ante sus palabras y la agarro del antebrazo mientras trata de alejarse y marcharse.

—Mason, parece que la señorita Pruitt está lista para correr por la mañana. Por favor, siéntete libre de prepararte para ir con ella en el baño de invitados mientras tengo una conversación con ella —le digo con voz fría mientras miro a Jenna, desafiándola a desafiarme. Sabe que me estoy enfadando, pero no le doy la oportunidad de responder mientras la llevo a su dormitorio para hablar en privado con ella.

Tan pronto como entramos, me quita el brazo de un tirón y se dirige directamente a la ventana para mirar hacia afuera. Cierro la puerta detrás de mí y empiezo a caminar, mi frustración aumenta por su terquedad.

—Jenna, sé que no eres tan estúpida como para creer que no necesitas un guardaespaldas después del incidente de anoche. —Las palabras salen de mi boca antes de que pueda detenerlas. No quiero ser tan duro o insultar su inteligencia, pero estoy irritado por la forma en que está actuando.

Mis palabras no caen bien cuando se gira para mirarme, sus manos se cierran en puños y sus ojos se entrecierran con disgusto.

—¡Bueno, Cal, supongo que a tus ojos soy estúpida porque no necesito un guardaespaldas! Siento que lo de anoche fue un incidente aislado y no volverá a suceder, ya que con suerte la gente se horrorizará cuando vean las imágenes una vez publicadas.

Dejo de caminar, cierro los ojos y me agarro el puente de la nariz, mentalmente cuento hasta diez para calmarme. Le di permiso a Chase para publicar el video y publicar cualquier foto que tenga de ellos acosándola, con la esperanza de indignación pública, pero eso no significa que las cosas vayan a cambiar necesariamente.

—Desafortunadamente, no es así como funciona el mundo de los paparazzi. Anoche simplemente alimentó su fuego y ahora te perseguirán aún más.

Camina hacia mí y se detiene a centímetros de mi pecho, su rostro estoico y su mirada determinada.

—No conozco el mundo de los paparazzi. No conozco tu mundo. Lo que sí sé es que no quiero formar parte de él. Al igual que no quiero ninguna parte de tu mundo. Tú trajiste esto a mi vida. Tienes que arreglarlo y la solución es que te vayas.

Sé que está enojada conmigo, pero sus palabras duelen y si las dijo a propósito, entonces dio en el blanco. La dejo ir, observándola girar sobre sus talones, abrir la puerta y marchar directamente a través de la sala de estar hacia donde Mason está parado en la puerta principal. Ella le dice algo mientras él le abre la puerta principal. Ella pasa junto a él, y él me señala con la barbilla, siguiendo su ejemplo y cerrando la puerta detrás de él.

Lentamente salgo de su habitación y miro a Robert, quien me está mirando con simpatía. Dejo escapar un lento suspiro de tensión.

—¿Ayúdame a entender por qué está actuando como si yo acabara de arruinar su vida?

—Bueno, veamos. —Se golpea los labios con el dedo índice y finge pensar—. La dejaste embarazada y luego tu exasistente se hizo pasar por ti y le dijo que no querías tener nada que ver con ella o con tu bebé, así que te odia desde entonces. Regresas a su vida y descubre que todo era mentira. Su vida personal está en todas las noticias. Tiene gente extraña siguiendo cada uno de sus movimientos. Su novio la deja y ahora su carrera comienza a sufrir. Ha perdido todo el control de su propia vida. ¿Eso lo resume todo para ti?

Su tono sarcástico ensombrece aún más mi estado de ánimo.

—Robert, si pudiera cambiar el pasado, lo haría en un santiamén, pero no puedo. No soy el malo aquí y estoy haciendo todo lo posible para arreglar las cosas, pero joder si no sé qué diablos hacer para que ella confíe en mí.

—Ocultarle secretos no es hacer tu mejor esfuerzo. Deberías haberle dicho sobre el guardaespaldas en el momento en que lo estabas considerando.

—Tienes razón, debería haberlo hecho, pero no lo hice y lo hecho, hecho está.

—Así que hazlo mejor. Cuéntale sobre la amenaza cuando se calme y esté en un mejor estado de ánimo. Te garantizo que comenzará a animarse con la idea de tener a Mason cerca una vez que sepa que la vida de Avery ha sido amenazada.

Asiento hacia él, rezando para que tenga razón. Entra en la oficina de Jenna para trabajar, me siento en el sofá y abro mi computadora portátil para continuar respondiendo correos electrónicos, la tensión comienza a abandonar mi cuerpo al saber que ella está a salvo con Mason.

Treinta minutos después, todo eso cambia con una sola llamada telefónica.

—¡La acabo de perder! ¡Corrió a través del tráfico que se aproximaba y provocó un accidente de tres carros! Ella hizo esto a propósito para tratar de alejarse de mí. Necesito que alguien venga aquí y se encargue de esta situación para poder encontrarla —grita Mason a través del teléfono y cuelga, sin siquiera decirme dónde está.

—*¡Mierda!* —Grito tan fuerte como puedo, inclinando mi cabeza hacia el techo. Mi furia hace que Robert salga corriendo de la oficina.

—¿Qué ocurre? —Robert pregunta presa del pánico.

—Jenna se deshizo de Mason y provocó un accidente. Él está atrapado allí mientras ella se aleja más de él. —Marco el número de Jenna y ambos nos miramos mientras escuchamos su teléfono sonar en su habitación. *¡Maldita sea, ella no tomó su teléfono!*

—Tomemos el control de Mason en la escena del accidente para que él pueda buscarla. —Robert entra en acción, agarra sus llaves y corre hacia la puerta principal.

—¿Conoces su ruta normal? —pregunto mientras lo sigo por la puerta principal y hacia el ascensor.

—Sí. —Entonces procede a darme los datos.

—Perfecto, déjame llamar a Chase y hacer que siga esa ruta para buscarla.

Llamo a Chase mientras tomamos el carro de Jenna para relevar a Mason para que pueda continuar por el camino que tomó Jenna antes de desaparecer. Como no estamos muy lejos del apartamento, Robert me insta a que lo deje y vaya a buscar a Jenna con su carro.

—Tomaré un taxi y comenzaré a buscar una vez que termine. —Estoy de acuerdo con su plan y empiezo a conducir dentro de un radio de quince millas del apartamento. Conduzco continuamente en una plaza durante dos horas y media, mi esperanza de encontrarla disminuye con cada minuto que no la veo.

Llamo a la escuela de Avery y me confirman que todavía está allí. Robert informa que ni Layla ni sus padres han sabido nada de ella. Mi ira comienza a disiparse y el miedo la reemplaza con la imagen mental de la amenaza de muerte que destella continuamente ante mis ojos.

Nunca he sido un hombre de oración, pero he orado más en la última hora que en toda mi vida.

¡Por favor, Dios, que esté bien!

Mason, Chase y Robert no tienen suerte para encontrarla y Robert envía un mensaje grupal diciendo que regresará al apartamento para ver si ella está allí. Hago un giro final más antes de entrar en su edificio y estacionar el carro.

Una vez que salgo del elevador, corro a su apartamento solo para encontrar a Robert y Mason allí, ambos sacudiendo la cabeza con resignación.

—¿Cuándo llamamos a la policía? —Robert pregunta, su voz temblando por la preocupación.

—No se le considera una persona desaparecida durante veinticuatro horas —responde Mason, secándose el sudor de la cara con una toalla.

Robert abre un mapa en su computadora portátil y comenzamos a repasar los lugares que cubrimos y los lugares que podemos buscar cuando recibimos un mensaje grupal de Chase.

Chase: La encontré llorando en la playa.

Aparece una foto y es Jenna acurrucada en una posición de pelota sentada en la arena con la cabeza hacia abajo, sus brazos abrazando sus rodillas.

Chase: Dejaré que se calme antes de acercarme a ella y acompañarla a casa.
Danos otros treinta minutos.

—¡Ah, gracias a Dios! —Robert exclama aliviado, pero no respondo. La mezcla de emociones me ha dejado insensible y camino hacia la ventana y miro el agua del lago Michigan. Si bien debería haber sentido alivio y felicidad de que ella esté bien, en lugar de eso, vuelvo a estar furioso. Estoy enojado con ella por poner imprudentemente su vida en peligro. Comienzo por convertirme en una bomba de relojería y cuando finalmente escucho que la puerta se abre anunciando su llegada, estoy a punto de explotar.

—Quiero a todos menos a Jenna fuera de este apartamento —gruño en voz baja y me giro para mirarla. Mi mirada se traga sus ojos rojos e hinchados, sus mejillas hinchadas, su cabello despeinado y su ropa pegada a su cuerpo por el sudor. El lugar está en silencio y nadie hace además de irse.

Ella me mira con los ojos muy abiertos y se traga el nudo de miedo que tiene atrapado en la garganta.

—Cal, yo… —comienza, pero inmediatamente la interrumpo. En tres largas zancadas estoy frente a ella, mis manos cerradas en puños para evitar agarrarla y darle una buena sacudida.

—¡Pequeña tonta! ¿Sabes lo que te pudo haber pasado ahí fuera? —grito, necesitando que entienda por lo que acaba de hacernos pasar. Necesitaba que ella entendiera que lo que ella hizo era cualquier cosa menos aceptable.

Hace una mueca y una vocecita dentro de mi cabeza me dice que necesito calmarme, pero mis emociones son como lava saliendo de un volcán en erupción. Rápido y furioso.

—Lo siento, de verdad que lo siento —ella suplica y gira su mirada hacia Mason—. ¡Mason, lo siento mucho!

Él asiente en reconocimiento, pero no dice una palabra.

—¿Qué esperabas probar, Jenna? ¿Sabías que causaste un choque de tres carros con tu pequeño truco? —Ella parece aún más sorprendida, y su ingenuidad me enfurece—. Dime, Jenna, ¿qué esperabas probar?

—Vamos Cal, ella se disculpó. Jenna, no volverás a hacer eso nunca más, ¿verdad? —Robert interviene, pero he pasado el punto de no retorno, necesito expresar mi punto de vista.

—Lo prometo, nunca volveré a hacer eso —ella confirma con un movimiento de cabeza, pero no estoy satisfecho. Jenna necesita que la sorprendan para que comprenda y sé lo único que lo hará.

—¡Tienes toda la razón, nunca volverás a hacer eso porque es por eso por lo que necesitas un guardaespaldas, Jenna! —Retrocedo hacia la mesa porque saqué el sobre de su amenaza de muerte antes, tratando de ver si podíamos reconocer alguna parte de la ciudad en el fondo con la esperanza de encontrarla en el mismo lugar, pero sus rostros están demasiado en el punto focal. Lo agarro de la mesa y camino hacia ella.

—¡No, Cal! ¡Ya ha tenido suficiente por hoy! —Robert me grita y trata de quitármelo de la mano, pero soy más rápido. Se lo meto en la cara y cuando sus ojos, se enfocan en lo que está viendo, ella jadea.

Ella mira hacia arriba y mira entre mí y Robert, horrorizada por la imagen que ve.

—Esto —gruño con voz amenazante, sacudiendo la foto frente a ella—. ¡Es por esto por lo que Mason está aquí! ¡Podrías haber hecho que te mataran hoy!

—¡Detente, Cal! ¡Has dado a entender tu punto! —Robert grita de frustración.

Ella mira la foto y todo el color comienza a desaparecer de su rostro. Se tapa la boca y corre hacia su dormitorio. Da un portazo y en dos segundos, escuchamos otro portazo. Podemos escucharla vomitar y es cuando comienza a gritar y llorar cuando me doy cuenta de que he ido demasiado lejos.

—¿Eres jodidamente feliz ahora, imbécil? —Robert me mira con disgusto. Mason simplemente se sienta allí en silencio, sus ojos desviados hacia abajo.

Mi estómago cae y la vergüenza golpea a través de mí, vibrando desde mi cabeza hasta los dedos de mis pies. A pesar de que hice mi punto, nunca debería haberlo manejado de la manera que lo hice.

—Joder —murmuro y camino lentamente hacia su habitación. Abro la puerta y veo que todavía está en el baño. Cierro detrás de mí y camino hacia la puerta del baño. Me detengo y me obligo a escuchar su llanto, cada gemido perfora mi corazón y me hace palpitar de dolor. Es pura tortura escucharla así, y merezco ser torturado.

Porque si no fuera por mí, ella no estaría pasando por esto.

Si no fuera por mí, ella no estaría recibiendo amenazas de muerte.

Si no fuera por mí, los paparazzi no la perseguirían.

Si no fuera por mí, ella tendría una vida normal.

Me deslizo por el costado de su cama y me siento frente a la puerta, aceptando mi castigo. No merezco a esta mujer. La idea de dejarla a ella y a Avery cruza brevemente por mi mente, pero sé que no hay forma de que pueda volver a estar sin ellas. Eso puede ser egoísta de mi parte, pero sé que soy el hombre adecuado para ella. Ahora tengo que demostrárselo e incluirla en las decisiones que la afectan a ella y a nuestra hija.

Eventualmente deja de llorar y escucho que el agua del lavamanos se abre. A los pocos minutos sale con el cabello suelto, la cara y los ojos hinchados. Ella me observa en silencio y yo la miro con remordimiento.

Ella se acerca lentamente y extiendo mi mano, mi mirada le ruega que la tome. Extiende la mano para agarrarla y con un movimiento rápido, la acomodo en mi regazo y la abrazo con fuerza. Espero que ella pelee conmigo, pero en vez de eso, hace una bola con la tela de mi camisa en su mano y comienza a sollozar en mi pecho. Cierro los ojos y dejo que sus lágrimas

151

empapen mi camisa y manchen mi corazón. Levanto mi mano y froto su espalda, animándola a dejarlo salir. Me aferro a ella tan fuerte como puedo y me prometo a mí mismo que nunca dejaré que esto vuelva a suceder. Nunca haré que Jenna llore y sufra así porque nadie le hace esto a las personas que ama.

Y amo a Jenna Pruitt.

Es desafiante y exasperante con su terquedad, pero no cambiaría nada de ella. Me encanta su espíritu fogoso, su independencia, y ver su amor por nuestra hija me llena el pecho de tanto orgullo que duele. Ella es la mujer de mis sueños y yo seré el bastardo más afortunado del mundo si al final de todo esto todavía logro que se enamore de mí.

Sus lágrimas comienzan a disminuir y la acuno suavemente. Está tan callada que miro hacia abajo para ver si se ha quedado dormida y mi mirada se encuentra con esos hermosos ojos marrones.

—Lo siento, Jenna. No debí haber hecho eso —susurro con pesar—. Estaba asustado y enojado cuando no pudimos encontrarte y necesitaba que entendieras la verdadera razón por la que Mason está aquí. El incidente de anoche solo adelantó el proceso de que él llegara antes.

—¿Por qué no me hablaste de la foto? ¿Cuándo la recibimos? —pregunta en voz baja y sé que es hora de que sea honesto y revele la verdad.

—Llegó por correo la semana pasada. Robert lo encontró e inmediatamente me llamó. Fui a la policía, que involucró al FBI. Lo probaron en busca de huellas dactilares, pero salió vacío.

—¿La semana pasada? —Levanta la cabeza de mi pecho, sus ojos llenos de incredulidad—. ¡Cal, no puedes ocultarme estas cosas!

La decepción por mis acciones me consume y hago una mueca.

—Tienes toda la razón, Jenna. Pero con todo lo que ha estado pasando, quería protegerte y esperar que no vuelva a suceder. Sé que estuvo mal —admito, esperando que escuche lo sincero que soy.

—Debes comunicarte conmigo, Cal. No puedo quedarme a oscuras sobre algo tan serio, a pesar de que quieras protegerme de eso.

Asiento, sabiendo que necesito hacerlo mejor para contarle cosas en lugar de mantener las cosas en privado para protegerlas.

—¿Podemos hacer un pacto en el que ambos trabajaremos para comunicarnos mejor entre nosotros? —pregunto con una ceja levantada y ella asiente.

—Bueno. —Sin pensarlo, me inclino y beso su frente. Inhala con fuerza y mi mirada se dirige a esos labios. Veo su lengua asomándose lentamente y lamiendo sus labios, mi pene palpitando al recordar lo que se siente al sentir esa lengua y esos labios contra los míos. La miro y noto que sus ojos están oscuros y dilatados y me mira con hambre, tal como yo estoy con ella. El deseo reemplaza a su tristeza y agacho la cabeza, hipnotizado por la necesidad de besarla. Estoy a centímetros de ella cuando un fuerte golpe en la puerta me detiene.

—Cal, tu agente no deja de llamarte —dice la voz apagada de Robert.

—Ya voy —respondo con voz ronca, molesto por la interrupción. Suspiro e inclino la cabeza hacia atrás porque sé que Philip no dejará de llamar hasta que escuche una actualización sobre Jenna. Llamó para preguntarme por qué no estaba en el trabajo, así que tuve que informarle sobre lo que estaba pasando.

Vuelvo a mirarla y sonrío. Por mucho que quiera besarla, sé que ahora no es el momento. Ella es un desastre emocional de las últimas cuarenta y ocho horas y acaba de terminar una relación. Cuando bese a Jenna, quiero que ella me devuelva el beso con la mente y el corazón despejados.

—¿Por qué no te refrescas y luego sales para que podamos hablar sobre cómo vamos a utilizar a Mason? —Parece como si estuviera aturdida y lentamente Asiente. Desenredamos los brazos y nos ayudamos a levantarnos del suelo.

Salgo de su habitación y cierro la puerta detrás de mí para que tenga algo de privacidad. Por primera vez en horas, sonrío, el sentimiento de esperanza vuelve a mi corazón porque sé que, si podemos sobrevivir a esto y salir juntos, sobreviviremos a cualquier cosa más que se nos presente.

Capítulo 17

Las cosas se han calmado desde que Jenna presentó cargos contra Danny Salari y sus amigos hace un par de semanas. Fue arrestado después de que Jenna dio su declaración por acoso, pero pagó la fianza un par de horas después. Ella tiene una orden de alejamiento en su contra y eso parece haber enviado un mensaje al resto de los paparazzi. Han comenzado a disminuir, pero no lo suficiente como para que pueda aventurarse sola sin un guardaespaldas. Ambas chicas comenzaron a acostumbrarse a que Mason estuviera cerca e incluso Avery pudo romper su fachada estoica y lograr que sonriera más.

Mi horario sigue siendo esporádico con la película, pero trato de maximizar mi tiempo con las chicas. Puedo decir que Jenna poco a poco está empezando a confiar más en mí por sus acciones. Nos reímos más juntos y la atrapo mirándome cuando cree que no estoy mirando. Por mucho que esté listo para sumergirme directamente en nuestra relación y continuar donde lo dejamos en Las Vegas, Jenna no está lista.

Pero ella lo estará.

***

Escucho a mi agente hablar por su teléfono celular, mi mente se apresura a pensar cuáles son las verdaderas razones por las que hace una aparición sorpresa en el set hoy. Casi nunca me visita mientras estoy filmando y si lo hace, me avisa cuando viene. No me gustan las sorpresas y él haciendo una visita a domicilio de la nada no me sienta bien. Él apareció cuando íbamos a almorzar y convenció al director de que me diera el resto del día libre para poder visitarme.

Algo se siente sospechoso en todo este arreglo.

Él se registró en el mismo hotel en el que me hospedo, pero sólo por una noche. Almorzamos y ahora mi conductor está dando vueltas por Chicago. Él termina su llamada telefónica y cuelga.

—Lo siento por eso, Cal —él dice mientras guarda su teléfono celular en el bolsillo.

—No hay problema. Entonces, Philip, ¿por qué estás aquí y por qué no me dijiste que venías? —Ya no tiene sentido andarse por las ramas. Quiero respuestas.

Él se ríe y dice—: ¿No puedo venir a visitar a uno de mis clientes más importantes?

—Déjate de gilipolleces, Philip. ¿Qué pasa? —Exijo con una sonrisa fría, sin tener paciencia para sus juegos.

—No pasa nada. Quería ver cómo te va y finalmente conocer a Jenna y Avery. Son una parte importante de tu vida y, por lo tanto, importantes para mí. Sé que esta visita es repentina y me disculpo, pero realmente fue la única fecha que tuve disponible en los próximos meses y pensé que podría venir aquí, ver cómo estabas y finalmente conocer a Jenna.

Sé que Philip es un hombre de familia, así que no debería cuestionar sus intenciones de conocer a mis chicas. Me parece extraño que nada de esto haya sido planeado. No tengo idea de cuáles son los planes de Jenna para hoy porque se suponía que estaría en el set todo el día y no planeaba verlos hasta la mañana. Saco mi teléfono celular y le envío un mensaje a Robert, preguntándole si Jenna está en casa.

Robert: Ella y Mason fueron al supermercado. Deberían estar de vuelta en breve. ¿Por qué?

Yo: Mi agente está aquí y quiere conocerla.

Robert: Estoy en su casa, así que puedes pasarte ahora y esperarla.

Le envío un mensaje a Jenna para contarle sobre Philip y que haremos una aparición rápida y le indico a mi conductor que vaya a su casa.

—Excelente, gracias por hacer que esto suceda tan rápido. ¿Estará Avery en casa? —me pregunta.

—No, ella está en la escuela, así que tendrás que esperar hasta la próxima.

Acepta mi respuesta y en veinte minutos estamos en casa de Jenna. Robert nos deja entrar y presento a los dos hombres. El teléfono de Robert comienza a sonar y se disculpa y sale del apartamento. Nos sentamos en el sofá y comenzamos a hablar sobre el cronograma de la gira de prensa para el próximo estreno de mi película.

—Entonces, Cal, sabes que siempre soy sincero contigo... —comienza Philip, y mis defensas se elevan de inmediato—. Y bueno, el estudio no está muy contento con tus titulares recientes en las noticias.

—Como mi agente, espero que haya discutido con ellos las circunstancias del por qué.

—Por supuesto que sí, y son muy comprensivos contigo y con Jenna, pero sienten que es necesario que haya algún control de daños.

—¿Control de daños? —pregunto confundido.

—Bueno, tu imagen recibió un golpe con ese titular de ser un padre desobligado y aunque sabemos que eso no es cierto y has estado aquí con tu hija durante casi dos meses, están preocupados de cómo afectará tu reputación a en la taquilla.

Lo miro con los ojos entrecerrados, no me gusta a dónde va esta conversación.

—¿Y qué están sugiriendo que hagamos?

—Quieren que Jenna te acompañe a los estrenos y se presenten como una pareja feliz y enamorada.

—No —afirmo firmemente con un movimiento de cabeza y sin vacilación—. Absolutamente no.

No permitiré que Jenna sea un peón en su juego.

—Pero no es tan descabellado —argumenta con urgencia—. Tienes la esperanza de volver a estar con ella.

—Eso será en nuestros términos, no en los de ellos. Mi relación personal no es asunto de ellos y ciertamente no será utilizada para vender boletos. El hecho es que Jenna y yo no estamos juntos actualmente, y nunca le pediré que mienta por mí solo para apaciguar al estudio.

—Cal, tienes que pensar sobre esto…

—Fin de la discusión, Philip —ordeno con voz severa—. Ahora, si no tienes más asuntos que discutir, entonces nos vamos.

—Pero aún no he conocido a Jenna.

—Ya no estoy seguro de querer que lo hagas.

—¡Oh, vamos, Cal! Sabes que solo tengo tu mejor interés en el corazón. Lamento que esto te haya hecho enojar. Olvídate de que lo mencioné y hablemos de los proyectos que he escuchado que creo que debe considerar.

Cambia de tema y durante los siguientes quince minutos le digo lo que me interesa y lo que no en su lista de proyectos potenciales cuando se abre la puerta principal y Jenna y Mason entran con la compra.

Sus ojos se abren como platos y mira sorprendida entre Philip y yo, lo que me hace preguntarme si alguna vez leyó el mensaje que le envié.

—¡Ahí está ella! La mujer que ha estado causando todo el alboroto— la saluda Philip cuando da un paso adelante y quiero darle un puñetazo en la puta cara. Jenna me da una mirada burlona y pone una sonrisa falsa en su rostro.

—Jenna, este es mi agente, Philip Logan. Tuvimos un descanso del rodaje y Philip quería conocerte.

Se dan la mano y Jenna parece genuinamente feliz de conocerlo. —Encantado de conocerte, pero podría haberte conocido en el set o en tu hotel. ¿Qué están haciendo aquí en mi apartamento? ¿Dónde está Robert? —ella pregunta, mirándome interrogante.

—¡Qué hermosa casa es esta también, la vista es espectacular! Cal, ¿compraste este lugar para ella? —Philip interrumpe y mi molestia con él va en aumento. *¿Qué clase de pregunta estúpida es esa?*

La boca de Jenna se abre en estado de shock y puedo decir que está insultada.

—No, compré este lugar con el dinero que gano en la prostitución —ella responde sarcásticamente y mis labios se contraen con una sonrisa.

Esa es mi chica.

—¿Por qué están ambos aquí? —ella demanda con molestia ya que Philip parece haber agotado su bienvenida.

Philip, ahora que se da cuenta de que estaba bromeando, comienza a reírse torpemente.

—¡Eres una listilla! ¡Me encanta eso!

A Jenna no parece divertirle su cumplido, y se da vuelta cuando escuchamos que Robert regresa. Él nos sonríe vacilante, siente la tensión en el aire y decide ayudar a Mason a descargar las compras.

—Sentémonos, Jenna, y pongámonos cómodos —sugiere Philip y vuelve a sentarse en el sofá. Jenna me da una mirada exasperada antes de unirse a nosotros—. Además de venir a la ciudad para ver cómo está Cal y hablar de negocios, quería conocerte en persona porque, bueno, necesitamos tu ayuda.

Oh, será mejor que no esté haciendo lo que creo que está a punto de hacer.

—Te dije que no, Philip —le digo con voz firme—. Déjalo.

—¿Mi ayuda? ¿Con qué? —Jenna pregunta, luciendo confundida.

—Nada, Jenna —respondo, lanzándole a Philip una mirada de advertencia de que es mejor que no continúe con esta conversación.

Philip mueve su cuerpo para estar completamente frente a ella, ignorándome.

—La película de Cal que filmó el año pasado se estrenará en dos semanas y bueno, el estudio está preocupado por los titulares recientes que pintan a Cal de manera negativa.

—¡No, Philip! —le ordeno, alzando la voz. Jenna se ve aún más perpleja, su mirada va y viene entre nosotros.

—Las fotos recientes de ustedes juntos en la ciudad luciendo como una familia feliz han sido geniales para la publicidad y para reparar la reputación de Cal, pero el estudio les pide un poco más.

—¡Philip, me importa un carajo lo que piense el estudio! —grito, perdiendo la paciencia con él ya que me sigue desafiando.

—Cal, este es uno de los estudios más grandes de Hollywood, pueden aplastar tu carrera. Si quieres un futuro como actor o director, tenemos que cumplir con ellos —me suplica y sigo sacudiendo la cabeza, sin importarme una mierda lo que quiera el maldito estudio. Estoy tan ocupado interactuando con Philip que no me doy cuenta del cambio de comportamiento de Jenna.

—¿Todo este tiempo aquí con nosotros ha sido por publicidad? —ella susurra, y veo el destello de dolor en sus ojos antes de que se enoje.

Y así, todo el progreso que he hecho en estas últimas semanas con ella se ha desvanecido.

¡Mierda!

—¿De verdad piensas eso de mí, Jenna? —Mi estómago comienza a revolverse al pensar en ella pensando que todo esto era un truco publicitario. Nos miramos el uno al otro y le estoy rogando en silencio que me crea. Que confíe en mí.

Rompe nuestro contacto visual y mira a Philip.

—¿Qué quiere el estudio de mí? —Ella continúa haciendo preguntas y siento que esta será una batalla perdida.

—El estudio solicita que asistas a los estrenos de su nueva película en Los Ángeles y Nueva York, caminar por la alfombra roja con él y seguir pareciendo que están tratando de resolver las cosas.

—¿Por qué? —ella pregunta

—El estudio cree que Cal recuperará la audiencia de fans femeninas si ven que lo apoyas y eso aumentará la venta de entradas —dice Philip, mirándola incómodo.

Ella comienza a reír, y el sonido es amargo y burlón. Ella niega con la cabeza y mira a Philip con disgusto.

—Ustedes son increíbles —murmura, y agarro su mano, obligándola a mirarme.

—Jenna, No quiero que siquiera consideres esto —le digo, mis ojos le suplican—. Estaré perfectamente bien sin el apoyo del estudio.

—¿Y si digo que no? —Ella me ignora y mira a Philip en busca de la respuesta.

—Cal firmó un contrato multimillonario con ellos para una serie de franquicias de tres películas. Podrían romperlo y exigir el dinero que ya le pagaron.

Dejo caer su mano y me giro hacia Philip.

—¡Con mucho gusto devolveré el maldito dinero para evitar esta mierda!

—No es sólo el dinero, afectará su carrera y si otros estudios lo querrán en sus futuras películas —le dice, sin siquiera mirarme.

Ella levanta una ceja inquisitiva y niego con la cabeza.

—No lo hagas, Jenna —le advierto porque no quiero que se sienta obligada de ninguna manera por tener que hacer esto. No tiene nada que ganar haciendo esto y ya desprecia mi industria.

—Nos encargaremos de todo por ti, Jenna. Llevaremos al estilista de Cal para que tome tus medidas y te proporcione un guardarropa. Su publicista puede guiarte sobre qué hacer el día de cada estreno. Será fácil y tal vez incluso divertido. —Philip le dice con una sonrisa, una sonrisa que quiero abofetear de su cara.

—¿Tengo tiempo para pensar en ello? —ella pregunta, y lanzo mis manos al aire en señal de derrota y camino hacia la ventana.

—Lamentablemente no. Quieren una respuesta hoy. Lo siento, Jenna.

La sala se vuelve silenciosa mientras Jenna contempla qué hacer. Cierro los ojos y sé lo que va a decir. Es una de las personas más desinteresadas que he conocido en toda mi vida. Está enojada conmigo, pero no quiere ver sufrir mi carrera. Se sometería a más escrutinio público si eso salvara mi carrera. Abro los ojos y me doy cuenta: Jenna se preocupa por mí, porque si no lo hiciera, no estaría de acuerdo con esto. Muerdo mi mejilla para contener mi sonrisa.

Ella ha sido mía todo este tiempo… pero todavía no se da cuenta.

Me doy la vuelta cuando la escucho suspirar con resignación y se levanta del sofá.

—Lo haré —le dice a Philip con un firme asentimiento—. Pero nunca me pidas que haga algo como esto otra vez.

La observo caminar hacia la puerta principal, mi corazón se hincha de orgullo.

Ella le dice a Mason que va a hacer ejercicio arriba sola y se va. Él me mira interrogante y niego con la cabeza, dejándola sola ya que el gimnasio está seguro dentro del edificio. Me giro hacia Philip y mi sonrisa se desvanece rápidamente. Me acerco a él con el ceño fruncido y le apunto con el dedo directamente a la cara.

—Saca esa mierda una vez más y me aseguraré de que todos tus clientes te dejen.

—Cal, lo siento, pero no estabas siendo razonable. No había nada de malo en preguntarle y ella incluso estuvo de acuerdo —trata de justificar sus acciones, pero nunca olvidaré que me desafió.

—Vete de aquí y no me hables hasta que te vea en Los Ángeles. —Sus disculpas caen en oídos sordos mientras camino hacia la puerta y salgo del apartamento de Jenna.

Aunque estoy enojado con Philip y el estudio por orquestar esto, me dará tiempo a solas con Jenna fuera de Chicago. Sonrío mientras entro en el ascensor, la emoción brotando dentro de mí porque este viaje a Los Ángeles podría ser el punto de inflexión en nuestra relación.

Capítulo 18

El director decide rompernos el culo la semana anterior a mi partida a Los Ángeles, ya que la producción se cerrará mientras yo no esté y trabajarán en otras cosas que no requieren a los actores. Con un horario agotador, no he visto a las chicas en toda la semana excepto por FaceTime, pero hoy es mi primer día libre y lo estoy aprovechando al máximo. Me desperté temprano y me detuve en la tienda de donas para traer el desayuno. Luego dejamos a Avery en la escuela y corrí de regreso a mi hotel para empacar para el viaje. Salgo a primera hora de la mañana a California y odio que Jenna y yo no estemos juntos, pero ella se negó a pasar más de dos días lejos de Avery. Dejó muy claro que solo quiere volar para los dos estrenos y regresar rápidamente a casa. Estoy decepcionado de no tener más tiempo con ella, pero una gira de prensa no es una vacación. Hacemos entrevistas más de ocho horas al día, por lo que mi tiempo a solas con Jenna será limitado independientemente. Debido a que los primeros días son para la rueda de prensa, Jenna no se unirá a mí para el estreno hasta dentro de un par de días.

Fiel a su palabra, Philip se aseguró de que el guardarropa de Jenna para cada evento fuera lo mejor de lo mejor. Mi hermana arregló que mi equipo de estilistas viajara a Chicago para tomar sus medidas y mostrarle los diseños de los vestidos para su aprobación. Se han hecho todos sus arreglos de viaje y mi conductor la llevará hacia y desde el aeropuerto. Un carro la estará esperando cuando aterrice en Los Ángeles y estará conmigo y con el resto de mi equipo cuando aterricemos en Nueva York.

—¿Tiene Jenna su propia habitación de hotel? —Robert pregunta mientras vamos de compras. Quiero hacerles una comida casera a las chicas esta noche y le pedí a Robert que me acompañara para poder aprender más sobre lo que les gusta comer.

Me giro para mirarlo y él mueve las cejas, haciéndome reír.

—Por supuesto que sí. Estoy tratando de no darle más razones para enfadarse conmigo, así que hacer que comparta una habitación cuando no está lista definitivamente no ayudaría a mi causa.

—Buen punto —dice con una sonrisa—. Las cosas parecen estar mejor entre ustedes dos, ¿no crees?

—Sí —concuerdo, pero dejo de lado la parte que desearía que fuera más rápido. Últimamente se queda al teléfono conmigo después de que termine de hablar con Avery y tengamos una pequeña charla. Cuando le pregunto sobre su día, sus respuestas son más que una sola palabra y me da atisbos de sus actividades diarias que no solo involucran a Avery. Estoy empezando a sentirme incluido en su mundo y es una pequeña victoria que tomaré con mucho gusto.

Me quedo en silencio en mis pensamientos y le hago la pregunta que me he estado haciendo.

—¿Está emocionada por este viaje?

Suspira y me da una sonrisa lastimera.

—Mientras que la mayoría de las mujeres estarían encantadas de asistir a múltiples estrenos con uno de los actores más populares del planeta, nuestra chica es todo lo contrario. Está nerviosa y en el límite, Cal. Sabes que odia que le presten atención.

Sé que lo hace y esa es una de las cosas que amo de ella.

—Todo está arreglado para ella. Todo lo que tiene que hacer es aparecer y trataré de estar con ella tanto como pueda.

Ella está allí por un período de tiempo tan corto que pasará volando.

—Sí, pero ella nunca había estado lejos de Avery. Claro, sus padres la han cuidado durante la noche, pero ella nunca ha estado de viaje sin ella, por lo que podría estar de mal humor todo el tiempo que esté allí.

—Gracias por la advertencia —murmuro y trato de que sea mi misión que ella se divierta al menos mientras está fuera.

Terminamos las compras y regresamos al apartamento de Jenna. El resto del tiempo pasa volando, yendo por Avery a la escuela y preparar la cena. Jenna parece genuinamente sorprendida por mis habilidades culinarias y devora su lasaña con pan de ajo. Lavo los platos mientras ella le da un baño a Avery y luego, una vez que llega la hora del cuento, se une a nosotros y se sienta en el borde de la cama para escuchar mi narración.

—¿Puedes leerme una historia más, Cal? —Avery pide después de que termine el primero y cuando miro a Jenna para su aprobación, la atrapo mirándome fijamente a la boca. Su mirada vuelve a la mía y nos miramos, el aire se vuelve tan denso con nuestra tensión sexual que inhalo profundamente.

—Claro —tartamudea y le sonrío. Inmediatamente se pone nerviosa y se levanta para salir de la habitación.

—Mami, quédate aquí con nosotros —le exige Avery, y Jenna se detiene, se da la vuelta y se sienta en uno de los cojines de Avery.

Leo una última historia y una vez que termino, declaro que es hora de acostarse. Jenna y yo le damos un beso de buenas noches y estamos a punto de salir de su habitación cuando ella me llama.

—Cal, ¿eres mi papá? —me pregunta en voz baja mientras mira hacia abajo y juguetea con su manta.

Jenna jadea y me congelo, mi corazón late con fuerza en mi pecho. Trago saliva y miro a Jenna sobre cómo quiere que responda. Todavía no hemos discutido cómo abordar el tema, por lo que el hecho de que Avery lo mencione nos toma completamente desprevenidos.

—¿Qué te hace pensar eso, cariño? —ella le pregunta suavemente a Avery.

—Tenemos los mismos ojos, tontita —Avery responde con su voz de señorita-sabelotodo y me río de lo astuta que es.

Se siente como si me hubieran quitado un peso de encima ahora que Avery finalmente lo sabe. Me arrodillo junto a su cama y agarro su pequeña mano.

—Sí, cariño, soy tu papá— le confirmo, con los ojos llorosos y la voz ronca por la emoción.

Sus ojos brillan de amor y me deja sin palabras. Ella me da la sonrisa más brillante y dice—: Sabía que volverías algún día —susurra, y la alcanzo y la tomo en mis brazos. La abrazo con fuerza y meto la nariz en el hueco de su cuello, inhalando su olor.

Aflojo los brazos y la acuesto de espaldas contra las almohadas.

—Nunca más estaré lejos de ti por largos períodos de tiempo —le prometo, y escucho a Jenna suspirar detrás de mí.

—¿Dormirás conmigo? —Avery pregunta, dándome esos ojos de cachorrito que no puedo resistir.

—Me quedaré contigo hasta que te duermas. —Miro por encima del hombro a Jenna, que se está limpiando una lágrima de la mejilla y asiente. Ella sale de la habitación y yo me acuesto junto a Avery y espero a que se sumerja en el país de los sueños.

Treinta minutos después, salgo en silencio de la habitación de Avery y cierro la puerta. Miro hacia el mostrador de la cocina y veo una botella vacía de vino blanco. Jenna está sentada en el sofá con una copa de vino en la mano. Ella me mira, deja el vaso en la mesa de café, se levanta y camina hacia mí. Se ve enojada y estoy desconcertado de por qué considerando lo que acaba de ocurrir en la habitación de Avery.

—Si le rompes el corazón, te mataré con mis propias manos —sisea en un susurro. Veo lo que está pasando con ella: Jenna está preocupada, mi promesa a Avery de que nunca más la dejaré por largos períodos la está carcomiendo lo que ha pasado. Ella piensa que voy a romper mi promesa. Sé que Jenna todavía tiene problemas de confianza que se remontan a su matrimonio fallido y, en especial, todavía está traumatizada por lo que sucedió con nosotros. Tomará tiempo, y acciones de mi parte, para que ella siga adelante y lo deje ir. Pero esta mamá oso protectora que está furiosa dentro de ella en este momento es sexy como la mierda y estoy perdida por ella.

Antes de que pueda continuar con su diatriba, agarro sus bíceps y estrello mis labios contra los suyos. La acerco hacia la pared y la aprieto contra ella, mi boca nunca rompe nuestro beso. Ella jadea contra mí, y deslizo mi lengua entre sus labios entreabiertos, gimiendo por lo jodidamente increíble que sabe. Mis caderas comienzan a apretarse contra ella, mi pene ansía estar dentro de ella.

—Detente —protesta débilmente y trata de apartarme, pero luego agarra mi camisa y me acerca más. Ella rompe nuestro beso y mueve su cabeza hacia un lado, dando acceso a mi boca a su cuello. Lamo y succiono mi camino hacia arriba hasta que llego al lóbulo de su oreja y lo muerdo suavemente.

Sus suaves gemidos me están volviendo loco y necesito más de ella.

—¿Cuándo vas a dejar de ignorar esto, Jenna? —Gruño en su oído, mis manos desenredando las suyas de mi camisa. Entrelazo nuestros dedos y sostengo nuestras manos contra la pared, necesitando sentirla completamente sonrojada contra mí—. Tú me deseas tanto como yo a ti. Lo veo en tus ojos y lo siento con tu cuerpo.

Mis caderas comienzan a bombear contra su núcleo cubierto y si uno de nosotros no se detiene, la follaré contra esta pared. Mi necesidad por ella lo consume todo y se siente tan malditamente bien estar tocándola de nuevo. Empiezo a besar su clavícula, mis manos ansiosas por arrancarle la camisa para poder sentir su carne.

—No —grita y empuja con fuerza contra mí.

Inmediatamente me detengo preocupado y la miro.

—No quiero tener nada que ver contigo —jadea en un tono poco convincente. Sé que se está mintiendo a sí misma, pero veo el miedo en sus ojos.

El miedo de quererme, sólo para que la deje de nuevo.

—Iré a estos estrenos contigo y continuaré con la farsa de ser una pequeña familia perfecta, pero cuando regresemos, comenzaremos con tus derechos de visita. No vuelvas a aparecer en mi apartamento cuando te apetezca. Ya no me necesitas cerca cuando la visites.

Ella está creyendo sus propias mentiras y la dejaré... por esta noche de todos modos. Sé que su cuerpo vibra con la necesidad de nuestra química y pronto no podrá negarlo por más tiempo.

Me inclino y le doy una sonrisa maliciosa.

—Veo que tu muro está levantado nuevamente, pero déjame decirte algo, Jenna. Espero con ansias quemarlo. —Robo un beso más y la dejo ir abruptamente. Camino hacia la puerta, la abro y me giro para mirarla una vez más—. Te veré en Los Ángeles.

Luego me doy la vuelta y cierro la puerta suavemente detrás de mí.

Me paro frente a su puerta y la escucho cerrarla con llave detrás de mí. Mis dedos rozan mis labios y sonrío anticipando mi tiempo con ella en California.

Capítulo 19

Camino de un lado a otro en la sala de estar de mi suite y miro mi reloj por enésima vez. Son casi las cinco y Jenna ha estado aquí desde esta mañana, pero todavía no la he visto. Estuve en entrevistas y cuando llegó, mi equipo de estilistas la llevó a su propia suite para prepararla para esta noche. Me aseguré de que estuviera en una hermosa suite de dos habitaciones con comida y bebidas al alcance de la mano y un ramo de flores de mi parte para darle la bienvenida. Sé que se siente incómoda al estar lejos de Avery, así que quiero quitarle tanto estrés como sea posible y hacer que se sienta como una reina.

Las he extrañado terriblemente a ella y a Avery mientras estuve fuera. No me gusta no tenerlas conmigo y sé que esto será un problema con mi próxima película cuando esté en una ubicación diferente. Ni siquiera quiero pensar en cómo reaccionará Jenna ante esa noticia. Ha estado en guardia conmigo desde nuestro beso y ha sido difícil romper ese exterior helado suyo por teléfono. Ahora que puedo verla en persona, estoy ansioso por tener un tiempo a solas con ella para que podamos hablar.

Un golpe en mi puerta detiene mi paseo y me acerco para abrirla. Sean está allí, luciendo elegante con su traje negro con una camisa blanca debajo. —Es hora de irse, chico amoroso —él bromea y entra en mi suite. Mira a su alrededor y camina hacia el dormitorio, pero vuelve a salir con el ceño fruncido.

—¿Dónde está Jenna? —pregunta confundido.

—En su propia suite —respondo divertido.

Arruga la nariz con disgusto.

—¿Pero por qué?

Suspiro, molesto por tener que explicárselo.

—Porque todavía no estamos oficialmente juntos y quiero ser respetuoso y hacerla sentir cómoda al tener su propia habitación.

—Bueno, eso es tonto —responde, y pongo los ojos en blanco ante su falta de sensibilidad.

—Y es por eso por lo que sigues soltero. Eso y tu horrible gusto por las mujeres. —Golpea mi brazo y me río de su ceño fruncido.

—Vete a la mierda y escúchame en esto, compañero. ¿Jenna ha estado soltera durante más de un mes, ya ni siquiera llora por su exnovio y aún no has hecho tu movimiento?

—Bueno… sí y no.

Me parpadea, incluso más confundido que antes.

—¿Qué demonios significa eso?

—Significa que estoy tratando de recuperar su confianza tomando las cosas con calma. Nos hemos besado, pero todavía está cansada de mí y de nuestra situación. —Le doy la versión de notas resumidas porque no tengo tiempo para entrar en detalles y, francamente, Sean Lindsey no es el mejor hombre para dar consejos sobre relaciones. Atraviesa a las mujeres como el agua y la única mujer con la que quiere hablar en serio no corresponde a sus sentimientos.

—Cal, arranca la tirita ya. Dile cómo te sientes y deja de darle opciones. Tú la quieres, ella te quiere a ti, bla, bla, bla. Es solo semántica. —Él se encoge de hombros como si fuera realmente así de fácil y ya siento un dolor de cabeza por su discurso—. Deja de caminar sobre cáscaras de huevo y haz lo que tengas que hacer.

—Gracias, doctora Ruth —comento con sarcasmo y, afortunadamente, un golpe en mi puerta me evita tener que continuar con esta conversación. Mi publicista, Meg, y Cora entran y trato de ocultar mi sorpresa al ver a esta última. No he hablado con ella desde la entrega de premios, así que no sabía que estaría en el estreno de esta noche. Probablemente presionó a Sean para que la invitara y, desafortunadamente, él no tiene fuerza de voluntad cuando se trata de ella. Ella me da una sonrisa vacilante, y cortésmente le devuelvo la sonrisa, sin ningún deseo de intercambiar cumplidos con ella.

—La limusina nos está esperando abajo, y Kellan llamó diciendo que Jenna está lista —anuncia Meg, y mi adrenalina comienza a bombear con la mera mención de su nombre. Kellan es mi estilista principal y le informé que Jenna era la prioridad cuando estaba conmigo. He estado haciendo esto el tiempo suficiente para poder vestirme solo. Dejó mi traje esta mañana y pasó el resto del día con ella.

—Vamos por Jenna para que podamos irnos. —Todos salen de mi suite y cierro la puerta detrás de mí. Caminamos hacia el final del pasillo donde se encuentra la suite de Jenna y llamamos a su puerta. Uno de los estilistas no tarda mucho en abrirla y dejarnos entrar.

Saludamos a Kellan, Morgan y al resto del equipo y les agradecemos nuevamente por todo. Sean es el primero en ver a Jenna y va a abrazarla. Me da la oportunidad de dar un paso atrás y apreciar la visión que ella es. Se ve como una diosa griega con un vestido verde azulado de estilo griego que simplemente me deja sin aliento. Bebo su belleza, y no quiero nada más que exigir que todos nos dejen y que me quede en esta suite durante las próximas cuarenta y ocho horas sin interrupciones, sin distracciones. Solo ella y yo, hablando de nuestros sentimientos, nuestras esperanzas para nuestro futuro juntos y explorando el cuerpo del otro.

Camino hacia ella, mi cuerpo deseando estar siempre cerca de ella cuando esté cerca. Cora se acerca a mí y ambos nos detenemos frente a Jenna. Dejo que Cora se presente y me doy cuenta de que necesita toda su fuerza para ser amable con Jenna.

Los celos están irradiando de ella y le lanzo una mirada dura a Sean por incluso traerla.

—Es un placer conocerte —le dice Jenna con una sonrisa cordial.

—Es un placer —responde Cora con voz ronca—. Cal nos ha contado mucho sobre ti.

Me pongo rígido cuando desliza su brazo alrededor de mi trasero y aprieta. Jenna observa con una sonrisa desconcertada las payasadas de Cora. Empujo el brazo de Cora y me muevo para pararme frente a ella para que Jenna finalmente me mire a mí y sólo a mí.

Veo que se le entrecorta la respiración mientras me mira de arriba abajo y me doy cuenta de que a Jenna le gusta lo que ve. Su mirada descansa donde los dos botones superiores de mi camisa están desabrochados, revelando un pico de mi pecho. Se lame los labios y juro por Dios que, si no tuviéramos una audiencia con nosotros, la estaría tomando ahora mismo. Ella finalmente me mira y nuestros ojos se encuentran. Sé que ella siente mi hambre por ella ardiendo en mi mirada y comienza a afectarla mientras observo sus ojos lentamente comenzar a dilatarse por su propio deseo.

—Muy bien todos, vamos. La limusina está esperando abajo —anuncia Meg, rompiendo nuestro trance.

Le doy a Jenna una sonrisa sexy y le guiño un ojo antes de hacerle un gesto para que vaya delante de mí. Mi cortesía le da a Cora la oportunidad perfecta para pasar su brazo por el mío. Miro a Sean y le indico que siga a Jenna mientras tengo una pequeña charla con Cora.

—¿Qué estás haciendo, Cora? —Siseo en un susurro bajo, no queriendo causar una escena frente al equipo de estilistas que están empacando todo para que esté listo para abordar el avión a Nueva York.

—Solo estoy caminando con mi amigo —dice con voz infantil—. Te he echado de menos, Cal. Espero que todavía no estés enojado conmigo.

Ella levanta los ojos fingiendo inocencia, pero no caigo en sus viejos trucos. Salimos de la suite y caminamos juntos por el pasillo, pero antes de unirme a los demás, nos detengo y me giro hacia ella.

—Entiende algo, Cora, estoy aquí con Jenna. Jenna es mi futuro y si quieres que sigamos siendo amigos, entonces la respetarás, respetarás a mi hija y respetarás mi relación. ¿Entendido? —Mi voz es áspera, pero no me importa. He terminado de jugar sus juegos y si ella es buena amiga, estará feliz de que haya encontrado a alguien.

—¡Por supuesto, Cal! Nunca haría nada intencional para lastimarte a ti o a tu dulce familia. No puedo esperar para conocerlas mejor —me sonríe suavemente y me da palmaditas en el brazo antes de desenredarse del mío y unirse a los demás. Necesito vigilar a esa como un halcón porque mi instinto me dice que todavía no puedo confiar en ella.

***

Esta noche ya ha sido agotadora y todo lo que quiero hacer es tomar a Jenna y largarme de aquí.

Cuando llegamos al cine, nos tomamos nuestras fotos obligatorias en la alfombra roja y repetimos algunas—sólo algunas—con Jenna, y luego el resto con todo el elenco de la película. Me doy cuenta de que Jenna está completamente incómoda por lo apretada que está a mi lado, pero esboza una sonrisa para las cámaras y logra pasar. Una vez que se toman las fotografías, Meg se lleva a Jenna para que los reporteros no la molesten, y yo continúo respondiendo preguntas para aquellos a quienes se les dio permiso para estar en la alfombra roja.

Sean y yo presentamos la película a la audiencia que está presente, pero decidió no verla con ellos. Normalmente no vemos nuestras propias películas el día del estreno y nos dirigimos directamente a la fiesta posterior. Jenna ya está allí esperándome, pero tan pronto como llego, estoy rodeado de gente que quiere felicitarnos y hablar de negocios.

—¿Dónde está Jenna? —le pregunto a Meg antes de que otro ejecutivo del estudio se me acerque.

—La puse en el bar, en un rincón privado para que nadie la molestara.

Asiento con aprobación, pero odio que esté sola. Pongo una sonrisa en mi rostro cuando la siguiente persona me detiene y trato de acercarme poco a poco al bar. Para cuando me tomo fotos con la gente y me abro paso entre la multitud, ha pasado más de una hora.

Camino alrededor del bar, tratando de localizar a Jenna, pero parece que se ha movido. Estoy caminando detrás de una de las cortinas hacia el área del salón cuando escucho que me llaman por mi nombre detrás de mí. Me doy la vuelta y mi corazón se detiene al ver a Valerie caminando con cautela hacia mí.

¿Qué demonios está haciendo ella aquí? Lleva un vestido formal, se peinó y maquilló, por lo que debe estar aquí con su esposo, que tiene vínculos con el estudio.

Cuanto más se acerca, más volátil me vuelvo y mentalmente no estoy preparado para tener esta conversación en este momento. No hay nada que ella pueda decir que revertirá lo que me ha hecho.

—Tú —gruño en voz baja—. Tienes mucho valor tratando de hablar conmigo.

—Cal, por favor —suplica, y levanto mi mano para que se detenga, pero ella no escucha y continúa caminando hasta que está a solo medio metro de mí—. Por favor, déjame explicarte.

—¿Explicar? —Me burlo con voz burlona—. Le dijiste mentiras a la mujer que amo y me alejaste de mi hija durante cuatro años. ¿Qué diablos hay que explicar?

—No sabía que ella era tan importante para ti, Cal. ¡Pensé que solo era una aventura! Lo siento. *Lo siento mucho.* Estaba ciega de celos, y sé que nunca debí haberte ocultado su embarazo.

¡Tuviste años para decírmelo! *¡Años!* —Le grito en la cara y ella empieza a llorar. Todo su cuerpo está temblando hasta el punto de que tiene problemas para respirar—. ¡Si no fuera por un maldito extraño que quería ganar dinero con mi nombre, hasta el día de hoy no sabría nada de ella!

—Lo sé —jadea cuando tiene suficiente oxígeno para hablar. —No me di cuenta de la gravedad de lo que hice hasta que descubrí que estaba embarazada.

Ella acuna su vientre y es entonces cuando noto el pequeño bulto.

Lágrimas negras de su rímel comienzan a zigzaguear por sus mejillas mientras continúa llorando y repitiendo sus disculpas una y otra vez. No soporto mirarla más, ni quiero escuchar sus patéticas excusas. Sólo quiero terminar esto y nunca verla por el resto de mis días.

—Aléjate de mí y de mi familia, ¿me escuchas? —Ella asiente y me doy la vuelta para irme y ahí es cuando veo a su esposo caminando hacia nosotros.

—¿Que está pasando aquí? —él pregunta en un tono sospechoso, su mirada moviéndose entre su esposa y yo.

—Pregúntale a tu esposa, pero apuesto a que ni siquiera será la verdad. —Me alejo con disgusto y voy directamente al bar, necesitando un trago fuerte. Necesito largarme de aquí. Necesito alejarme de esta gente tan falsa como la mierda y tomar a la persona que más me importa aquí e irme.

La música se ha vuelto más fuerte y la multitud se ha espesado. Después de que me sirvan en el bar, tomo mi bebida y trato de encontrar a Jenna. Veo a Cora mirando algo con una mirada amarga en su rostro. Me acerco a ella para preguntarle si ha visto a Jenna y ahí es cuando un movimiento en la pista de baile me llama la atención. Sean está bailando con Jenna, sosteniéndola demasiado cerca y todos los están mirando, susurrando fascinados. Él me mira y me guiña un ojo.

Voy a darle un puto puñetazo.

—Parece que a Sean realmente le está gustando Jenna. Tal vez demasiado. Qué escándalo va a causar esto —comenta Cora y dejo de lado sus tonterías mientras los miro fijamente, con la mandíbula apretada por la ira. Sean está susurrando algo al oído de Jenna, sus labios parecen estar haciendo contacto con su piel.

Continúo observándolos bailar, pero me concentro en la expresión facial de Jenna. Intentan mantener sus sonrisas falsas en su lugar, pero pronto comienzan a participar en una especie de batalla de palabras. La sonrisa de Sean se desvanece por completo y cuando la música termina, abruptamente sumerge a Jenna y la besa en los labios frente a todos.

Rojo. Todo lo que veo es jodidamente rojo.

—No hagas una escena, Cal —advierte Cora, colocando su mano en mi antebrazo para evitar que asesine a mi mejor amigo. *¿Qué diablos está pensando él?* Sé que nunca perseguiría a Jenna por sí mismo. Conociendo a Sean, este es un juego que está jugando para poner celosa a Cora y usar a Jenna como su peón.

A juzgar por la sonrisa astuta que hay en el rostro de Cora, el único en el que parece haber funcionado es en mí.

Sean obliga a Jenna a hacer una reverencia ante los aplausos de la multitud y la acompaña hasta aquí con su brazo alrededor de su cintura. Jenna le está susurrando con dureza y lo único que lo salva en este momento de no haberlo noqueado es que todos nos están mirando.

—Ella es toda tuya —dice Sean con una sonrisa y toma el vaso de mi mano y bebe el resto antes de caminar hacia el bar.

—¡Nos vamos ahora! —Lo anuncio con voz enojada y agarro la mano de Jenna. Ella trata de quitármela de las manos mientras nos abrimos paso a través de la multitud hacia la salida, pero la agarro con más fuerza y tiro de ella más rápido.

—Me estás lastimando —se queja cuando salimos. Suelto su mano cuando veo nuestra limusina y le digo al conductor que nos lleve de regreso al hotel. Le abro la puerta y entro detrás de ella, cerrando la puerta de golpe.

—¿Qué diablos fue eso? —Le gruño después de que se cierra la partición para que el conductor no pueda escuchar nuestra conversación. La rabia me está volviendo incoherente y ciego de celos. Ya estaba de humor por ver a Valerie, pero lo que acabo de presenciar en la pista de baile me ha llevado a otro nivel.

—Si te refieres a Sean besándome, necesitas preguntarle. Él es el que me besó y quería bailar —explica, pero estoy furioso porque ella accedió a bailar con él. La gente hablará mañana sobre su beso, y me enfurece que vayan a asumir lo peor. Ahora puedo ver los titulares de los tabloides sobre un triángulo amoroso.

—Me importa una mierda Sean, ¡es tu reputación lo que me importa! —Exploto y paso mis dedos por mi cabello con irritación.

—¿Mi reputación? Pensé que el objetivo de estar aquí esta noche era salvar tu preciosa reputación —responde, y me hace sentir aún peor que haya venido aquí por mi culpa. Cualquier golpe que su reputación reciba esta noche debido a ese beso fue por mi culpa. Si alguien tomó videos o fotos y los sube a las redes sociales, se pegará en todas partes y dañará aún más su carrera. ¿Por qué no pensó en esto antes de bailar con él?

—¡Yo no soy la que parecía una puta besando a otro hombre!

Las palabras están fuera de mi boca antes de que pueda detenerlas, y sé que acabo de cometer un grave error. No quise dar a entender que ella era una puta, y nunca debí haber usado ese término. Estoy enojado porque ella no estaba pensando en lo que la gente iba a decir al verla bailar con él cuando estaba en el estreno conmigo. Hollywood es despiadado y siempre está buscando un escándalo y, lamentablemente, se lo acaban de dar en bandeja de plata. Mi ira debería estar dirigida a Sean, no a Jenna, ya que ella es la espectadora inocente que no sabía nada mejor.

Soy un maldito imbécil.

Ella me mira por una fracción de segundo antes de que grite de ira y comience a golpearme. La dejo llevar sus puños a mis brazos porque me lo merezco. Merezco su ira y quiero que la deje salir antes de disculparme.

—¡Idiota! ¡Te odio! —grita, y las lágrimas comienzan a rodar por sus mejillas. No puedo con una Jenna llorando. Todo lo que quiero hacer es abrazarla y pedirle perdón. Ojalá pudiera retractarme de todo lo que acabo de decir, pero el daño ya está hecho. Agarro su muñeca para tratar de que deje de golpearme, pero ella comienza a luchar más fuerte. No quiero lastimarla, así que aflojo mi agarre y ahí es cuando ella me toma por sorpresa al ponerse encima de mí para tratar de liberar sus manos. La sensación de su cuerpo tan cerca del mío y sus caderas presionando mi polla me deshace. La tiro contra mi pecho y sello su boca con mis labios.

Se congela y en cuanto la siento ablandarse contra mí, paso mi lengua por sus labios y cuando se abre para mí, invada su boca. Ella me devuelve el beso, igualando cada caricia de mi lengua y yo gimo ante el puro y dulce éxtasis de ello. Sí, mi cuerpo grita y suelto sus manos para agarrar sus caderas. Hunde sus manos en mi cabello y trata de acercarme más. Estamos lo más cerca que podemos estar físicamente, pero no parece suficiente. Cada golpe de su lengua es como una chispa que se enciende, tragándome en llamas de pasión.

Rompo nuestro beso y empiezo a deslizar mi lengua por su cuello, chupando sus puntos más sensibles que la hacen jadear mi nombre. Ella tira de mi chaqueta, tratando de quitármela de los hombros y me muevo hacia adelante para que pueda empujarla por mis brazos. Me las arreglo para liberarme de las mangas justo cuando ella rasga mi camisa, los botones saltan y vuelan por todas partes. Lo abre, se inclina hacia adelante y deja un rastro de besos a lo largo de mi cuello, haciendo un camino de destrucción caliente por mi pecho donde comienza a chupar uno de mis pezones.

—Jenna —gimo de deseo. Anhelo sentir su carne desnuda, así que deslizo mis manos por su espalda y cuando mis dedos alcanzan la cremallera, desabrocho rápidamente la parte superior de su vestido. Ella sube con besos por mi pecho y vuelve directamente a mi boca. Me besa con un fervor ardiente que coincide con el mío.

Empiezo a bajar uno de los tirantes de sus hombros y luego mis manos ahuecan sus pechos desnudos. Aprieto suavemente su pezón entre mis dedos y ella gime contra mis labios. Me alejo de su boca y empiezo a chupar su dulce y sensible capullo. Ella agarra mi cabello entre sus manos y gime de deseo. Ella está moviendo su núcleo contra mi erección palpitante y jadeando. Solo puedo imaginar lo húmedo que está ese dulce coño suyo y gruño, necesitando estar dentro de ella. Jenna debe sentir lo mismo porque sus manos van a mi cinturón y comienzan a desabrocharme los pantalones. Siento que me bajan la cremallera, inclino la cabeza hacia atrás y gimo de placer cuando ella encuentra mi polla y envuelve ambas manos alrededor de mi eje. Comienza a moverlas hacia arriba y hacia abajo, frotando su pulgar contra mi punta.

—Jenna, vas a hacer que me corra si continúas haciendo eso —jadeo, y ella comienza a frotar mi líquido preseminal alrededor de la cabeza. Su mano desaparece dentro de la abertura de su vestido y antes de que pueda parpadear para salir de mi neblina de deseo, ella me envuelve en su apretado y húmedo núcleo y se desliza por mi eje desnudo. Gimo en voz alta por lo increíble que se siente. He estado follando con mi puño durante años con la fantasía de ella y ni siquiera se puede comparar con la intensidad de cómo se siente la realidad.

Se mueve hacia abajo lentamente y una vez que estoy dentro de ella, envuelve sus manos alrededor de mi cuello y acerca sus labios a los míos. Abre la boca y empujo mi lengua dentro, profundizando nuestro beso. Lentamente comienza a montarme, pero pronto el hambre reprimida dentro de ella se hace cargo y salta más rápido encima de mí, con la cabeza echada hacia atrás en éxtasis.

Sus músculos centrales comienzan a tensarse a mi alrededor y gimo más fuerte, sin importarme si el conductor puede escucharnos más.

—Joder, Jenna, eres tal como te recordaba. Todavía estás tan apretada —murmuro mientras ahueco su pecho y lo aprieto. Su núcleo comienza a agarrarme con más fuerza y sé que ambos vamos a corrernos pronto. Jenna merece más que una cogida rápida en la parte trasera de la limusina, pero hemos pasado el punto de no retorno.

Envuelvo mis brazos alrededor de ella y nos maniobro hacia la alfombra. Sus piernas se envuelven alrededor de mis caderas y empujo con fuerza dentro de ella. Siento que sus uñas se clavan en mi trasero y me agarra mientras la penetro.

—Joder, voy a correrme Jenna. —Tan pronto como las palabras salen de mi boca, ella grita mi nombre y se corre duro contra mí. Mi liberación estalla dentro de ella y me derrumbo encima de ella, mi cuerpo se estremece por la intensidad de mi orgasmo.

Sonrío en la nuca de su cuello, bajando lentamente de mi altura. El sexo con Jenna siempre me había dejado sintiéndome como si estuviera en otra estratosfera. Nadie se ha acercado jamás a hacerme sentir como ella. Ella está destinada para mí y no hay forma de que la abandone.

Giro la cabeza y veo por la ventanilla que el carro no se mueve. Ya debemos estar de vuelta en el hotel. Muevo mi cabeza hacia su cuello para besarla cuando siento sus manos deslizarse entre nosotros y empujar contra mi pecho.

—Levántate —exige con su voz ansiosa.

Me levanto lentamente y la miro con preocupación.

—Jenna, ¿qué está…?

—¡Aléjate de mí! —grita y estoy en completo shock por este cambio en su estado de ánimo. *¿Qué carajo?* La levanto y observo cómo se sienta apresuradamente, se agarra el vestido contra el pecho, coge el bolso y gatea hacia la puerta. Tan pronto como la abre, sale corriendo de la limusina. Rápidamente me levanto los pantalones y me los abotono, me pongo la chaqueta y la sigo.

—¡Jenna, detente! —grito su nombre varias veces, pero ella se aleja más rápido de mí. Se dirige directamente a las escaleras y yo me dirijo directamente a los ascensores, rezando para llegar antes que ella a nuestro piso y tratar de calmarla para averiguar por qué está tan molesta. Desafortunadamente, el ascensor es la elección equivocada porque hace varias paradas en el camino porque la gente lo lleva a la piscina de la azotea. Debido a que estoy pagando personalmente por su habitación, tengo una tarjeta de acceso. Entro para ver si ha llegado, pero rápidamente la veo dando un portazo en la puerta del dormitorio. Camino hacia él y empiezo a golpearlo.

—¡Jenna, déjame entrar! ¡Necesitamos hablar! —Golpeo tan fuerte la puerta que los marcos de las fotos en la pared comienzan a traquetear.

—¡No hay nada de qué hablar! ¡Eso fue un error y nunca volverá a suceder! —chilla a través de la puerta, y me duele que haya dicho que lo que pasó entre nosotros fue un error.

—¡Abre esta puerta, Jenna! —Grito más fuerte, enojándome más porque ella me sigue excluyendo. De ninguna manera la pasión que sentí por ella fue un error. Ella me desea tanto como yo la deseo a ella, y tenemos que hablar sobre lo que le hace dudar de que sobrevivamos como pareja.

—¡No! ¡Vete, Cal, por favor!

Mis emociones comienzan a hacerse cargo y, como siempre, cuando se trata de Jenna, empiezo a pensar con claridad. Ella necesita entender que nunca podrá excluirme de su vida. Ella es mía y no dejaré que nos arruine por culpa de los fantasmas de nuestro pasado.

Por los sonidos de su voz apagada, sé que no está cerca de la puerta. Comienzo a patear el pomo de la puerta y después de unos cuantos golpes fuertes, la puerta se abre y entro en su habitación. La veo parada en la puerta de su baño, mirándome como si fuera la persona más loca que jamás haya visto. Me siento jodidamente loco ahora mismo.

—Jenna, ninguna puerta cerrada me detendrá —declaro en voz baja y amenazante. Observo su apariencia desaliñada y su incredulidad con los ojos desorbitados por mis acciones. Sé que hablar esta noche no va a suceder. Esta noche fue demasiado para ella y es un desastre que apenas duerme. Necesita descansar para poder estar sensata cuando analicemos lo que está pasando en su hermosa cabeza—. Ve a dormir. Hablaremos de esto por la mañana.

No me molesto en mirarla mientras salgo de su suite y cierro la puerta detrás de mí. Me siento derrotado, pero me niego a perder la esperanza, aunque cada vez que damos tres pasos hacia adelante, se siente como si algo nos obligara a retroceder mil.

Capítulo 20

Mi alarma suena a las cinco de la mañana y gimo mientras me acerco para apagarla. Apenas dormí tres horas, mi mente repitiendo todo lo que pasó anoche. Cuando salí de la habitación de Jenna, tuve que llamar a Philip para decirle que no tomaríamos nuestro vuelo a Nueva York porque Jenna no se sentía bien. Afortunadamente, Philip dijo que el estudio acordó volar su jet de regreso a Los Ángeles después de dejar a la tripulación que hizo el vuelo de anoche. Kellan se quedó y se aseguró de que sacaran del avión mi atuendo y el de Jenna para el estreno en Nueva York antes del despegue. Debido a que se necesitan al menos cinco horas para volar hasta allí y, con un cambio de hora de tres horas, Kellan nos preparará en el avión para que cuando aterricemos, nos subamos al automóvil y vayamos directamente al evento.

Cuando Jenna y yo no nos presentamos para el vuelo, Sean viene al hotel para ver cómo estamos porque yo sigo ignorando sus llamadas. Le dije que, si alguna vez volvía a hacer un truco como ese, ya no seríamos amigos. Él se disculpó y admitió que no pensó en las ramificaciones que tendría bailar con Jenna, sin mencionar el beso al final. Acepté su disculpa y nos quedamos con una copa hablando y le conté sobre mi encuentro con Valerie.

Suspiro de cansancio y me levanto de la cama para darme una ducha. Una vez hecho esto, empaco mis cosas y le envío a Jenna un mensaje diciéndole que tenemos que estar abajo en una hora. Le habría pedido que se uniera a mí para el desayuno, pero cuando fue a verla antes de acostarme anoche, ella estaba inconsciente, todavía con su vestido y maquillaje. Sé que estará nerviosa cuando me vea esta mañana, pero de alguna manera necesitamos tener una conversación privada. Y tiene que suceder hoy.

Salgo de mi habitación y estoy a punto de ir a ver a Jenna cuando veo a Kellan llamando a su puerta. Lo escucho diciéndole que es hora de despertarse para tomar nuestro vuelo. Sé que está un poco gruñona por la mañana antes de tomar su café, así que me aseguré de que el servicio de habitaciones llevara el desayuno. Probablemente sea mejor que no me vea inmediatamente después de despertar, así que bajo las escaleras y me reúno con Sean para comer. Una vez que terminamos, vamos a nuestro carro designado y esperamos a Jenna y Kellan. Observo por la ventanilla del carro mientras ella sale y mira a su alrededor. Tiene el ceño fruncido, y me río de lo malhumorada que probablemente está por la falta de sueño. Kellan señala hacia nuestro carro y se acercan.

—Ahí está ella, mi hermosa pareja de baile. ¿Dormiste bien, cariño? —Sean le sonríe cuando ella entra al carro y me alegro de tener mis lentes de sol puestos para que nadie vea que mis ojos se ponen en blanco ante su comentario sarcástico. Jenna le da a Sean una mirada de enfado, se pone las gafas de sol de la parte superior de la cabeza y se las sube por el puente de la nariz con el dedo medio. Sean empieza a reírse y muerdo el interior de mi mejilla para evitar sonreír.

Ella mira por la ventana durante la mayor parte del recorrido al aeropuerto, dándome acceso para ver todas las emociones que se manifiestan en su rostro. Aproximadamente diez minutos después, se da cuenta de algo y la hace jadear. Kellan le pregunta si está bien y rápidamente se recupera y le dice que está bien. Me pregunto si ahora recuerda que anoche no usamos protección. Lo que sea que esté pensando ensombrece su estado de ánimo y permanece así hasta que llegamos al avión, donde le pide a Kellan que se siente a su lado para que pueda explicarle cómo planea peinarla esta noche. Sé que este es su plan para evitar sentarse a mi lado y lo sigo.

El avión del estudio es increíble con grandes asientos y sofás de cuero, un televisor de pantalla plana y un dormitorio principal con baño. Elijo a propósito sentarme frente a Jenna para recordarle que no puede ignorarme para siempre. Ella continúa fingiendo que no existo mucho después del despegue mientras se concentra en lo que Kellan le está diciendo sobre el atuendo de esta noche. Sean me entrega un guion que quiere que considere para una futura película con él y me pierdo tanto en la narración que no me doy cuenta de que Jenna se ha quedado dormida hasta que escucho a Kellan decirle que se duerma en el dormitorio de atrás.

Ella acepta aturdida y regresa al dormitorio, cerrando la puerta detrás de ella. Miro hacia la puerta, debatiéndome si debería entrar allí para que podamos hablar.

—Deja de pensar demasiado en eso y ve allí —se queja Sean, sin siquiera mirarme desde su guion.

Me rio y decido que tiene razón, no hay mejor momento que ahora para ir a hablar con ella. Una vez que aterricemos en Nueva York, estaremos ocupados haciendo prensa en el estreno, entrevistas y luego regresando al aeropuerto donde nos separaremos y no podremos vernos hasta dentro de una semana. No quiero que dejemos las cosas así.

Me levanto y voy al dormitorio. Abro la puerta lentamente para ver que está dormida en la cama, encima de las sábanas. Cierro la puerta suavemente detrás de mí y me acuesto a su lado. Ni siquiera se mueve cuando la cama se hunde bajo mi peso y la miro fijamente, memorizando este momento de lo pacífica que se ve. Hemos pasado por mucho juntos en estos últimos meses que tengo que creer que las cosas solo van a mejorar una vez que hablemos de nuestros sentimientos. Sigo mirándola, pero el cansancio se apodera de mí y no me doy cuenta de que me quedo dormido durante un par de horas hasta que la siento moverse a mi lado.

Abro los ojos y la miro. Llevo las yemas de mis dedos a su mejilla y cepillo suavemente los mechones de cabello que se pegan allí. Se mueve hacia mí, envolviendo sus brazos alrededor de mi torso y suspirando de satisfacción. Coloco suavemente mis brazos alrededor de ella y cierro los ojos, sin querer dejarla ir. Oigo que su respiración comienza a acelerarse y abro los ojos para mirarla.

Puedo decir que está despierta porque su cabeza comienza a moverse contra la tela de mi camisa que cubre mi pecho. Ella levanta la barbilla y me mira directamente a los ojos. Parece confundida sobre cómo llegamos a esta posición, y sonrío. Trago el nudo que se ha formado en mi garganta y le digo en voz baja y ronca—: Tenemos que hablar.

Asiente y me alivia ver que está lista para escuchar mis sentimientos.

—Entiendo lo difícil que es para ti confiar en mí, dadas las circunstancias en las que te han colocado. Probablemente me sentiría de la misma manera si estuviera en tu lugar. Pero, aunque me odiaste durante todos estos años, nunca he dejado de pensar en ti. Cada vez que veía a alguien que se parecía remotamente a ti, siempre me preguntaba si eras feliz. Y no puedo evitar sentir que se nos dio una segunda oportunidad para tratar de estar juntos gracias a Avery.

—La gente no debería estar junta sólo por los hijos —interrumpe, y puedo ver que sus ojos se están poniendo llorosos por contener las lágrimas.

Me sorprenden sus palabras y frunzo el ceño.

—¿De verdad crees que quiero estar contigo solo por Avery? ¿De verdad crees que mi deseo por ti es un acto? Eres la mujer más exasperante que he conocido, pero ninguna mujer me ha hecho sentir como me siento cuando estoy contigo. —Nos acomodo para que estemos uno frente al otro, y le levanto la barbilla para que pueda mirarme a los ojos y ver cuán serio soy.

—¡Quiero una oportunidad, Jenna! Quiero que me des la oportunidad de demostrarte que nos pertenecemos. Que mis sentimientos por ti y Avery son muy, muy reales. —Las lágrimas comienzan a rodar por sus mejillas y trato de secarlas con las yemas de mis pulgares—. Quiero que empecemos de nuevo. Quiero salir contigo. Quiero hacerte reír. Quiero ir de aventuras. Quiero tenerte entre mis brazos cada noche y despertar contigo cada mañana. Merezco una segunda oportunidad, Jenna —susurro ferozmente porque me merezco. Merezco una segunda oportunidad para mostrarle cómo podría ser la vida juntos.

Un golpe en la puerta me impide continuar. —

Cal, tengo que empezar a preparar a Jenna. —La voz apagada de Kellan se escucha a través de la puerta.

—Me iré enseguida —le respondo, suspirando de frustración.

Acaricio suavemente su mejilla, mi mirada nunca se aparta de la suya.

—Por favor, Jenna… ¿podrías pensar en ello? —suplico, mis ojos rogando por una oportunidad—. Si no sientes lo mismo por mí después de un tiempo juntos, entonces te dejaré en paz y me limitaré a compartir la crianza de Avery contigo.

Ella me sonríe suavemente y toma mi mejilla con su mano.

—Lo pensaré —susurra y el alivio se extiende a través de mí como un reguero de pólvora. Estoy tan jodidamente feliz que no puedo dejar de sonreírle.

—Gracias —respondo antes de reclamar sus labios en un beso rápido. No quiero que esto termine y puedo sentir sus labios comenzando a separarse, dándome acceso total. Me retiro de mala gana, sabiendo que debemos comenzar a prepararnos o esto conducirá a otra follada rápida. La próxima vez que tenga intimidad con Jenna, quiero adorar su cuerpo.

—Te lo prometo; no te arrepentirás de darme una segunda oportunidad.

Y le pido a Dios que no arruine mi promesa.

Capítulo 21

Dos meses después

Han sido los mejores dos malditos meses de mi vida.

Fue difícil dejar a Jenna después del estreno en Nueva York sabiendo que me iba a dar una oportunidad. Estaba tan preocupado de que echara para atrás y dejara que sus miedos se apoderaran de ella mientras yo no estaba. Así que hice todo lo posible por demostrarle que, incluso lejos, todavía puede confiar en mí y saber que pienso en ella cada minuto del día. Cada momento libre que tenía, la llamaba o le enviaba mensajes. Le entregaban flores todos los días.

—Cal, por mucho que me gusten las flores, te ruego que pares.

Se reía mientras hablábamos por teléfono la noche antes de que yo regresara a casa.

—No son necesarias, ya sabes. Todo lo que quiero eres tú —me dijo tímidamente. Ella no podía verlo, pero tuve que poner mi mano sobre mi pecho donde estaba mi corazón que latía rápidamente porque estaba muy feliz con su revelación.

—Me tienes, cariño —respondí—. Tú y Avery son todo en lo que pienso, todo el tiempo. No puedo esperar para volver a casa y mostrarte lo agonizante que es estar lejos de ti.

Y cuando llegué a casa veinticuatro horas más tarde, hice exactamente eso al hacerle el amor lenta y apasionadamente. Al día siguiente apenas podía ponerse de pie.

Jenna se ha abierta más sobre sus miedos e inseguridades con respecto a nosotros. Parte de eso es por salir con un actor, pero la mayor parte proviene del idiota de su exmarido: me aburriré de ella, me enamoraré de una de mis coprotagonistas o preferiré trabajar en lugar de estar con mi familia. Si bien le aseguré que nunca me aburriría de ella ni la engañaría y que mi familia siempre será mi prioridad número uno, temo que mi agotador horario de trabajo será la prueba más grande para nosotros. Ella tiene que estar dispuesta a recogerme e ir conmigo cuando tengo sesiones internacionales y eso es algo que nunca había tenido que hacer con nadie. Sé que sobreviviré, pero la pregunta sigue siendo si Jenna estará dispuesta a esforzarse cuando se ponga difícil y no me vea durante semanas. A mis ojos, ella no tiene otra opción. Ella es mía por la eternidad, pero tampoco la quiero miserablemente infeliz que se amargue. Decido que no puedo preocuparme por lo que me depara el futuro y que necesito concentrarme en el presente y colmarla de amor incondicional hasta que vea por sí misma que soy suyo para siempre.

Prácticamente me mudé con ella y Avery la misma semana que llegué a casa porque quedarme en el hotel no tenía sentido. Reservé mi habitación para realizar reuniones con Chase y usarla como oficina, especialmente porque Jenna y Robert trabajan fuera de su apartamento la mayoría de los días. Estratégicamente comencé a traer cosas conmigo todos los días, poco a poco. No quería que Jenna se asustara de que nos moviéramos demasiado rápido, porque en mi cabeza, necesitábamos ponernos al día, pero ella nunca dijo una palabra y dejó espacio para mis cosas en su armario.

Para nuestra buena fortuna, no hubo prensa sobre Sean y Jenna en el estreno de Los Ángeles, pero ahora que Jenna es oficialmente mi novia, todavía hay historias falsas y prensa negativa sobre ella. Robert todavía maneja ser la fuente anónima y llama a la prensa cuando algo es falso o les cuenta una historia positiva sobre ella y nuestra relación. Sé que en un par de meses más y todo será algo normal. Mientras esté conmigo, siempre habrá gente tratando de tomarle una fotografía, pero la cantidad de paparazzi afuera de su edificio ha comenzado a disminuir.

A medida que pasan las semanas, nuestra vida como familia se va acomodando y cuando no estoy trabajando, paso todo el tiempo con mis chicas. Los padres de Jenna nos han invitado a cenar en mis días libres y ha sido agradable conocerlos mejor. Me encanta ver a Avery interactuar con sus abuelos y me pone ansioso por llevarla a ella y a Jenna a Inglaterra para conocer a toda mi familia.

Mi película finalmente terminó la semana pasada y tomamos nuestras primeras vacaciones como familia en Wisconsin para una escapada rápida de fin de semana. Nunca había visto esta parte de los Estados Unidos y cuanto más tiempo paso en esta área, más me encanta. Sé que una casa en el lago Michigan estará en nuestro futuro.

Hoy estoy siendo un bastardo holgazán y estoy trabajando en mi computadora portátil en la cama. Jenna debería estar de regreso en casa poco después de llevar a Avery a la escuela y reunirse con Robert para una cita de trabajo matutina con un cliente actual. Me debato si debería ir a hacer ejercicio cuando mi teléfono celular comienza a sonar. Bridget está llamando y había olvidado que me envió un mensaje anoche diciendo que teníamos que hablar de negocios.

—¿Dónde está tu camisa? —pregunta tan pronto como contesto su FaceTime.

—¿Por qué necesito una camisa si estoy en la cama? —le pregunto con una sonrisa arrogante.

—Mírate, idiota perezoso que no necesita trabajar — bromea y pongo los ojos en blanco con un suspiro de exasperación.

—Trabajé casi cuatro meses seguidos con numerosos días de doce a catorce horas. Creo que merezco acostarme en la cama y no hacer nada. Además, estaba revisando mis correos electrónicos cuando llamaste.

—Supongo entonces que Jenna no está en la cama contigo, ¿y podemos discutir tu agenda?

—Desafortunadamente, ella no está y sí, podemos discutir mi horario.

—Perfecto, ¿pero hazme un favor? Ponte una camisa. Soy tu hermana, después de todo, y no necesito ver todo eso. — Ella mueve su dedo alrededor, apuntando a mi pecho, y me rio de su ridiculez

—Eres tan exigente —bromeo y me levanto de la cama para conseguir una camisa. Charlamos sobre la familia en casa, ella me da una actualización sobre todos. Luego hacemos la transición al trabajo y revisamos juntos los correos electrónicos comerciales. Ella me ayuda a decidir qué compromisos debo mantener y cuáles puedo rechazar. El último tema de discusión es mi próxima película que comenzará a producirse en los próximos meses.

—Tenemos el cronograma de producción preliminar y comenzarán primero en Dubai, por lo que necesitaremos organizar su viaje.

—¿Dubai? —pregunto con incredulidad, mi estómago se cae ante la idea de estar tan lejos de mis chicas—. Pero eso es al otro lado del mundo.

—Me alegra ver que conoces tu geografía. —Ella se ríe de su propio sarcasmo, pero cuando ve que no estoy feliz, su sonrisa se desvanece—. ¿Qué pasa? Escuché que es encantador allí. Caliente, pero hermoso.

—¿Cuánto tiempo predicen que estaremos allí? — pregunto, ignorando su pregunta.

—De dos a cuatro semanas, pero eso puede variar. Luego vuelves a Tailandia por otras dos semanas. —Hace una pausa y me mira con preocupación cuando ve mi ceño fruncido—. ¿No irán Jenna y Avery contigo?

—Joder —murmuro, no feliz en absoluto con este horario—. No sé. Jenna dirige su propio negocio y todo esto es tan nuevo para ella... y para Avery.

No estoy seguro de cómo manejará Jenna esta noticia y predigo que no irá bien.

—Podemos intentar que sea unas vacaciones para cuando estén allí. Yo misma, mamá y papá podemos ir a reunirnos a ustedes en Dubai y mantenerlas ocupadas mientras tú trabaja —ofrece y yo asiento, me gusta la idea, pero no resolverá el problema de alimentar los miedos de Jenna.

—Gracias por la oferta. Déjame hablar primero con Jenna antes de hacer planes. —Me paso las manos por el cabello con frustración—. También necesito hablar con Philip. Ya no puedo hacer estas películas consecutivas.

—Tu vida ha cambiado mucho desde que firmaste estos contratos, Cal —me recuerda suavemente y sé que tiene razón, pero ya no necesito trabajar tan duro. Eso es lo que he hecho durante los últimos cinco años y ha valido la pena, pero ahora mis prioridades han cambiado con Jenna y Avery en mi vida.

—Sí, pero la discusión debe ocurrir más temprano que tarde.

Terminamos nuestra conversación y salgo de la habitación, preguntándome cuándo será el mejor momento para abordar el tema con Jenna cuando me detengo al verla mirando por la ventana de la sala de estar.

—Dubai, ¿eh? —dice en voz baja, su mirada sigue mirando hacia el lago Michigan.

Joder, ella escuchó todo.

Me acerco a ella y envuelvo mis brazos alrededor de su cintura, atrayéndola hacia mí.

—¿Estás lista para una aventura?

Se da la vuelta en mis brazos, coloca sus manos contra mi pecho y mira hacia arriba. Sus ojos están llorosos y mi corazón comienza a doler al ver la tristeza que está tratando de ocultar.

—No puedo ir a Dubái por mucho tiempo, Cal —susurra con un pequeño movimiento de cabeza y se mira las manos.

Me golpea una punzada de decepción, pero la dejo a un lado. Tomo su rostro entre mis manos y levanto suavemente su cabeza para que me mire.

—Haremos que funcione, Jenna. —Me inclino y la beso suavemente en los labios, no quiero que se preocupe por esto ahora. Lo hemos estado haciendo tan bien que no puedo permitir que esto se convierta en una nube oscura sobre nosotros—. Por favor confía en mí.

La beso una y otra vez y pronto, nos estamos aferrando el uno al otro. Empezamos a quitarnos la ropa, dejando un rastro en el suelo mientras nos movemos rápidamente hacia el dormitorio. Ella se sienta en la cama y se inclina hacia atrás para quitarse la tanga, pero empujo sus manos y lo hago por ella. Tan pronto como la quito, estoy sobre ella, mi boca salivando, pensando en saborearla. Mis manos abrieron sus piernas y mis labios aterrizaron directamente en su centro. Paso los siguientes minutos lamiendo, chupando y entrando y saliendo de ella, sus pequeños gemidos de placer hacen que mi polla duela con necesidad.

—Joder, me encanta este coño tuyo —murmuro antes de sumergir mi lengua en ella. Comerla afuera puede hacer que me corra casi tan fuerte como cuando estoy dentro de ella, pero en este momento quiero más. Puedo decir cuándo está casi en su punto de ruptura por lo fuerte que agarra mi cabello y cuando comienza a moverse contra mi cara. Me relajo y dejo de hacer lo que estoy haciendo, frotando mis manos arriba y abajo por el interior de sus muslos.

—Ponte a cuatro patas —le ordeno, y ella obedece, con los ojos entornados por el deseo. Se desliza hasta el centro de la cama, se pone de rodillas y se levanta. Me mira por encima del hombro con anticipación y juro por Dios que casi tengo un orgasmo solo con su aspecto.

Me pongo detrás de ella y empiezo a besar su espalda, dejando un rastro de humedad con mi lengua hasta su trasero, dando a cada nalga suculenta la atención que merece. Mi polla está palpitando por estar dentro de ella, y sé que tendré que terminar con los juegos previos pronto cuando se me ocurra una idea.

—¿Tienes algún juguete, cariño? —pregunto con voz ronca, sin esperar que ella diga que sí.

—El cajón superior de mi mesita de noche —responde con voz áspera y mis dedos encuentran sus pliegues y comienzan a jugar con su clítoris. Estoy encantado de saber que mi chica no tiene problemas para cuidar de sí misma cuando lo necesita. Me acerco a su mesita de noche mientras mi mano izquierda continúa jugando con ella y mi mano derecha intenta abrir su cajón. Al principio, no veo nada, pero luego en la parte de atrás a la derecha hay una caja de madera. La abro para encontrar dos juguetes: un estimulador de clítoris y un vibrador de conejo rosa.

—A mi chica le gusta ser traviesa —murmuro, sacando ambos juguetes y colocándolos en la cama junto a ella. Agarro el vibrador primero y lo enciendo. Lo ajusto a velocidad media y empiezo a frotarlo suavemente contra la parte posterior de sus muslos, luego sobre las nalgas y finalmente jugueteando con su clítoris. Ella comienza a mecerse contra él, gimiendo mi nombre y el sonido es uno de los jodidos sonidos más dulces que me encanta escuchar.

—Te gusta eso, cariño —arrullo, moviendo el vibrador de un lado a otro contra ella, pero sin insertarlo dentro de ella—. No te gusta más que mi polla, ¿verdad?

Ella niega con la cabeza y yo sonrío. Apago el juguete y lo reemplazo con mi mano.

—Es suficiente porque la única polla permitida dentro de ti es la mía —le digo antes de tirar el juguete al suelo, agarrar sus caderas y hundirme dentro de ella.

—Cal —grita, y aprieto la mandíbula en éxtasis por lo húmeda y apretada que está. Comienzo por bombearla lentamente al principio, pero cuando veo que toma el estimulador de clítoris y comienza a usarlo en sí misma, empiezo a follarla como un perro en celo. Puedo sentir las vibraciones dentro de ella y hace que se apriete a mi alrededor más y más fuerte. La combinación de la vibración y su agarre alrededor de mi pene es tan poderosa que ambos no duramos mucho y gritamos nuestros orgasmos al mismo tiempo.

Mi cuerpo se convulsiona como nunca y veo estrellas. Ambos colapsamos en la cama, y estoy tan abrumado por la emoción que empiezo a besarla mientras aún está dentro de ella.

—Te amo tanto, Jenna —jadeo entre besos. Su cuerpo se tensa ante las palabras y cuando finalmente recupero el aliento, me doy cuenta de que está temblando y no es por el resplandor de su intenso orgasmo. Me muevo a mi lado y la llevo conmigo, envolviendo mis brazos alrededor de su cintura.

Miro por encima de su hombro para ver que está llorando y se me cae el estómago. No estoy seguro si son lágrimas de alegría o lágrimas de desesperación, pero la abrazo con más fuerza y la dejo llorar. Cuando se calma y deja de llorar, sigo abrazándola y en minutos se ha quedado dormida.

—Te amo, Jenna, y está bien si no estás lista para decírmelo —susurro a pesar de que no está despierta. Tan seguro como estoy de que ella me ama, espero que no se tome mucho tiempo antes de aceptarlo.

Capítulo 22

Otros dos meses después

Los días se convierten en semanas, que a su vez se convierten en meses y Jenna todavía no ha dicho las palabras que yo no sabía que anhelaba escuchar. Al principio, no me molestó porque sus acciones gritan que me ama, pero cada vez que le digo esas dos palabritas, parece cambiar por completo su comportamiento de feliz a triste. Sus ojos siempre se llenan de lágrimas y sé que las palabras están en la punta de su lengua, pero se niega a decirlas. Cuando le pregunto por qué llora siempre, sacude la cabeza y me dice que es porque está muy feliz. Esa respuesta fue suficiente por un tiempo, pero pronto no fue suficiente. Necesito escucharla decir que me ama.

Un día le digo que la amo justo antes de que vaya a dejar a Avery a la escuela y cuando me sonríe en respuesta y me da un beso de despedida, arruina mi día por completo. Trato de descargar mi agresividad en la bolsa de boxeo en el gimnasio, pero mi mente reproduce esa escena repetidamente, torturándome con dudas sobre nosotros. Cuando salgo del gimnasio sin sentirme mejor, decido llamar a la única persona que se niega a ayudarme con Jenna todo el tiempo que he estado aquí.

—¿Dime por qué no me dice que me ama, Layla? Ayúdame a entender —le ladro al teléfono tan pronto como ella contesta.

—No es mi problema que no puedas entenderla —replica, lo que me hace querer romper mi teléfono contra el concreto.

—Layla —digo con voz tensa—. Estoy haciendo todo lo posible para hacer feliz a tu mejor amiga. Ella es mi sol en sus días más felices y mi nube más oscura en los días en que está enojada o triste. Le he dicho innumerables veces cuánto la amo, cómo me siento jodidamente loco por la necesidad que tengo de ella y, sin embargo, de alguna manera todavía siento que le estoy fallando. Trato de apoyar su carrera, trato de ser un socio igualitario y trato de ser paciente con sus miedos e inseguridades. Pero obviamente, todavía me falta el panorama general aquí porque no puedo entender por qué ella no me corresponde.

—No siempre se trata de ti, imbécil —se burla, pero su voz es más suave y no está llena de tanta animosidad hacia mí. Sé que no aprueba que Robert trabaje conmigo a espaldas de Jenna, a pesar de que es por la seguridad de Jenna, pero lo mantiene en secreto.

—Por favor, Layla —le suplico con voz cansada y suplicante—. Ayúdame.

Ella se queda en silencio durante unos segundos y luego suspira.

—Ella te ama. La cosa es que tiene miedo de decirlo en voz alta porque decírtelo te da el control completo para romper su corazón en un millón de pedazos si cambias de opinión sobre la relación. Ella fue un desastre después de su primer divorcio, pero de alguna manera, la afectas más de lo que lo hizo su exmarido.

—Pero yo no soy él —gruño con frustración—. ¿Cuándo va a dejar de comparar?

—¡Cuando esté lista! —grita al teléfono, su paciencia conmigo se ha ido—. ¿Por qué no puedes simplemente estar feliz de que te haya aceptado de nuevo en su vida? Has puesto todo su mundo patas arriba en tan poco tiempo. Deja que se acostumbre a su nueva 'normalidad'. Déjala entender cómo es salir con alguien como tú. Ella te dirá cuando esté lista… a menos que la alejes con tus formas exigentes de gilipollas alfa.

Y con eso, me cuelga y oscurece aún más mi estado de ánimo.

Regreso a casa y llamo a Chase, diciéndole que lo mantendré empleado hasta que regrese del extranjero. Estaba considerando dejarlo ir desde que Jenna tiene a Mason y las cosas se calmaron con los paparazzi, pero por mi propia cordura mientras no estoy, quiero que siga al pie del cañón.

Cuando Jenna llega a casa con Avery más tarde, me quedo callado y me concentro en jugar con nuestra hija. La llevo a la piscina cubierta, pero la cena juntos es un asunto sombrío y Jenna nota el cambio en mi estado de ánimo.

—Estás enojado. ¿Paso algo? —pregunta una vez que Avery está dormida y estamos en la privacidad de nuestra habitación. Se acerca a mí y envuelve sus brazos alrededor de mi cintura, la preocupación brota de su mirada. Las palabras de Layla resuenan en mi mente mientras miro a Jenna y, aunque sé que tiene razón, estoy más allá del punto de estar en un estado de ánimo lógico. Me siento enojado, posesivo e irracional y Jenna ahora está en la línea de mi ira.

Agarro sus bíceps y me inclino hacia su cara.

—Yo. Te. Amo —le digo con los dientes apretados, mi frustración azotándola desde mis ojos—. ¡Deja de compararme con él!

Sus ojos se abren en estado de shock, y sabe de inmediato lo que quiero decir.

—Cal… —comienza a hablar, pero la interrumpo con mi boca. No quiero escuchar ninguna excusa. Lo único que quiero escuchar de vuelta es su amor. Mis besos la están lastimando, pero ella no protesta y acepta mi rudeza.

—Te deseo —gruño, quitándole la ropa bruscamente—. Quiero *todo* de ti, Jenna. Tu cuerpo, tu mente, tu alma y *tu corazón*.

Mis palabras salen amenazadoras y la agarro con firmeza, pero nunca me dice que me detenga. Me rodea con esas piernas y se entrega a mí. Nunca la he follado con enojo antes, pero estoy fuera de control con mis emociones y necesito estar dentro de ella rápidamente. Cuando termino y ambos llegamos al clímax, me aparto de ella, avergonzado de cómo me manejé. Nos quedamos allí en silencio y justo cuando estoy a punto de quedarme dormido, siento sus labios en mi hombro y su brazo serpenteando alrededor de mi cintura.

—Por favor, no te rindas conmigo —susurra contra mi espalda. Cubro sus manos con las mías y aprieto, mostrándole que aprecio sus palabras.

Pero a medida que nos acercamos a la fecha de mi partida, el sexo con Jenna comienza a cambiar. Su apetito es insaciable y ella actúa como si fuera urgente, pero yo estoy dispuesto a participar porque siento lo mismo que ella, como si nuestro tiempo se acabara. Incluso durante las veces que trato de hacerle el amor y saborear su cuerpo, ella me da la vuelta y comienza a chuparme. Sabe que puede tenerme cuando quiera porque cuando se trata de ella, yo siempre estoy hambriento. Ella ocupa mis pensamientos durante el día y me aseguro de ocupar su cuerpo por la noche. Ya no importa que ella no esté diciendo las palabras; ella me está dando su cuerpo una y otra vez.

Y rezo para que su corazón siga ese camino pronto.

***

Mañana salgo para Dubái y ha sido una semana muy ocupada tratando de prepararme y estar presente para mis chicas. Jenna se tomó la semana libre del trabajo y mantuvo a Avery en casa para que pudiera aprovechar al máximo cada segundo con ellas antes de irme. Acordamos que primero iría solo para instalarme y luego ella y Avery se unirían a mí dos semanas más tarde con la esperanza de no estar separados por más de unas pocas semanas seguidas. Esto no va a ser fácil, especialmente estando en el otro lado del mundo. No siempre puedo confiar en que Jenna viaje con una niña de casi cinco años y ella sabe que el trabajo no me permitirá tomarme tanto tiempo libre durante la filmación para acercarme a ellas. Ambos lo sabemos, pero hemos acordado que cruzaremos ese puente cuando lleguemos a él.

Hoy dejamos que Avery dictara cuáles son nuestros planes y ella decide que jugaremos en el parque, nadaremos y comeremos mucho helado. No tiene sus sonrisas y risitas habituales y sé que es porque está triste porque me voy y puede sentir la tensión subterránea entre Jenna y yo.

Esta noche llevaré a Jenna a una cita formal a uno de los mejores restaurantes de Chicago. Le pedí a Kellan que me enviara un vestido especial para ella y lo dejé en la cama antes de irme a dejar a Avery a la casa de los padres de Jenna. Ahora me estoy preparando en mi hotel para poder recoger formalmente a Jenna del apartamento. Termino de vestirme y camino hacia el espejo para ver mi apariencia. Llevo el mismo traje que usé cuando salí con Jenna en nuestra primera cita en Las Vegas. Si bien hemos salido muchas veces desde que volvimos a estar juntos, esta noche marca el aniversario de dicha fecha y, aunque sé que Jenna solo lleva la cuenta de la fecha en que nos conocimos, nuestra primera cita tiene un lugar especial en mi corazón. Satisfecho con mi aspecto, miro mi reloj para ver si es hora de ir a buscarla. Salgo de mi habitación y tomo el ascensor hasta donde me espera mi conductor.

Llegamos a casa de Jenna en quince minutos, agarro el ramo de flores que tengo para ella y entro para tomar los ascensores hasta su piso. Llamo a la puerta, a pesar de tener mi propia llave y la espero. Cuando pasan un par de minutos sin que lo abra, lo atribuyo a que aún se está preparando. Entro y llamo su nombre, pero soy recibido con silencio. Dejo el ramo sobre la encimera de la cocina y voy al dormitorio. Un hoyo en mi estómago comienza a formarse cuando veo el vestido que se supone que usaría esta noche sobre la cama todavía. Saco mi teléfono celular de mi bolsillo y llamo a su número, pero va directamente al buzón de voz. El miedo se desliza dentro de mis venas y salgo del dormitorio y entro en su oficina. Su escritorio está limpio y lo único que Robert usa en el segundo escritorio cuando está aquí es su computadora portátil. Salgo de la oficina y llamo a Mason.

—¿Estás con Jenna? —Exijo tan pronto como él conteste.

—No, me diste la noche libre, ¿recuerdas? —él pregunta con vacilación confusa—. ¿Qué está pasando?

—Se supone que debo llevarla a una cita, pero cuando llegué a casa, ella no está aquí y el vestido que quería que usara todavía está en la cama. Llamé a su teléfono, pero va directamente al buzón de voz.

—Revisa el estacionamiento para ver si su automóvil todavía está allí y, si lo está, llama a la recepción y pregunta si la han visto salir esta noche. Voy en camino —ordena Mason y cuelga antes de que pueda responder.

Hago lo que me indica, y su carro sigue aquí. Llamo a la recepción, que dice que no la han visto, pero cambiaron de personal hace más de una hora y sacarán las imágenes de seguridad y me devolverán la llamada. Busco su bolso y sus llaves y me doy cuenta de que no están, así que debe haber salido, pero ¿por qué su teléfono celular está apagado?

La siguiente persona a la que llamo es Robert, quien confirma que no la ha visto ni oído hablar de ella y me dice que vendrá al apartamento. Le envío un mensaje a Layla y, mientras espero su respuesta, llamo a Chase.

— ¿Alguien ha mencionado haber visto a Jenna sola en este momento? —le pregunto cuando contesta mi llamada.

—No, pero puedo preguntar. ¿Mason no está con ella?

Repito mi historia de lo que se suponía que pasaría esta noche, y él me asegura que preguntará por ahí y, mientras tanto, saldrá y verá si puede encontrarla en sus lugares habituales.

Comienzo por caminar de un lado a otro, sin saber qué hacer, así que sigo llamándola y enviándole mensajes de texto. Todo va al buzón de voz y los textos siguen sin responder. Layla responde y dice que Robert ya la llamó y que también van a salir a buscarla. Le envío un mensaje a Mason y le digo que llame a Robert para que puedan repartirse los lugares para buscarla. Decido quedarme en el apartamento en caso de que ella aparezca por aquí.

Me siento desesperado y asustado. El personal de seguridad de la recepción volvió a llamar y dijo que las imágenes muestran a Jenna saliendo rápidamente del vestíbulo hace más de una hora y entrando en un taxi que la esperaba. Pregunté si podían leer el número de teléfono en el costado del taxi y, afortunadamente, pudieron y me dieron el número. Llamé a la compañía de taxis y pregunté si podían rastrear qué taxis estaban en nuestro apartamento porque estoy buscando a una persona desaparecida. El gerente dijo que tomará algún tiempo, pero que puede llamar por radio a todos sus conductores y ver quién estuvo aquí recientemente y me devolverá la llamada.

Los minutos parecen pasar a paso de tortuga antes de que tenga noticias de alguien. Le digo a mi conductor que se vaya a casa ya que puedo usar el carro de Jenna si necesito ir a algún lado. Mi mente corre con los peores pensamientos y tengo que sacudirlos y confiar en que hay una explicación lógica.

Treinta minutos después, Robert finalmente llama con noticias.

—Layla acaba de recibir una llamada del cantinero de O'Malley. Jenna fue hace dos horas y parecía enfadada. Ella está borracha y él le ha dejado de servir y le ha dado comida. Estamos en camino hacia allí.

—Te veré allí —le digo y salgo corriendo por la puerta lo más rápido que puedo. Como ya no estoy pensando con claridad y solo quiero ver a Jenna, tomo el elevador hasta el vestíbulo y corro a O'Malley, ya que está a solo un par de cuadras. Antes de que pueda llegar allí, los paparazzi me ven y comienzan a seguirme, haciéndome preguntas en el camino. No les respondo, mi atención se centra únicamente en llegar a Jenna. Estoy confundido y enojado por qué está borracha en un bar cuando se suponía que íbamos a estar juntos en mi última noche en casa.

Los paparazzi me siguen hasta la puerta principal del bar, pero tienen que detenerse ya que es un establecimiento privado y no pueden entrar. Abro la puerta e inmediatamente empiezo a buscarla. Doy la vuelta al bar hasta la esquina y finalmente veo las espaldas de Robert y Layla, que intentan ayudar a Jenna a caminar. Tiene problemas para caminar debido a la embriaguez y su cara está roja y llena de manchas por el llanto. Ella mira hacia arriba justo cuando me acerco y sus ojos están llenos de ira. No sé por qué está tan enojada, pero estoy empezando a enojarme porque no me habló primero sobre lo que sea que la tiene lo suficientemente furiosa como para querer emborracharse y no ser encontrada. Es una tontería de su parte salir sola, a pesar de la orden de restricción que tenemos contra Danny Salari.

—Jenna, es hora de volver a casa. Podemos hablar de lo que creas que está pasando en la privacidad de nuestro hogar. —Agarro su brazo para ayudarla, pero ella lo suelta de mi agarre.

—¡Es mi casa! Quiero que empaques y te vayas. ¡Hemos terminado!

—¿Y por qué? —pregunto con calma, pero estoy hirviendo por dentro porque ella está tratando de deshacerse de nuestra relación.

—¿Por qué? ¡Porque no puedo confiar en ti! Descubrí todo, las historias que plantaste sobre mí, ¡cómo le pagas a Chase para que me siga! ¿Cómo pudiste, Cal? ¿Por qué lo hiciste? —Comienza a llorar y me siento como un maldito bastardo. Miro a Robert, quien sacude la cabeza hacia mí, indicando que no fue él quien se lo dijo. No sé cómo se enteró, pero no importa. Debería haberse enterado por mí en primer lugar.

—Todo lo que he hecho ha sido en tu mejor interés —le digo, tratando de explicar rápidamente con la esperanza de que esté dispuesta a venir a casa conmigo para que podamos hablar más en privado—. Hice que Chase te siguiera para asegurarme de que estabas a salvo antes de que consiguiéramos a Mason y le pedí a Robert que plantara esas historias porque la prensa te estaba destrozando. Dices que no te importa tu reputación, pero habría afectado tu negocio, cómo la gente trata a Avery. No pude ver que eso sucediera.

Niega con la cabeza mientras las lágrimas continúan cayendo en silencio y puedo decir que no me cree. La miro fijamente, mi sangre comienza a hervir por su irracionalidad. Agarro su barbilla y la obligo a mirarme profundamente a los ojos.

—No me disculparé por mis acciones, Jenna. Lo único por lo que me disculparé es por no decírtelo antes. Ahora vámonos de aquí —gruño suavemente, no queriendo causar más una escena mientras suelto su barbilla.

—¿Cuántas cosas más hay de las que no me has contado que se hicieron en mi 'mejor interés', Cal? Lo siento, pero ya no puedo más —llora, y mi pecho se siente como si estuviera a punto de explotar por el dolor que sus palabras acaban de causar. Sé que está borracha e irracional en este momento, pero estoy jodidamente enojado porque no acudió a mí primero cuando se enteró y que ella es la que decide que hemos terminado.

—¿Eso es todo? ¿Me vas a desechar por un error? Creo que solo estás buscando cualquier excusa para protegerte porque estás demasiado asustado para sentir algo. ¿Quieres que me vaya? Que así sea —le digo con despecho porque así es como me siento en este momento. —Ayúdenme a llevarla a casa —les grito a Layla y Robert y me doy la vuelta para protegerla de la multitud que se ha formado.

Robert se para junto a mí y Layla sostiene a Jenna para estabilizarla. Lentamente nos dirigimos a la puerta principal y una vez que se abre, estamos cegados por las luces intermitentes de las cámaras de los paparazzi. No hay forma de que podamos caminar de regreso a su departamento, por lo que Robert se adelanta, asegura un taxi y luego regresa para ayudar. Empiezan a gritarnos preguntas y escucho a Layla decirle a Jenna que se cubra los ojos y la guiará hasta el taxi.

—Aquí, déjame ayudarte con ella. —Veo a Chase emerger de la multitud y tratar de proteger a Jenna con su chaqueta.

—Ah, bueno, si no es mi propio perro guardián personal. Por cierto, fallaste miserablemente en tu trabajo esta noche. Creo que Cal debería deducirlo de tu salario— le dice Jenna y mi mandíbula se aprieta de ira por mi estupidez por no decírselo antes.

—Jenna, puedo explicar... —comienza Chase, pero Layla lo interrumpe.

—¡Eres tú! ¡Aléjate de ella! —Layla grita y me doy la vuelta justo a tiempo para verla alejar a Chase.

Frunzo el ceño con preocupación y me sorprende la reacción de Layla hacia Chase.

—¿Qué ocurre?

—¡Este es el chico! —Señala con el dedo a Chase y yo la miro confundido.

—Sí, es *Canadian Chase*. Él es a quien Cal está pagando para que me siga —se burla Jenna, dándome una mirada.

Layla mira a Jenna, sus ojos azules comienzan a brillar con ira.

—Él es el tipo al que le conté tu historia en Las Vegas.

Se me hela la sangre y miro a Chase con incredulidad. ¿Todo el tiempo fue él quien filtró la historia original y nunca dijo una palabra? Se hizo el tonto cuando le dije que no sabía quién era.

—¿*Qué*? —Ni siquiera pienso en las consecuencias que van a causar mis acciones y le doy un puñetazo en la cara por engañarme. Tropieza hacia atrás y se tapa el ojo.

—¡Bastardo, nunca me dijiste eso! —rujo y me lanzo hacia él cuando Robert me retiene.

—¡Cal, sube al taxi! —Robert me empuja hacia el taxi mientras los paparazzi se divierten con lo que está ocurriendo. Sé que esto va a estar en todas las noticias dentro de una hora, pero ya no me importa. Mi mano está palpitando por golpear a Chase y todo lo que quiero es llevar a Jenna a casa.

Llegamos al taxi y Robert se sienta en el asiento del pasajero mientras Layla lleva a Jenna a la parte trasera. Chase está tratando de hablar con Jenna, pero le cierro la puerta en la cara y le doy la vuelta mientras nos alejamos.

El taxi está en silencio hasta que Jenna comienza a reírse incontrolablemente, el sonido es maníaco y no se parece en nada a ella. Robert, Layla y yo nos miramos, sin entender cómo ella podría encontrar algo gracioso en lo que acaba de pasar.

—No puedo creer que esto sea tan divertido para ti —murmuro, sacudiendo la cabeza con incredulidad.

—Oh, vamos, la ironía de que el titiritero sea jugado por uno de sus títeres es muy divertido. —Me mira con desdén y sus palabras me hielan la sangre.

—Cal, ella no lo dice en serio, está molesta y borracha —dice Robert, con una mirada suplicante en su rostro cuando lo miro.

—¡Así es, traidor! Puedo estar borracha y más allá de lastimada, pero no soy estúpida. ¡Terminé con todos ustedes! —Ella balbucea, cortando su mano en el aire y casi golpeando a Layla en la cara—. También he terminado con este olor. ¿Qué es ese horrible olor? —ella pregunta, mirando alrededor del taxi en busca de la fuente y todos nuestros ojos se posan en la pequeña caja de pizza que está en el regazo del conductor.

—Oh, Dios —murmura Jenna y comienza a secarse—. ¡Señor, haga lo que haga, no abra esa caja!

El taxista mira a Jenna por el espejo retrovisor con una sonrisa confundida.

—Es mi cena. Probablemente deberías comer una rebanada para ayudar a absorber ese alcohol.

—¡Por favor no! Si abres esa caja, voy a vomitar —exclama Jenna antes de eructar.

—Vamos, es pizza. Toma, come una rebanada. —El conductor abre la caja con una mano, toma una rebanada y comienza a dársela a Jenna. Observo que su color cambia rápidamente y le estoy gritando que no cuando ella vomita encima de ella y de la pizza y luego procede a desplomarse.

—Joder —grito y el conductor grita, casi chocando con otro vehículo.

—¡Mi carro! —se lamenta e inmediatamente comienza a bajar las ventanas.

Menos mal que el edificio de Jenna está delante de nosotros y podemos salir aquí porque el olor nos está dando ganas de vomitar.

—¿Ves esa entrada de allí? —Señalo la puerta del garaje para los residentes del edificio de Jenna—. Ve allí en lugar de al frente.

Se detiene y Layla sale para escribir el código del garaje. Tan pronto como las puertas se abren, se detiene y yo lo guio al piso de Jenna. Robert lo guía hacia arriba y le pedimos que se detenga dónde está el carro de Jenna.

Layla me ayuda a sacar a Jenna del taxi y les digo a ella y a Robert que la lleven al apartamento mientras le pago al taxista. Le doy quinientos dólares, pidiéndole que mantenga este incidente en privado. Robert debe haberle enviado un mensaje a Mason mientras conducíamos de regreso porque corre hacia el taxi con artículos de limpieza y una bolsa de basura.

—Ve a ayudar con Jenna. Yo lo ayudaré —me dice Mason, y yo levanto mi barbilla hacia él en señal de reconocimiento. Doy las gracias al conductor y corro al apartamento de Jenna.

Jenna es incoherente y apenas puede mantener los ojos abiertos, pero logramos quitarle la ropa y la sostengo mientras Layla y yo intentamos darle una ducha rápida. Rápidamente le pongo la ropa y Layla intenta cepillarle los dientes lo mejor que Jenna le permite. Una vez que termina, llevo a Jenna al dormitorio y la arropo. Layla sale del dormitorio y miro una vez más a Jenna antes de salir y cerrar la puerta detrás de mí.

Agotado y sintiéndome derrotado, entro en la cocina y me sirvo un trago de whisky. Lo bebo de un trago y me sirvo otro.

—Descubrí cómo se enteró Jenna —comienza Robert y lo miro, intrigado—. La llamé esta tarde porque necesitaba un archivo de la computadora de mi trabajo porque necesitaba trabajar en él y dejé mi unidad USB conectada. Le pedí que me lo enviara desde mi computadora. Ella debe haber visto algo que despertó su interés para husmear y encontró los correos electrónicos. Lo siento, Cal.

—Nada de esto es culpa tuya, Robert. Asumo toda la responsabilidad. Nunca debí ocultárselo. Solo desearía que me hubiera confrontado primero en lugar de manejarlo como lo hizo.

—Se sintió traicionada. Probablemente yo hubiera hecho lo mismo —responde Layla con un suspiro. —Puedo quedarme a pasar la noche para ayudar.

Ella ofrece y Robert asiente, ofreciéndose también.

—Gracias, pero tenemos que estar solos. —Me tomo el otro trago, haciendo una mueca cuando el líquido me quema la garganta.

—Ella no quiso decir nada de eso, Cal —dice Robert, refiriéndose a Jenna rompiendo conmigo.

—Oh, pero creo que lo hizo —le digo con una sonrisa triste—. Ahora, si me disculpan, me voy a bañar. Gracias a los dos por su ayuda.

Asiento y camino de regreso a la habitación, sabiendo que pueden irse solos. Quiero quitarme esta ropa, asearme y estar solo para pensar en lo que voy a hacer con Jenna.

Capítulo 23

Observo a Jenna dormir durante horas, sin saber si será la última vez que lo haga. Tengo que salir de la habitación un par de veces para recibir llamadas de Philip, mi publicista y mi hermana. Como tienen alertas de Google configuradas para mí, se les notificó de inmediato cuando apareció el primer artículo de noticias sobre las actividades de esta noche.

—Esta es una pesadilla de relaciones públicas, Cal —se queja Meg después de que todos nos reunimos en una conferencia telefónica—. Será mejor que reces para que Chase Wilson no presente cargos en tu contra.

—No lo hará —les digo con confianza porque no saben la verdad sobre Chase y ese bastardo ahora me lo debe.

—¿Cómo estamos girando esto, Cal? —Philip cuestiona y necesito un par de minutos para pensar antes de darme cuenta.

—Él dijo algo inapropiado sobre Jenna y yo estaba defendiendo su honor.

—Está bien, podemos ir con eso, pero ¿cómo explicamos que Jenna estaba borracha en el bar? —Meg me deja perplejo allí porque no sé qué podemos decir para explicarlo sin revelar la verdad y no hay manera de que eso suceda.

—Sin comentarios. Espero que los reporteros estén demasiado intrigados en cuanto a por qué golpeé a Chase y no a que Jenna estuviera allí en primer lugar.

—Cal, ¿está todo bien? —Bridget interviene en voz baja y mi estómago comienza a sentirse mareado por la implicación sobre el estado de mi relación.

—No, no lo está, pero espero que lo esté pronto. —Cambio de tema, no quiero hablar más de Jenna.

—Sería mejor que te fueras mañana temprano para evitar el circo mediático —sugiere Philip—. El avión ya está allí y puede partir cuando estés listo.

—Lo pensaré —murmuro—. Voy a tratar de dormir un poco. Hablaré con todos ustedes mañana.

Cuelgo con ellos y vuelvo a la habitación para tratar de descansar un poco.

Ahora son casi las cinco de la mañana y mi mente no se apaga, reproduciendo todo lo que Jenna me dijo. No sé cómo nos vamos a recuperarnos de esto si Jenna no puede aprender a confiar en mí. Aunque no decírselo está mal, no me arrepiento de haber contratado a Chase y de que Robert me ayudara a sus espaldas. Lo haría todo de nuevo si eso significara mantenerla a salvo y proteger su reputación. Pero me duele que Jenna no quiera luchar por nosotros. Para mí, este es solo otro bache en el camino que necesitamos tiempo para superar, pero desafortunadamente, el tiempo no está de nuestro lado. Tal vez este viaje llega en el momento perfecto. Tal vez Jenna necesita un descanso y, aunque ese pensamiento corta mi corazón, podría ser lo mejor. No es que no quiera luchar por nosotros, lo hago, pero necesito una compañera dispuesta que también quiera luchar por nosotros.

Y a partir de anoche, Jenna no quiere ser esa compañera.

El sueño se me escapa, así que decido seguir el consejo de Philip y salir temprano. Hago las llamadas necesarias a mi piloto y conductor y les envío un mensaje a Robert y Mason sobre mi salida anticipada. Después de que todos los que necesitan saber han sido notificados, me preparo para irme. Una vez que estoy vestido y listo, miro a Jenna una vez más mientras duerme. Me inclino, beso su frente y susurro, —Te amo —en su oído. Ni siquiera se mueve, y no me molesto en despertarla. Solo puedo rezar para que pronto vea mis buenas intenciones detrás de todo lo que le oculté y me perdone. Salgo del dormitorio y miro a mi alrededor una vez más con profundo pesar, deseando que las cosas fueran diferentes, pero no puedo cambiar el pasado. Solo puedo vivir en el presente e intentar un futuro mejor. Agarro mi maleta y el animal de peluche que Avery quiere que lleve y dejo la mitad de mi corazón en ese apartamento.

***

—Necesito su pasaporte, por favor, señor Harrington —solicita la azafata mientras completa el papeleo de inmigración para el vuelo. Meto la mano en mi bolsa de viaje y el bolsillo donde la guardo está vacío. Empiezo a hurgar en mi bolso, sacando todo, solo para encontrarlo vacío.

—Mierda —murmuro con incredulidad—. Parece que me he dejado el pasaporte en casa.

Ella hace una mueca y puedo decir que no vamos a ir a ninguna parte ahora.

—Lo siento, señor, pero no podemos entrar en Dubái sin él.

—Entiendo. Déjame llamar a mi chofer y correré a casa a buscarlo. —La azafata camina hacia la cabina para informar a los pilotos del retraso y llamo a mi conductor, Marco, para que venga a buscarme.

—Por el amor de Dios —murmuro para mí mismo molesto. No puedo creer que olvidé una de las cosas más importantes que necesitaría para un vuelo internacional, pero con todo lo que pasó anoche, no me sorprende.

Marco llega en treinta minutos y me lleva de regreso al apartamento. Han pasado dos horas desde que dejé a Jenna y no estoy seguro de si está despierta o no. Saco mi teléfono y le envío un mensaje a Robert, diciéndole que necesito volver a buscar mi pasaporte y preguntándole si Jenna está despierta.

Robert: No he sabido nada de ella, así que no estoy seguro de si está despierta o si todavía estoy empleado por ella.

Frunzo el ceño ante esto porque espero que Jenna no lo despida. Él solo estaba tratando de protegerla tanto como yo. Ella podría tener problemas de confianza por un tiempo con él, pero rezo para que no haga nada precipitado. Ella lo necesita como él lo necesita. Empiezo a responderle cuando me envía otro mensaje.

Robert: Por cierto, tuve que decirles a sus padres lo que pasó porque las noticias locales cubrieron la historia de que golpeaste a Chase.
Siguen siendo del Equipo Cal... como todos lo somos.
Estaré en la piscina con Avery si quieres venir a despedirte de ella otra vez.

Sonrío ante sus palabras sobre ser del Equipo Cal y definitivamente acepto recibir un abrazo más de mi hija antes de volver a despegar. Llegamos en veinte minutos y Stewart se detiene en el círculo frontal del edificio. Salgo, entro en el edificio y agarro al ascensor para subir.

Mi corazón comienza a correr con adrenalina al pensar en ver a Jenna de nuevo. Si está despierta, no estoy seguro de con qué me encontraré. Ella está levantada y me ignorará; despierta y quiere hablar o seguirá durmiendo. Una parte de mí espera que ella quiera hablar sobre las cosas antes de que me vaya, pero otra parte no cree que pueda soportar que me vuelva a decir que hemos terminado y que quiere que empaquen el resto de mis cosas y las envíen al hotel. La idea de que ella me diga eso es una posibilidad real, y ya puedo sentir una oleada de tristeza invadirme.

El ascensor se detiene y se abre en su piso. Salgo, cada paso que doy me llena de temor a medida que me acerco a su puerta. Tan pronto como estoy frente a ella, respiro profundamente y protejo mi corazón, preparándome para lo peor.

Silenciosamente desbloqueo la puerta y la abro lentamente. Escucho su voz y mi cuerpo reacciona inmediatamente al sonido de ella. Atravieso la puerta y me detengo. Está hablando por teléfono con alguien, pero cuando se da la vuelta y me ve, se congela y el teléfono se le escapa de las manos. Las lágrimas brotan de sus ojos y antes de que pueda reaccionar, se lanza hacia mí. Tropiezo hacia atrás sorprendido mientras ella envuelve sus brazos alrededor de mi torso y lo aprieta.

—¡Regresaste! ¡Gracias a Dios que regresaste! —Su voz es amortiguada por mi pecho y estoy tan desprevenido por su respuesta que me quedo allí. No sé qué creer o cómo actuar porque esta Jenna es el polo opuesto de con respecto a la Jenna de anoche. Mi corazón ya no puede soportar que lo toquen como un violín.

—Regresé porque olvidé mi pasaporte —murmuro sin emoción en mi voz.

Me mira con los ojos llorosos y me duele el pecho hasta el punto de que me cuesta respirar.

—Siento mucho lo de anoche, Cal. Sé que dije algunas cosas hirientes, pero al enterarme de que contrataste a Chase para que me siguiera, sentí que no confiabas en mí, que estabas tratando de controlarme y me doy cuenta de que ese no es el caso ahora. Solo estabas tratando de protegerme y yo fui demasiado terca para escuchar— ella dice rápidamente, y mi cerebro está tratando de digerir sus palabras.

Es exactamente lo que quiero escuchar, pero todavía me siento atormentado. Ya no puedo manejar el yo-yo de las emociones. La agarro suavemente de los brazos y la muevo hacia un lado, tratando de encontrar dónde dejé mi pasaporte porque no puedo mirarla en este momento mientras pienso. Lo veo sentado en la consola de la entrada y lo agarro, colocándolo en el bolsillo trasero de mi pantalón. Me doy la vuelta y me paro frente a ella, respirando temblorosamente antes de mirarla. Quiero tanto a esta mujer, pero necesito que se involucre con todo. Necesito que deje de dudar de mí, que deje de dudar de nosotros, y simplemente no sé si es capaz de eso.

La miro con anhelo antes de sonreír con tristeza y sacudir la cabeza.

—No tengo suficiente amor para los dos, Jenna —le digo en voz baja y me giro hacia la puerta, mi corazón se siente como si fuera a explotar en mil pedazos.

Ella agarra mi brazo para evitar que me vaya, obligándome a detenerme.

—Te amo, Cal. Estoy tan enamorada de ti que... ¡que solo estaba asustada! Tenía miedo de que me lastimaras de nuevo.

Cierro los ojos cuando finalmente dice las palabras que necesitaba escuchar, pero estoy jodidamente luchando con mis emociones. Me molesta que esto salga ahora cuando me voy y no antes de anoche. ¿Es esto genuino o ella está demasiado asustada? Apenas confía en mí.

—¡Por favor, Cal, por favor no te rindas conmigo! —ella grita de angustia, y abro los ojos para mirarla—. Te prometo que esto nunca volverá a suceder.

—¿Cómo puedes amarme cuando ni siquiera confías en mí, Jenna? ¡No tenemos nada sin confianza! —digo con dureza y todavía tengo mis reservas acerca de creerle porque la confianza ha sido uno de nuestros problemas todo el tiempo. ¿Cómo puede simplemente accionar un interruptor tan de repente? ¿La idea de perderme para siempre ha sido finalmente su gran avance?

—¡Confío en ti, Cal, lo hago! —Ella me sonríe a través de sus lágrimas y puede ver cómo todavía estoy luchando con mis sentimientos.

Estrecho mis ojos hacia ella y alcanzo sus manos, necesitando sentir su toque. Tengo tantas ganas de creerle, pero todavía tengo dudas.

—¿Realmente confías en mí, Jenna?

—Sí, Cal, realmente lo creo —dice con convicción, apretando mis manos para tranquilizarme.

Ella necesita probarse a sí misma para que yo crea esto. Pienso por un momento y luego me doy cuenta de lo que necesito de ella.

—Entonces ven a Dubái conmigo ahora. Tú y yo por dos semanas solos. Vamos. Yo me encargaré de todos los arreglos.

Ella jadea y suelta mis manos, causando que el globo de esperanza que comenzó a crecer inmediatamente se perfore y se desinfle. Puedo ver por sus expresiones faciales que está teniendo una batalla interna consigo misma y empiezo a enojarme.

—¿Por qué dudas? —pregunto, mi voz elevándose con irritación.

Ella está luchando por encontrar las palabras para explicar y busca excusas. En mi mente, ella no debería tener ninguna y me pongo más furioso mientras continúa estancada. Esto solo me demuestra que ella todavía no confía en mí y no está lista.

—Cuidaremos muy bien de Avery, Jenna —interrumpe la voz de Pamela Pruitt y ni siquiera me di cuenta de que la madre de Jenna estaba aquí. Su confirmación de que se encargarán de Avery por nosotros alimenta mi fuego aún más.

—¿De qué tienes tanto miedo, Jenna? ¡Avery estará bien con tus padres! Robert puede manejar tu negocio. ¿Por qué no puedes simplemente decir que sí? —yo pregunto con dureza, perdiendo la paciencia con ella. Necesito una maldita respuesta. Necesito entender por qué ella simplemente no puede decir que sí y estar conmigo.

—Yo… no lo sé. —Sus palabras salen a trompicones y parece tan confundida consigo misma como yo.

—¡Confía en mí, Jenna! —grito de frustración mientras levanto los brazos en el aire. —No soy tu maldito exmarido. ¿Por qué no te arriesgas conmigo? ¿No te he probado mi amor?

Mis palabras están llenas de angustia, lo que hace que ella contenga el aliento. Sé que puede ver lo herido que estoy, puede sentir el dolor que irradia de mí por su falta de acción. Ella sabe que esto es todo para mí, que necesito más de ella para que esta relación sobreviva. Aunque soy un hombre que sabe lo que vale, también tengo sentimientos. Necesito amor y validación al igual que ella.

Agarro sus brazos y me inclino hacia ella, necesitando que vea que he terminado con este juego.

—Asume el maldito riesgo de soltar tu control, de dejarte sentir, independientemente de cómo creas que va a resultar el final. Sé cómo resultará si te arriesgas conmigo. —La dejo ir y mis brazos se separan de ella, y la miro con tristeza—. Yo sería tuyo para siempre.

Sus lágrimas corren silenciosamente por su rostro, y me siento emocionalmente agotado. Estoy derrotado con el corazón roto y necesito salir de aquí. Empiezo a alejarme de ella y abro la puerta, pero algo me impide salir.

Dale una oportunidad más de venir y si dice que no, estás acabado.

Me doy la vuelta y extiendo mi mano mientras la miro intensamente.

—Última oportunidad, Jenna. ¿Qué va a hacer? —Sus ojos me están suplicando, rogándome que no haga esto, pero no renunciaré. O ella viene conmigo ahora o ese es el final de nosotros.

La veo cerrar los ojos con fuerza y asumo que es para no verme alejarme. Decido contar hasta cinco. Si ella no está de acuerdo en cinco segundos, me voy.

Uno: Ella inhala una respiración profunda que sacude mi cuerpo.

Dos: abre los ojos y el amor me devuelve un brillo tan intenso que se me hace un nudo en la garganta.

Tres: Da un paso adelante.

Cuatro: Ella pone su mano en la mía.

Cinco: Ella es mía y la aplasto contra mi pecho, mis labios abrasando los suyos en un beso ardiente que prende fuego a mi alma. Lentamente nos separamos de nuestro beso y descanso mi frente contra la de ella. Abro los ojos y miro a la mujer que ha tenido mi corazón desde el primer momento en que la conocí en primera clase en ese avión a Las Vegas.

—Ve a buscar tu pasaporte. No te molestes en empacar. Te compraremos todo lo que necesites cuando lleguemos a Dubái —le digo, dándole una sonrisa alentadora para que se ponga en marcha.

Ella asiente con lágrimas de felicidad y corre a su oficina donde su caja fuerte tiene su pasaporte. Me vuelvo para mirar a su madre, lágrimas de alegría corren por su rostro y le digo—: Gracias. —Porque sin ella dando un paso adelante y animando a su hija a ir, es posible que no viniera conmigo en este momento.

Jenna sale de su oficina con su pasaporte y lo mete en su bolso. Corre hacia su madre y le da un fuerte abrazo, agradeciéndole por cuidar a nuestra hija. Se vuelve hacia mí con la sonrisa más grande en su rostro y estoy jodidamente aliviado de ver que no hay dudas ni arrepentimientos por la decisión que acaba de tomar. Nos despedimos de su madre y salimos del apartamento tomados de la mano.

—¿Estás lista para nuestra próxima aventura, cariño? —le pregunto mientras caminamos rápidamente hacia el ascensor.

—Estoy lista para una vida de aventuras contigo, mi amor —me dice con el amor que me brilla en los ojos. Las puertas del ascensor se abren, la inmovilizo contra la pared, presiono el botón de bajar con el dedo y luego atraigo esos labios suyos.

Jenna Pruitt está lista para ser mía para siempre y ahora podemos vivir felices, sin miedos, sin excusas y con una confianza inquebrantable.

Epílogo

Catorce meses después

Miro con asombro las largas pestañas en sus párpados cerrados, hipnotizado por su longitud. Mi mirada viaja a su naricita de botón y esos pequeños labios rojos que se separan mientras duerme. El espeso y brillante cabello castaño que cubre su cabecita. Las emociones de hoy comienzan a desbordarse y las lágrimas brotan de mis ojos mientras me enamoro perdidamente de mi hijo recién nacido.

Brooks Charles Harrington vino gritando a este mundo hace veinte minutos y me siento como el bastardo más afortunado otra vez. Lo miro mientras está acunado en mis brazos, envuelto en la manta que mi madre tejió para él. Memorizo este momento, este sentimiento, porque sé lo rápido que el tiempo me lo quitará.

—Sabes, sería bueno si pudiera abrazarlo por más de un segundo desde que salió de mi vagina y todo eso —se queja Jenna desde su cama de hospital, y resoplo por su humor. Niego con la cabeza hacia ella, no listo para renunciar a mi hijo.

—Lo has cargado durante casi diez meses, ahora es mi turno.

—Genial, ¿entonces vas a producir leche materna y alimentarlo durante los próximos diez meses seguidos también? —Me rio y le doy una sonrisa juguetona. La adrenalina que corre por sus venas al dar a luz debe ser la explicación de lo atrevida que es Jenna en este momento y me encanta.

—Sabes lo sexy que eres para mí cuando te pones así, te recomendaría que no sigas por ese camino o te pondré otro bebé en exactamente seis semanas, joder. —Ella me arroja el diminuto gorro de Brooks y me rio.

—Cuida tus palabras, Cal. Sus primeras palabras no necesitan ser joder o cualquier variación de eso.

Me encojo de hombros, completamente en desacuerdo.

—Oh, no sé nada de eso. Lo haría muy culto si lo fuera.

—Por supuesto que pensarías eso —dice sarcásticamente con una risa.

—Solo dame un par de minutos más con él —le pido para apaciguarla y seguir mirando a mi hijo. Es un bebé hermoso y me pregunto si se parecerá a Avery cuando nació. La idea me hace fruncir el ceño y me trago la tristeza de no estar cerca cuando ella nació.

—No vayas allí, Cal —advierte Jenna en voz baja, y levanto la vista para verla mirándome con una sonrisa comprensiva. Ella debe haber visto cambiar mi comportamiento y me encanta que me conozca lo suficientemente bien como para saber lo que estoy pensando. Tiene razón: no puedo ir allí porque el pasado es el pasado y no puedo detenerme en él. Estoy tan agradecido de haber tenido una segunda oportunidad con ella y Avery.

Todo cambió el día que Jenna confió en mí y vino a Dubái. Necesitábamos esas dos semanas a solas para volver a conectar tanto mental como físicamente. Verla irse me destrozó y prometí no aceptar más proyectos internacionales sin su consentimiento. Hicimos todo lo posible para vernos cada dos semanas, pero comenzó a ser imposible con mi horario de trabajo y los retrasos en la producción. Pasamos un mes sin vernos y fue la prueba definitiva para nuestra relación, pero Jenna lo manejó mejor de lo que podría haber imaginado. Cuando la producción se mudó a Tailandia y estábamos cerca de terminar, hice que toda mi familia fuera de vacaciones. Después del último día de rodaje, le propuse matrimonio a Jenna en las playas de Phuket donde me dijo que sí sin dudarlo.

Quería que nos mudáramos a una casa más grande y cuando apareció otra amenaza de muerte, el proceso se aceleró. Esta vez, no le oculté la amenaza a Jenna y se la mostré tan pronto como llegó. Ella confiaba en que la protegería a ella y a nuestra hija y accedió a la mudanza y a un segundo guardaespaldas. Encontramos el hogar perfecto en el lago Michigan en una comunidad cerrada que está más cerca de la casa de sus padres y a veinte minutos al norte de su apartamento, en el que Layla se está quedando por el momento.

En cuanto a la carrera, las cosas no podrían ser mejores. Gané lo que todo actor codicia: un premio de la Academia. Desde que gané, me tomé un descanso muy necesario del trabajo, que llegó en el momento perfecto durante el embarazo de Jenna. Me encantaba estar presente en cada cita con el médico y ver cómo su cuerpo se transformaba cada mes mientras le daba vida a nuestro hijo. Mi prioridad es mi familia y no tengo planes de hacer otra película hasta que todos estén listos y cuando llegue ese momento, exijo que vengan conmigo sin importar dónde sea la locación.

Me pongo de pie y le devuelvo a Brooks a mi futura esposa. Saco mi teléfono celular de mi bolsillo y empiezo a tomar fotos de los dos y se las envío a familiares y amigos que han estado esperando escuchar las noticias. Recibo un mensaje de la madre de Jenna avisándome que está de camino con Avery.

—Tu madre está de camino con Avery —le digo a Jenna y estoy emocionado de que Avery conozca a su nuevo hermanito. Veo a Jenna besar la frente de nuestro hijo y mi pecho se contrae de amor. Su anillo de compromiso me llama la atención y me recuerda que tenemos que discutir los planes de boda.

—Ahora que tuviste el bebé, ¿cuándo podemos casarnos? —pregunto y Jenna levanta la vista y me frunce el ceño. Se suponía que nos íbamos a casar el otoño pasado, pero ella lo pospuso una vez que supo que estaba embarazada.

—Cal, parezco una ballena preñada, ahora. Necesito tiempo, por favor. —Niego con la cabeza ante sus comentarios negativos sobre sí misma porque el hecho de que Jenna estuviera embarazada me prendió fuego, en un nivel completamente diferente. No podía quitarle las manos de encima y ese suele ser el caso cuando no está embarazada. Pero esto era diferente: quería tocar y besar cada parte de ella mientras crecía nuestro hijo.

—Puedo ir a buscar al juez de paz y podemos casarnos tan pronto como llegue tu madre —ofrezco con una sonrisa traviesa. Me mira como si me hubiera vuelto loca y me rio. Sé que Jenna nunca diría que sí a eso, pero también sé que, si lo hiciera, lo haría realidad con un chasquido de mis dedos. No necesito una gran boda elegante y sé que ella ya es mía, pero quiero que ese maldito papel la ate legalmente a mí por toda la eternidad.

—Tus padres nos matarían si nos casamos sin ellos. —Ella tiene razón, y se enamoraron de Jenna tan pronto como la conocieron, tal como sabía que lo harían. Ella y mis hermanas son las mejores amigas y, a veces, creo que llaman con más frecuencia solo para hablar con ella sobre mí.

—Eh, lo superarán. Tenemos todo el poder ahora porque podemos mantener a sus nietos como rehenes hasta que dejen de estar enojados con nosotros. —Ella se ríe y el sonido despierta a Brooks, quien comienza a llorar.

Tomo al bebé de ella y camino por la habitación para ayudar a calmarlo. Justo cuando está a punto de volver a dormirse, Avery entra como una exhalación en la habitación con emoción, el sonido lo despierta de nuevo. Los padres de Jenna la siguen y caminan directamente hacia mí para ver a su nuevo nieto.

—¡Mami! —Avery grita y corre hacia la cama. Se sube encima y Jenna la abraza con fuerza antes de besarla en la cabeza.

—Te he extrañado, mi Avery Boo. ¿Estás lista para conocer a tu nuevo hermanito? —Jenna pregunta y Avery la mira con los ojos muy abiertos y asiente.

Jenna se mueve para que Avery pueda sentarse junto a ella, y acerco a Brooks llorando lentamente hacia ellas.

—Cariño, ¿crees que eres lo suficientemente fuerte para abrazar a tu nuevo hermano? —pregunto y ella mira al bebé con temor mientras sigue llorando. Me mira y veo que tiene miedo.

—No te preocupes, cariño. Apuesto a que dejará de llorar una vez que lo abraces —le asegura Jenna y eso le da a Avery la confianza que necesita.

—Estoy lista, papá, y te prometo que no lo dejaré caer. —Todos nos reímos de sus palabras, y suavemente lo coloco en el hueco de sus brazos. Me siento al otro lado de ella y envuelvo mi brazo alrededor de su espalda para que mi mano pueda ayudar a sostener su cabeza.

Continúa llorando mientras lo paso a sus brazos, pero pronto se detiene, abre los ojos y se miran. Miro a Jenna y veo que tiene lágrimas en los ojos. Como si sintiera que la estoy mirando, me mira y sonríe.

—Te amo —susurra mientras las lágrimas corren por su rostro.

—Te amo —le digo y mi mirada se desplaza hacia nuestros hermosos hijos—. Gracias por seguir haciéndome el hombre más feliz del mundo.

Me inclino sobre la cabeza de Avery y llevo mis labios a los de Jenna, saboreando este momento con ella, con nuestra familia y rezando por un futuro largo, saludable y feliz para todos nosotros.

***

¿Es la primera vez que lees sobre Jenna y Cal?
¿Quieres saber cómo se conocieron?
Echa un vistazo a su historia completa desde el punto de vista de Jenna en
La guerra del desamor.
Pasa la página para leer los primeros capítulos.

Cal y Jenna también aparecen en:
Perfectamente sola
Al borde del deseo
Compras por amor

Extracto de la Guerra del desamor

Prólogo

Hay días que se quedan grabados en nuestra memoria para siempre. Días de felicidad, días de experiencias, días de tristezas. Hoy es uno de esos días. Un día que nunca pensé que me pasaría. Cuando estás escribiendo la historia de tu vida, nunca planeas algo como esto.

Hoy es el día en que mi matrimonio ha terminado.

Hoy es el día en que mi esposo me dijo que ya no me ama. Corrección: ya no está enamorado de mí. Dice que siempre me amará, pero merezco estar con alguien que esté enamorado de mí. Jura que no hay nadie más, pero después de ocho meses de terapia, no ve que sus sentimientos cambien y es injusto para mí que se quede en algo que está muerto.

Finjo no escucharlo mientras sigo escribiendo, pero por supuesto que he escuchado cada palabra. No puedo mirarlo. Me he quedado sin aliento, las palabras no pueden pasar el bulto que tengo en la garganta. Él sabe que lo escuché; ve las lágrimas corriendo por mis mejillas. Sus palabras siempre resonarán en mi cabeza. Atrás quedaron los recuerdos felices que alguna vez tuvimos. Ahora, cuando piense en él, este será el momento.

Que se vaya a la mierda, una voz grita en mi cabeza mientras camina hacia la puerta. Desearía poder decir esas palabras. Pero ya es tarde. En cambio, hay un silencio lleno de ira, derrota y dolor. No lo voy a perseguir. No le voy a rogar que lo reconsidere. Esto de ser la única que intenta salvar nuestra relación también ha terminado. ¿Si él ya no está enamorado de mí, entonces por qué querría que se quede? Lo que no entiendo es ¿dónde y cuándo se enamoró de mí?

Acabamos de tener nuestra millonésima pelea. Por supuesto, como todas las peleas. Cosas simples que podrían tener resoluciones simples. Nuestra guerra ha sido, yo queriendo su tiempo y él reacio a darme más. Solía ser su prioridad número uno. Pero me convertí en su amante y el trabajo es su esposa. Alguna una vez, fui su vida entera.

Nos conocimos mientras trabajábamos para la misma agencia deportiva. Yo era subdirectora de eventos y él era el vicepresidente comercial. Era tan carismático, inteligente, divertido y bien parecido. Sabía cómo usar sus activos para conseguir ventas, especialmente si se dirigía a la clientela femenina. Cada vez que nuestra empresa conseguía un nuevo contrato; lo celebré con una fiesta. Tuvimos que trabajar en estrecha colaboración, por lo que rápidamente nos hicimos amigos. Él hacía fácil caer en su red, pero yo era profesional y disfrutaba de su amistad, así que supuse que eso sería lo único que íbamos a ser. Tampoco pensé que era su tipo. Él parecía siempre gravitar hacia las mujeres rubias de ojos azules. Mujeres que se veían como modelos de revista, todo lo contrario, a mí. Cuál sería mi sorpresa cuando me besó una noche mientras estábamos trabajando hasta tarde. Pasamos las siguientes tres horas besándonos en lugar de trabajar. Estaba locamente enamorada de él y pensé que había encontrado al hombre perfecto.

Nos casamos dos años después y estaba en una nube rosa, tanto personal como profesionalmente. Después de nuestro primer aniversario, hablamos de tener un bebé. Pero pasó otro año y no habíamos concebido. Mis médicos hicieron más pruebas y descubrimos que yo tenía un útero anormal. El médico dijo que sería —difícil— quedar embarazada.

Estaba devastada.

Me sentí como un completo fracaso como mujer y esposa. Empecé a preguntarme por qué mi esposo querría seguir casado conmigo si no podía darle una familia. Él pensó que estaba siendo una exagerada y me dijo que no le importaba si no teníamos hijos. Que todo lo que necesitaba era a mí. Mi intuición no le creyó, y la intuición de una mujer no se equivoca. A medida que pasaban los meses, lo atrapaba mirando a los hijos de otras personas con anhelo. Sabía que mi depresión nos estaba afectando y prometí tratar de volver a ser esa chica alegre y positiva con la que se casó. Cuando sugerí que intentáramos usar un vientre de alquiler, la luz volvió inmediatamente a sus ojos y comenzamos a hacer planes. Él estaba a punto de aceptar un nuevo puesto como director de Ventas Corporativas de una empresa muy importante, por lo que con los ingresos adicionales, podíamos permitirnos un vientre de alquiler para el año siguiente.

El amor por mi trabajo se perdió una vez que él dejó la agencia para ocupar su nuevo puesto. No me había dado cuenta de cuánto confiaba en él, tanto profesional como personalmente. Empecé a sentir que tal vez había perdido mi identidad. Claro, era la esposa de alguien, pero seguía siendo yo y necesitaba hacer cosas que me hicieran feliz. Con su bendición, renuncié a mi trabajo y comencé mi propio negocio de organización de eventos, con especialidad en fiestas infantiles. Esto requirió que aprendiera más sobre las redes sociales, incluso comenzar mi propio blog. Me encantaba descubrir cosas nuevas y volví a sentir que podía conquistar el mundo con el mejor esposo apoyándome. Pero a medida que me absorbía más en mi negocio, no noté los cambios en mi esposo.

Su nuevo trabajo requería que viajara más, lo cual al principio no tuve problemas ya que me daba tiempo para dedicarlo a concentrarme en mi negocio. Sus viajes pasaron de una vez al mes a cada semana. Viajaba para conseguir grandes cuentas, y con esas grandes cuentas venían cheques de grandes comisiones. El dinero siempre fue importante, pero se había convertido en una obsesión para él. Un juego de cuánto dinero podía ganar en poco tiempo. Todo lo que quería hacer era hacer más y más. Incluso cuando estaba en casa, siempre estaba en su computador o respondiendo llamadas a altas horas de la noche. Sus gustos comenzaron a volverse caros. Nuestro acogedor apartamento se convirtió en un museo frío y moderno debido a todas las remodelaciones que había hecho. Siempre fue generoso comprándome regalitos aquí y allá. Antes sería un libro nuevo que quería o una tarjeta de regalo para mi cafetería favorita. Luego mis regalos eran lencería de La Perla y joyería de Ippolita. Pobes sustitutos de su falta de atención.

Tal vez a algunas mujeres les guste vivir así. Para mí era inaceptable, así que exigí que buscáramos terapia de pareja. Al principio, se mostró reacio a ir. Decía que la ropa sucia debía lavarse en casa. Pero cuando las peleas continuaron, finalmente accedió.

La terapia lo aburría. Él estaba físicamente presente, pero su cabeza estaba en otra parte. Incluso las fáciles sugerencias de citas semanales le parecían difíciles. Me emocioné cuando sugirió que nos fuéramos de vacaciones. Pero en esas semanas previas a nuestras vacaciones, estuvo más ocupado que nunca y casi nunca lo vi. Una vez que llegaron nuestras vacaciones, estábamos caminando sobre cáscaras de huevo uno alrededor del otro. Él se sentía como un completo extraño para mí. Incluso el sexo me resultó desabrido y mecánico. Pero nunca perdí la esperanza. Sabía en mi corazón que el hombre con el que me casé todavía estaba allí, y él tampoco se daría por vencido conmigo. Yo era la misma chica con la que se casó. Físicamente, no había cambiado mucho, más o menos cinco libras. Siempre fui su mayor apoyo. Siempre antepuse sus necesidades a las mías. Tuvimos sexo constantemente hasta que él prefirió el trabajo. Pero se dio por vencido. Él se dio por vencido conmigo. Él se dio por vencido con nosotros.

¿Por qué?

Estoy tratando de concentrarme en mi publicación diaria en el blog, pero apenas puedo ver a través de las lágrimas. El teclado está mojado, mis dedos se resbalan mientras trato de escribir. La publicación se ha convertido más en un diario de mis emociones en este momento que en un artículo sobre una fiesta del Día de San Valentín. Los recuerdos están inundando mi cabeza como olas durante la marea alta. Es como si mi cerebro quisiera lavarlos para detener el dolor que late en mi corazón. Mi lista de canciones solo está empeorando las cosas, reproduciendo cada nota triste conocida por el hombre. Imitando mi estado de ánimo, rompiéndome aún más.

No puedo soportarlo. Entre la música, los recuerdos y darme cuenta de lo que realmente está sucediendo, necesito encontrar refugio. Corro a mi habitación y me tiro en lo que solía ser nuestra cama y lloro.

Lloro por la chica que pensó que había encontrado su príncipe azul.

Lloro por el hombre que solía ser mi esposo.

Lloro por los hijos que nunca tendremos.

Lloro al darme cuenta de que ahora estoy sola.

En mi miseria, convenientemente no recuerdo haber presionado publicar en una publicación de blog que habla más sobre mi matrimonio fallido que sobre una fiesta temática. Inconscientemente cometí suicidio profesional.

O eso pensé.

***

Capítulo 1

Un año después

—¡Oh, creo que acabo de mojar mis bragas!

Pongo los ojos en blanco ante el dicho favorito de mi asistente cuando ve algo que le gusta, que puede ir desde prendas de vestir hasta un ser humano. Estamos sentados en el Aeropuerto Internacional JFK, esperando nuestros respectivos vuelos. Él está observando a la gente mientras trato de escribir algunos correos electrónicos de agradecimiento. Acabamos de hablar en un taller para blogueros de tres días, y ahora estoy en camino a Las Vegas para otro compromiso de hablar en una convención para mujeres empresarias. Robert, mi asistente y amigo, amante de la diversión, con la boca llena de palabras soeces, gay, regresa a su casa en Chicago para ocuparse de la oficina.

Cuando publiqué accidentalmente mi emotiva publicación en el blog hace más de un año, nunca pensé que miles y miles de mujeres la compartirían con sus amigas y me llevarían al éxito. Los consejos, la simpatía y el apoyo que recibí de extraños me dejaron sin palabras. Nos tomó dos días revisar todos los correos electrónicos y comentarios. Traté de responderles a todos, pero terminé escribiendo una larga publicación de agradecimiento. Nunca subestimes el poder de las mujeres que se unen para apoyarse mutuamente cuando estás deprimida o triste.

—¡Jenna, deja de hacer lo que estás haciendo y mira a este magnífico espécimen de hombre! —Robert exige lo suficientemente alto para que toda la sala de espera lo escuche.

—Robert, ¿puedes dejar de hablar de mojar tus bragas, tan fuerte en público? —Lo reprendo mientras continúo escribiendo en mi computadora portátil—. Cualquiera que escuche puede ser un cliente actual o futuro y es posible que no le guste tu elección de palabras. —Trato de expresar mi punto con delicadeza ya que no quiero herir sus sentimientos, ni quiero que sienta que no puede ser él mismo a mi alrededor.

—Si a la gente no le gusta lo que ve, entonces no los queremos como clientes.

—Robert… —Le advierto, dándole una mirada severa que dice que esa es la actitud equivocada.

—Bien, la próxima vez te lo susurraré al oído. ¡Ahora, por favor, echa un vistazo a este tipo! —Suspirando, miro hacia arriba para apaciguarlo. El objeto de su lujuria está hablando con la señorita en el mostrador de boletos. De espaldas a mí, noto que es muy alto, con cabello castaño que asoma por debajo de su gorra de béisbol, y tiene un trasero de esos que provocan morderlo.

—¡Alto y con un buen trasero… justo en tu área, Robert! —Vuelvo a escribir mi correo electrónico, decidida a no perder más tiempo mirando al extraño.

—¡Eso no es solo un trasero, Jenna, es el Santo Grial! —Él se ríe a carcajadas de su propia broma, lo que me hace negar con la cabeza.

—Eres mucho peor que un hombre heterosexual mirando mujeres en *Hooters* —respondo, a pesar de que encuentro su comentario divertido.

—¡Oh, relájate, Jenna! ¿También renunciaste a tu sentido del humor en esos papeles de divorcio? —Inmediatamente me pongo rígida por su mala elección de palabras, la tinta en los papeles sigue siendo una herida fresca en mi corazón.

Robert sabe lo devastador que ha sido para mí, el divorcio. Su primer día en el trabajo fue el día después de mi infame publicación en el blog. Él apareció elegantemente vestido y listo para impresionar. No anticipó que su jefa abriera la puerta histérica y pareciera un zombi. En ese momento, no me di cuenta que tenía miles de correos electrónicos esperándome en mi bandeja de entrada, así que se lo dejé todo el primer día. No tenía idea de cómo lidiar con eso, avergonzada de haber hecho mi vida personal tan pública. Era un desastre; un horrible ejemplo del tipo de jefe para el que quieres trabajar. Me dejó sola el resto del día, pero decidió que valía la pena quedarse. Incluso hoy, no puedo creer que no haya renunciado a buscar algo, o alguien, más estable.

Puedo decir que Robert se da cuenta de que se ha pasado tres pueblos. Se ha quedado callado y se mueve como si algo le picara. Lo ignoro mientras termino mis correos electrónicos. Se aclara la garganta, esperando que lo mire o pregunte si está bien, pero me niego a mirarlo.

—Esto… Jenna, lo siento mucho. Mi comentario estuvo fuera de lugar. Por favor acepta mi disculpa. —Le doy una sonrisa tensa y asiento. Es difícil para mí seguir enojada con él porque tiene razón. He cambiado desde mi divorcio. Cuando contraté a Robert, era la nueva propietaria de un negocio, emocionada y enérgica que pensaba porque era la chica más afortunada del mundo al decidirme a emprender. Era consciente de mis problemas matrimoniales, pero para mí, la vida seguía siendo color de rosa. Todavía amaba a mi esposo y pensaba que podíamos superar nuestros problemas, sin importar lo mal que se pusieran. Pero esa chica se fue con su exmarido. Esa chica ha sido reemplazada por un caparazón de su antiguo yo, que lucha por levantarse de la cama todos los días y no deprimirse cuando me doy cuenta que estoy sola. Mi corazón tiene una pared de hielo alrededor con una cinta de advertencia. El trabajo es lo único que me mantiene en marcha. Soy la única que paga las facturas ahora y tengo personas que confían en mí para pagar sus propias facturas. Debo tener éxito, así que me lancé al trabajo. Trabajo doce horas al día en nuevos conceptos de fiesta, actualizando todas nuestras redes sociales con las últimas tendencias en fiestas. También trato de seguir inspirando a las mujeres a seguir en lo suyo, a mejorarse a sí mismas, y que *somos* dignas. Viajo más ahora que tengo demanda para hablar en público. No podría haber hecho nada de eso sin Robert y mi mejor amiga, Layla. Ellos me ayudaron a regresar a la realidad y me ponen en mi lugar cuando empiezo a deprimirme.

—Estoy trabajando en eso de relajarme más y divertirme. Creo que hice un buen trabajo mientras estuvimos aquí en Nueva York.

—Oh, sí, estaba muy orgulloso de que te quedaras despierta hasta pasada la medianoche —bromea con un guiño.

Después de nuestro último seminario, todas las personas con las que estábamos haciendo conexiones querían salir. Aprovechando la oportunidad de hacer nuevas relaciones, fuimos de bar en bar y terminamos en uno de esos bares gay, bailando hasta las cuatro de la mañana. Me divertí mucho y por una fracción de segundo, me sentí como antes. Pero eso se desvaneció tan pronto como regresé a mi habitación de hotel y la realidad me golpeó. Estoy a punto de decirle a Robert que continuaré empeñándome en seguir mejorando, cuando comienza a tocar mi brazo con emoción.

—Jenna, mira, se dio la vuelta… ¡rápido, antes de que se aleje!

Lo único que puedo ver es una mandíbula fuerte y cincelada y un pecho muy ancho. Lleva la gorra tan baja sobre la cara, así que no puedo distinguir sus rasgos. Lleva una chaqueta de cuero marrón que está abierta para revelar una camiseta gris que se adhiere a su pecho musculoso y jeans que se ajustan muy bien a sus caderas. Parece estar concentrado en lo que sea que diga su boleto antes de girarse para dirigirse directamente a las sillas cerca de la entrada de la puerta.

—Santas bolas, ¿*sabes* quién es? ¡Ese es Cal Harrington! —Robert dice con regocijo, sus ojos color avellana muy abiertos con asombro al ver a una celebridad. Debo tener una mirada en blanco en mi rostro, porque su expresión se convierte en sorpresa.

—¿No sabes quién es Cal Harrington? ¿El tipo que interpreta a Erik en la serie esa de los vikingos.

—No, no puedo decir que sé quién es porque no veo televisión y cuando lo hago, es Real Housewives, ya que vives y respiras ese canal.

—Chica, Cal Harrington es este actor buenote que actualmente se encuentra en uno de los programas de televisión de mayor audiencia. Dios, por ese tío se te caen las bragas. Es posible que no lo reconozcas porque usa una peluca rubia larga. Tiene hermosos ojos azules y casi siempre tiene el pecho desnudo en cada episodio. Y las escenas de sexo —dice con un profundo suspiro—. Digamos que me masturbo con ellas.

Escucho reír a alguien y miro por encima del hombro a una joven que está escuchando nuestra conversación. Rápidamente aparta la mirada y vuelvo mi atención a Robert.

—¡Robert, *por favor*, baja la voz! —susurro, pero él ha alcanzado mi punto máximo de curiosidad—. Entonces, ¿las escenas de sexo son de hombre a hombre?

—Oh, cariño, ya quisiera yo, pero por desgracia, se está tirando a las vikingas. Lo que hago es imaginar que soy yo.

Continuamos observando a Cal Harrington mientras desaparece entre la multitud.

—*Oh, Dios mío*, ¿y si está en tu vuelo a Las Vegas? Espero que sí. ¡Tú, zorra! Si te sientas a su lado, será mejor que lo beses y le metas la lengua, de remate me consigues su autógrafo.

—Altamente improbable ya que primero, me arrestarían por besarlo cuando grite que una extraña lo agredió sexualmente y segundo, probablemente esté en primera clase mientras yo estoy en clase turista.

—Jenna, ¿no miraste tu boleto? ¡Estás en primera clase!

Confundida por lo que me está diciendo, ya que nunca vuelo en primera clase, miro mi boleto y, efectivamente, estoy en el asiento 3B, que generalmente es primera clase.

—¡Robert, sabes que no puedo pagar la primera clase! ¿Qué hiciste? —exijo, enojándome solo de pensar cuánto me va a costar este chistecito.

—Ten un poco de fe en mí, Jenna. Tiene miles de millones de millas de viajero frecuente, así que usé algunos de sus puntos para hacer el cambio. Sabía que iba a ser un vuelo largo y pensé que tal vez usarías tu tiempo en el vuelo para descansar, aunque sé que te la pasas trabajando.

Ahora me quedo sin palabras porque es una de las cosas más bonitas que alguien ha hecho por mí. Sin refutar, le doy un abrazo y le susurro gracias al oído por cuidarme.

—De nada. mejor me voy, mi vuelo de regreso a casa abordará pronto. —Agarra el maletín de su computador portátil y me levanto para darle otro abrazo.

—Llámame cuando aterrices —dice antes de alejarse hacia su puerta.

—¡Lo haré y ten un vuelo seguro de regreso a casa! —le grito.

Termino un par de correos electrónicos más y guardo mi computador portátil. Uno de mis pasatiempos favoritos en un aeropuerto es observar a la gente, así que me siento y me entretengo con las vistas. Unos minutos más tarde, se hace el anuncio de que mi vuelo será abordado, comenzando en primera clase. Me dirijo a la entrada de la puerta. Le entrego a la señorita en el mostrador mi boleto para que lo escanee, tratando de actuar con calma, tranquilidad y serenidad, cuando dentro, estoy tan atolondrada como un niño en una tienda de golosinas por estar en primera clase. Entro al avión y noto que hay cuatro filas de primera clase, con dos asientos a cada lado. Alguien sube al avión delante de nosotros y reconozco la gorra de béisbol de inmediato.

Es Cal Harrington… y está sentado en el asiento junto al mío.

***

Capítulo 2

Si Robert supiera que voy a estar sentada junto al objeto de su deseo, realmente mojaría sus bragas. No soy una de esas personas que se asusta cuando está en presencia de una celebridad y como nunca he visto nada del trabajo de Cal Harrington, no podría importarme menos quién es. Para mí, él es solo un extraño común y corriente.

Dejo mi chaqueta en el compartimento superior y me siento. Lo miro disimuladamente mientras juega en su teléfono. Todavía no puedo ver bien su rostro o ver sus ojos debido a lo baja que tiene la gorra de béisbol. Lo que no se me escapa es lo grande que es su cuerpo. Incluso en primera clase con los asientos más grandes, parece que está apretado contra la ventana. *Me pregunto por qué no vuela en privado.* Tal vez no sea tan famoso como Robert dice que es.

Comienzo mi ritual previo al vuelo de sacar todas las cosas que quiero usar durante el vuelo de mi bolso ridículamente grande y coloco todo en el bolsillo del asiento frente a mí. Esto incluye mi computador, un libro y algunas revistas. Mientras lucho por poner todo en el bolsillo del asiento, mi bolso se desliza de mi regazo y derrama todo su contenido directamente sobre sus pies.

Mierda, ahora tengo que hablar con él.

Empiezo a disculparme profusamente por mi torpeza mientras trato de levantar todo. Se inclina a mi lado y gentilmente comienza a ayudar. De repente me siento abrumada por el olor más tentador y delicioso que mi nariz ha tenido el placer de inhalar. Cierro los ojos, tomo otra respiración profunda y sonrío. La mezcla de su aroma con cualquier colonia que esté usando puede hacer que cualquier mujer tenga un orgasmo sin siquiera un toque físico. Estoy disfrutando de su aroma varonil cuando abro los ojos para ver los ojos azules más increíbles que me devuelven la mirada. Inmediatamente me pongo roja como una remolacha, dándome cuenta de que me atraparon oliéndolo. Me vuelvo a sentar y espero a que termine de devolverme mis cosas. Cuando finalmente se sienta derecho, estoy a punto de emitir otra disculpa cuando las palabras quedan atrapadas en mi garganta.

Él está sosteniendo uno de mis tampones mientras me sonríe.

No sólo me quedo sin palabras porque está sosteniendo mi tampón, sino que finalmente puedo ver su rostro.

Si es que parece un adonis.

Pómulos altos y cincelados con una nariz recta y fuerte. Los labios llenos y besables cubren los dientes blancos y brillantes. Pero son sus ojos los que me tienen hipnotizada. Son del color de la aguamarina y son el tono de azul más hermoso que he visto en mi vida. Su mirada es intensa, haciéndome sentir en carne viva y lucho por no retorcerme en mi asiento.

—Sabes, puedes hacer cosas realmente malas con estos —dice, refiriéndose a mi tampón, agitándolo en el aire como una varita, como si fuera Harry Potter a punto de lanzar un hechizo.

Nuevamente, algo que debería ser vergonzoso no me llama la atención: su fuerte acento británico masculino sí que lo hace.

—Oye, ¿estás bien? —pregunta amablemente.

—Disculpa, pero ¿qué acabas de decir? —pregunto mientras niego con la cabeza, tratando de salir de mi trance.

—¿Te pregunté si estás bien?

—Oh, sí, gracias, ¿pero antes de eso? —Intento quitarle el tampón de la mano, pero está convenientemente fuera de mi alcance.

—Dije que puedes hacer cosas malas con estos. Solía gastarles bromas a mis hermanas con sus tampones. —Muestra una sonrisa que puedo decir que lo hace recordar con cariño esos momentos.

—Bueno, eso no te deja muy bien parado, espero que te hayan devuelto con algo igualmente humillante —digo, finalmente siendo capaz de arrebatarle el tampón de la mano.

Su risa es profunda y ronca. El sonido vibra a través de mi núcleo, haciéndome apretar las piernas. La reacción de mi cuerpo hacia él es ajena a mí, dejándome sin palabras. Realmente no sé qué decirle. ¿Qué le dices a un hombre sexy que está reteniendo tu tampón como rehén?

—Bien, entonces, esto… gracias por tu ayuda. —murmuro avergonzada y negándome a mirarlo.

—De nada, y es *Acqua di Gio* —dice con una sonrisa.

—¿Disculpa? —pregunto, mirándolo confundida.

—Mi colonia se llama *Acqua di Gio* de Giorgio Armani. Me di cuenta de que te gustaba el aroma. Pensé que querrías saberlo para poder comprarlo para tu pareja —responde, su sonrisa se profundiza y luego me guiña un ojo.

Oh dios, ¿puedo estar aún más avergonzada?

—Sí, bueno, gracias por la información —tartamudeo, poniéndome roja de nuevo.

Él echa la cabeza hacia atrás y se ríe. Lo miro fijamente, completamente paralizada por su risa. *¿Por qué se ríe de mí? ¿Cómo puedo hacer que se ría de nuevo?*

Hermosos ojos, hermoso rostro, alto y musculoso y un aroma que me hace querer lamer cada centímetro de su anatomía. Sí, no hablaré con él por el resto de este vuelo.

¿Qué demonios es lo que me pasa? *¡Contrólate, Jenna!* Probablemente esté acostumbrado a este comportamiento de las fanáticas. Soy una mujer adulta y profesional, y puedo soportar sentarme al lado de un hombre hermoso.

—Mi nombre es Cal, por cierto. —Extiende su mano para que se la estreche.

—Jenna, y gracias de nuevo por la ayuda —digo mientras me resisto y sacudo su mano.

Sé que hay una razón por la que no quería sacudirla. Sus manos son firmes, cálidas, y el contacto con ellas envía chispas por todo mi cuerpo. Es absolutamente absurdo que el toque de un extraño sexy me haga sentir de esta manera. Robert tiene razón: necesito deshacerme de esta tensión sexual reprimida que me he causado a mí misma. Puede que tenga que ir a comprar el novio perfecto que funcione con pilas mientras esté en Las Vegas.

—De nada. ¿Vas a Las Vegas por negocios o por placer?

—Negocios, aunque tengo un par de días libres. ¿Tú?

—Lo mismo. A relajarme antes de comenzar a trabajar.

Estoy a punto de preguntarle si frecuenta Las Vegas cuando la voz más desagradable y aguda me interrumpe groseramente.

—¡Eres *tú*! *¡Ay, Dios mío! ¡Ay, Dios mío! ¡Ay, Dios mío!*

Cal y yo miramos hacia arriba para ver a una mujer rubia platinada con la boca pintada de rosa fuerte y cabello lleno de laca se abalanza sobre nuestro asiento. Sus ojos verdes muy maquillados brillan de emoción al descubrirlo en el mismo vuelo que ella.

—¡TE AMO, TE AMO, SOY TU MÁS FIEL ADMIRADORA! Seguro que eres un buen actor. ¡Enciendes a esta anciana todas las semanas! —dice ella con una risa—. Oh, pero lo siento, no pretendo decir nada irrespetuoso delante de tu novia.

Me mira cuando menciona la palabra —novia— y en realidad me siento halagada de que crea que lo soy. Le sonrío, a pesar de sentirme mortificada por él porque ella acaba de revelar que la emociona y la molesta.

—Gracias, pero no soy su novia —le aclaro.

—No lo creí, porque acabo de leer en una revista que decía que estaba soltero, pero no quería ser grosera.

Antes de que pueda preguntarle si cree todo lo que lee sobre él, se inclina hacia mi oído y susurra—: Si te doy cien dólares, ¿cambiarías asientos conmigo? Sé que mi asiento no es tan lujoso como el tuyo ya que no es de primera clase, pero por favor, ¡es mi actor favorito!

Rápidamente lo miro para ver su reacción, pero parece que no escuchó su pedido mientras continúa sonriéndole. Yo, por otro lado, no puedo creer que esta señora tenga las agallas de pedirme que cambie mi amado asiento de primera clase por su asiento económico.

—Lo siento, señora, pero trabajo duro en mi trabajo para poder pagar un asiento de primera clase, así que la respuesta es no, no renunciaré a mi asiento. —Ella no necesita saber que usé puntos para ascender a primera clase.

—Bueno, no hay razón para ser grosera —resopla.

—Lo siento, pero no estaba siendo grosera —respondo, molesta porque me ha llamado grosera.

—¡Está retrasando la línea, señora! —grita un pasajero agitado detrás de ella.

—¡Dios mío, nunca me habían insultado tanto! Disfruta de tu vuelo, Cal, y lamento que estés sentado al lado de una perra —declara, y se dirige a buscar su lugar.

Abro la boca. ¿La cabezona me acaba de insultar? Me giro para mirar a Cal, que se muerde el labio para no reírse.

—Oh, Dios mío, ¿todas tus fans son así? ¿Me insulta por no ceder mi asiento por cien dólares? ¡Eso es una locura!

Al no poder contenerlo más, deja escapar una profunda carcajada.

—La expresión en tu rostro fue brillante —dice riendo—. Y no, no todas mis fans son como... cómo deberíamos describirla... me protegen tal como ella. Siento que te haya llamado perra.

—No hay necesidad de disculparse por ella. Lo siento si me crucé de esa manera. No me gustaría que perdieras fans por cómo reaccioné.

—No creo que deba preocuparme por perderla como fanática —se ríe—. Aprecio mucho a las fanáticas como ella, incluso si a veces pueden volverse demasiado entusiastas. Son las que tratan de meterse en tus asuntos personales, o te hablan como si fueras tu personaje, las que me asustan.

Me mira con una sonrisa diabólica y dice—: Seamos honestos, por lo que sé, podrías ser una de mis acosadoras.

—Solo tendrías tanta suerte si yo fuera tu acosadora —digo con un poco de descaro—. Con toda seriedad, debo confesar que no he visto nada de tu trabajo. Lo siento, no veo televisión ni voy al cine muy a menudo.

Me mira fijamente, sin mostrar ninguna emoción. Espero no haberlo ofendido, pero sería muy egoísta si se sintiera así. *¿Quizás no me cree?* Estoy segura de que ha habido fanáticas que han dicho eso solo para actuar calmadas. ¿Cómo lo convenzo de que estoy diciendo la verdad?

¿Por qué te importa si te cree o no?

—Me gusta que no hayas visto mi trabajo —dice, mirándome directamente a los ojos. Su intensa mirada remueve algo dentro de mí. Sonrojándome, rompo nuestro contacto visual y me miro las manos. No me gusta esa sensación de mariposas en el estómago que su cercanía está provocando.

El capitán del avión utiliza convenientemente el intercomunicador para anunciar que despegaremos momentáneamente y que se esperan turbulencias durante la mayor parte de nuestro ascenso a treinta y cinco mil pies. Una vez que alcancemos altura de crucero, el aire estará en calma y las aeromozas comenzarán el servicio de bebidas a bordo. Se me revuelve el estómago porque le tengo pánico a volar. Estoy muy inquieta con el despegue, pero si nos encontramos con algo de turbulencia y seré un desastre.

Espera, ¿por qué tendríamos turbulencias durante el despegue? Estaba hermoso cuando llegamos al aeropuerto. Miro más allá de Cal hacia la ventana y, efectivamente, nubes grises feas y malvadas rodean el aeropuerto.

Debo haber gemido mientras agarro mis auriculares con cancelación de ruido, porque Cal me pregunta si estoy bien.

—Sí, me aterroriza escuchar sobre turbulencias. Me pongo nerviosa cuando viajo, pero no debería hacer nada vergonzoso que haga que te arrepientas de sentarte a mi lado. La procesión va por dentro.

¡Dios mío, deja de divagar, Jenna!

—Entiendo que no te guste volar. Considero que distraerte es la mejor manera de manejarlo. Puedo contarte algunas historias para que no pienses en el viaje lleno de baches —dice con una sonrisa maliciosa.

Su mirada ya está causando turbulencias dentro de mi cuerpo.

—Tal vez puedas contarme las historias durante el resto del vuelo. Para el despegue, solo me gusta ponerme los auriculares y cerrar los ojos. —Revelo, riéndome de lo patético que suena.

—Eso en realidad suena muy triste. Pero está bien, si cambias de opinión, ya sabes dónde me siento. —Bromea.

Digo gracias y me acomodo. El avión está esperando que la torre de control nos dé el visto bueno para despegar. La cabina está en silencio, casi como la calma que precede a la tormenta. Debemos haber recibido el visto bueno, porque los motores a reacción comienzan a rugir y comenzamos a movernos, acelerando más rápido hacia el despegue. Comienzo mi letanía del despegue en mi cabeza mientras siento que el avión se eleva del suelo.

Por favor, Dios, danos buen vuelo.

Por favor, Dios, danos buen vuelo.

No soy una persona religiosa, pero por alguna razón, decir esto una y otra vez mentalmente me hace sentir mejor. Pronto empiezo a enfatizar el *favor* y el *Dios*, con cada golpe, sacudida e inclinación del avión a medida que empeora. A pesar de usar auriculares con cancelación de ruido, puedo escuchar los motores funcionando a toda velocidad, los jadeos de los otros pasajeros cuando el avión gira en un ángulo irregular. Me agarro de los reposabrazos con fuerza, como si eso me mantuviera en el aire. Mi cabeza está permanentemente asentada en el reposacabezas. Mis ojos están cerrados con fuerza, y estoy empujando mis pies tan fuertes como puedo contra el suelo para evitar que mi cuerpo coincida con los movimientos bruscos del avión.

Apenas escucho el primer ding, lo que significa que hemos alcanzado la altura de crucero. No es que importe, porque con la forma en que el avión se sacude por todos lados, las azafatas no pueden levantarse de sus asientos para anunciar el uso de dispositivos electrónicos portátiles. Puedes sentir el avión volando a una velocidad feroz, el capitán tratando de salir de este horrible clima hacia la tierra prometida de cielos despejados sobre nubes oscuras.

De repente, el avión cae y nuestros cuerpos quedan momentáneamente suspendidos en el aire, nuestros cinturones de seguridad nos impiden golpear el techo del avión. Volvemos a estrellarnos contra nuestros asientos mientras el avión continúa. Mis auriculares no pueden cancelar el llanto y los gritos de otros pasajeros. Siento que algo me frota la mano y rápidamente abro los ojos, miro hacia abajo y veo la mano de Cal sobre la mía. Levanto la vista hacia su rostro para ver los músculos de su mandíbula apretado. Con ese coraje, levanto el reposabrazos, agarro su mano derecha con la mía y me lanzo sobre él. No importa que acabo de lanzarme sobre un completo extraño. No parece que pueda agarrarlo lo suficientemente fuerte como para evitar la sensación de caer. Su brazo izquierdo me acerca a él, tratando de protegerme de esta pesadilla. Este sería el momento perfecto para apreciar sentir su cuerpo duro, pero el avión se hunde otra vez y me pierdo de nuevo en mi oración.

Por, favor, Dios, danos buen vuelo.
Por favor, Dios, detén esta turbulencia.
Por favor, Dios, no estoy lista para morir.
Por favor, Dios, por favor… por favor escucha.

Lo escucho entonces. No Dios, sino Cal, que me repite en voz baja palabras tranquilizadoras hasta que empiezo a creerle. Lo agarro con seguridad y me concentro en su voz, en sus palabras. Pasa más tiempo y siento que el avión se nivela. Los golpes son cada vez menos frecuentes. Dejo de rezar y trato de disfrutar la sensación de sus brazos, su pecho, y lo bien que se siente que alguien me abrace. Ha pasado tanto tiempo desde que me sentí así que me doy cuenta de que lo extraño, estoy reflexionando sobre mi soledad cuando el capitán habla por el intercomunicador.

—Damas y caballeros, me disculpo por el susto de los últimos cinco minutos. Si alguien resultó herido, presione el botón de ayuda para notificar a los asistentes de vuelo. Asistentes de vuelo, no abandonen sus asientos todavía. Si hay heridos, aterrizaremos en el aeropuerto más cercano. Me complace informar que estamos fuera, pero por favor, mantengan abrochados los cinturones de seguridad durante los próximos cinco minutos para asegurarnos de que no experimentemos ninguna bolsa de aire.

Mantengo los ojos cerrados, esperando sentir otro movimiento en el avión. También estoy atenta a cualquier botón de llamada que se presione, lo que significa la necesidad de ayuda. Cinco minutos van y vienen y no pasa nada.

—Auxiliares de vuelo, es seguro moverse por la cabina —dice el capitán, y todo el avión estalla en aplausos. Abro los ojos y siento el brazo izquierdo de Cal todavía envolviéndome. Estoy disfrutando estar en sus brazos cuando miro nuestras manos entrelazadas y tomo aire. Nuestras manos están convenientemente ubicadas en mi regazo, a solo unos centímetros de mi entrepierna, y he acomodado completamente su brazo entre mis senos. Rápidamente me separo de sus brazos solo para golpear mi cabeza en su barbilla. Ambos nos disculpamos al mismo tiempo y nos miramos: él se frota la barbilla, mientras yo me froto la cabeza. No podemos contener la carcajada que brota de los dos.

—¡Mierda, eso fue aterrador!

—¡Dios mío, pensé que íbamos a morir!

Seguimos riendo, dejando que la terapia de la risa alivie la tensión de nuestros cuerpos.

Capítulo 3

No soy de las que disfrutan de los vuelos por trabajo, pero un cóctel definitivamente está bien después de lo que me ha parecido una experiencia cercana a la muerte. Los asistentes de vuelo inician sus servicios de bebidas a bordo y estamos más que felices de recibir champán gratis. Personalmente, siento que todo el vuelo merece las burbujas y no sólo la primera clase. El asistente nos trae nuestras copas llenas y sin darme cuenta de lo que estoy haciendo, la bajo de un trago.

—Bueno, iba a brindar por que estamos vivos, pero ahora veo que has comenzado la diversión sin mí —bromea Cal, señalando mi copa vacía.

—Lo siento —digo, haciendo una mueca por el sabor del champán de no tan buena calidad—. Necesitaba algo rápido para calmar mis nervios y no nos echemos la mala suerte, el vuelo aún no ha terminado.

—Eso es verdad. Vamos a pedirte otro trago. —Intenta llamar la atención de la azafata, pero lo detengo antes de que pueda presionar el botón de ayuda.

—No, está bien. Por lo general, no bebo en los vuelos, y tengo una botella de agua en mi bolso que estará bien. —Agarro el agua de mi bolsa debajo del asiento frente a mí. Me tiende su bebida y brinda—: Por un vuelo tranquilo.

Brindamos, él bebe champán y yo mi botella de agua, y bebemos, con los ojos cerrados mientras disfrutamos del líquido fresco que baja por nuestras gargantas secas. Sus ojos se mueven a mis labios mientras una gota de agua se escapa de la punta de la botella de agua y corre por mi barbilla. Sonrojándome, me limpio la boca y la barbilla con el dorso de la mano, rompiendo la intensa mirada que me ha capturado. Beber agua se ha vuelto muy sensual, mil cosas se arremolinan en mi mente. Tengo que empezar a trabajar un poco para dejar de pensar en cómo sería este hombre en la cama. Me agacho para recuperar mi computadora portátil y comenzar a trabajar en más ideas para fiestas temáticas para mi blog.

—Por favor, no me digas que me vas a ignorar por el resto del vuelo después de nuestra deliciosa sesión de manoseo —Bromea mientras coloco mi computadora portátil frente a mí. Por supuesto, no quiero trabajar, pero tengo miedo de quedar en ridículo si sigo hablando con él.

—No necesariamente iba a ignorarte, pero debo intentar trabajar un poco entre nuestras conversaciones —respondo con una sonrisa.

—Buena respuesta, pero ¿a qué te dedicas exactamente para ganarte la vida que hace que trabajar en este momento sea tan importante?

—Soy dueña de un negocio de planificación de eventos, mi especialidad son las fiestas temáticas para niños. Creo las fiestas y luego las muestro en mi blog. También vendemos los productos que usamos en nuestro sitio web. —Saco un tablero de diseño con imágenes guardadas de nuestra reciente sesión de fotos de una fiesta de cumpleaños en una feria campestre para enseñárselo.

—Mi asistente y yo creamos una fiesta, la diseñamos con productos de los proveedores que usamos y luego la preparamos para una sesión de fotos. Después, subimos las fotos y creamos una publicación en el blog sobre esa fiesta. A veces, los clientes quieren el tipo de fiestas que ya presentamos en el blog o tenemos una reunión con ellos y diseñamos una fiesta personalizada. Las fiestas infantiles son mis favoritas, pero nuestro pan de cada día son las fiestas corporativas.

—No tenía idea de que las fiestas infantiles pueden ser tan detalladas. Muy impresionante. ¿Esto te da suficiente dinero para que sea tu trabajo de tiempo completo? —Me inmoviliza con una mirada escéptica, una ceja arqueada más que la otra.

—Sí, papá, gano suficiente dinero para mantenerme y pagar a un asistente —Bromeo, notando que suena igual que mi padre cuando le conté mi idea de negocio por primera vez—. La gente que tiene mucho dinero quiere tener fiestas únicas. Entendemos que la persona promedio tiene un presupuesto limitado y es posible que no pueda permitirse contratar a un planificador de eventos, por lo que también brindamos consejos en nuestro blog sobre cómo se puede organizar la fiesta con un presupuesto ajustado.

—¿Qué te hizo entrar en este tipo de negocio? ¿Tienes hijos?

—No, no tengo hijos, y simplemente me desanimé de hacer sólo reuniones y fiestas de corporativas. Todavía disfruto planeando ese tipo de eventos, pero para mí, no hay nada mejor que ver la alegría pura en el rostro de un niño cuando ve su fiesta de cumpleaños por primera vez. Me gusta crear ese mundo imaginario para ellos.

No hay necesidad de decirle que crear estas fiestas para los hijos de otras personas llena el vacío y el dolor que siento por no tener los míos. Probablemente esté tan lejos de tener hijos, y mucho menos de una relación seria.

—¿No tienes hijos y no veo un anillo en tu dedo? —No es una afirmación, sino más bien una pregunta. En realidad, es una respuesta simple, pero que todavía me hace tragar el nudo en la garganta.

—Estoy divorciada —digo en voz baja, sin dar más detalles.

—El divorcio es doloroso y lamento que hayas pasado por eso, pero debo admitir que me alivia un poco saber que no tengo que sentirme culpable por coquetear contigo.

—Sí, pero ¿debo sentirme culpable por coquetear contigo? —Sonrío con una mirada inquisitiva.

—Si lo que has estado haciendo es coquetear, entonces necesitas un mejor maestro —responde con una sonrisa diabólica.

Sorprendida, lo observo con una mirada de incredulidad en mi rostro, sin creer que en realidad me insultó. Pero ahora que lo pienso, probablemente tenga razón. Me he vuelto fría y probablemente tan aburrida y sosa en comparación con otras mujeres con las que se ha encontrado. *¿Me estoy esforzando demasiado por mantener la calma y actuar con calma a su alrededor mientras él hace que mis entrañas se conviertan en gelatina?* Me hace querer comportarme como una chica de secundaria, retorciéndose el cabello mientras habla con la persona que le gusta. Si las chicas de secundaria hicieran eso más. Solo soy una chica poco relajada, divorciada y tonta que tiene telarañas en la vagina por la falta de sexo.

Él echa la cabeza hacia atrás y se ríe.

—Es tan brillantemente divertido jugar contigo. —Se frota las manos como si tuviera más insultos bajo la manga. No puedo evitar reírme de él, y ahora puedo relajarme sabiendo que está bromeando.

El vuelo transcurre en un parpadeo mientras continuamos haciéndonos preguntas, riéndonos y coqueteando. Siento que estoy en una primera cita, el vértigo de conocer a alguien nuevo debería ser incómodo, pero le resulta fácil. Me entero de que, además de soltero, tiene dos hermanas, es de Broadstairs, Inglaterra, y vive en Londres cuando no está rodando su serie de televisión o una película. Comenzó a actuar porque un agente de exploración se le acercó mientras estaba en un descanso de la escuela y le preguntó si estaba interesado en convertirse en actor.

—Realmente creo que el destino jugó un papel ese día porque el agente no sólo me eligió a mí, sino también a mis dos mejores amigos, y fuimos los únicos de nuestro grupo de la escuela que estábamos contratados para un comercial. Todos estos años después y los tres seguimos actuando. Estaba destinado a ser.

—Es bastante sorprendente que los tres hayan sido elegidos y todavía estén actuando —coincido, preguntándome quiénes son sus amigos, pero no quiero preguntar.

—Mi amigo, Sean, es el que tiene la carrera más grande de todos nosotros. Es posible que hayas oído hablar de él si al menos vas al cine, ¿Sean Lindsey?

Me quedo helada. Por supuesto, incluso sé quién es Sean Lindsey. Es una gran estrella de cine, especialmente con comedias románticas. Se rumorea que podría ser el próximo James Bond.

—Sí, lo conozco. ¿Quién es tu otro amigo?

—Cora Gregory.

Cora Gregory es la chica con la que sueñan todos los hombres. Una mirada y probablemente se corren en sus pantalones. Es hermosa, con ojos de gato y cabello largo y negro. En las fotos, tiene un gesto de arrogancia innato o está haciendo el amor a la cámara con esos ojos hipnotizantes que hacen que los hombres se doblegen a su voluntad.

—Vaya, Cora Gregory, ¿eh? Ella es hermosa. ¿Por qué no estás saliendo con ella? —La pregunta se me escapa de la boca antes de que pueda mantener a raya mi curiosidad.

—Todos me preguntan eso porque asistimos juntos a eventos, pero para ser honesto, ella es parte de mi familia.

Mi rostro debe haber mostrado mi total incredulidad ante su declaración porque se ríe.

—¿Por qué todos piensan que son tonterías las que salen de mi boca? Soy muy consciente de su belleza. No sería un hombre si no me diera cuenta, pero incluso hasta el día de hoy, la veo como una de mis hermanas. La conozco desde que era una joven larguirucha y flaca que tenía una vida hogareña horrible. Sean y yo decidimos que íbamos a protegerla en la escuela de todos los gilipollas y chicas malas. Eso es todo lo que ha sido para mí.

Reflexiono en silencio sobre lo que acaba de decir. Mientras nos sentamos en un silencio compatible por una vez, el capitán elige este momento para anunciar que descenderemos a Las Vegas y que los auxiliares de vuelo se preparen para aterrizar. Cal y yo nos sonreímos mientras preparo mi bolso de mano con mis artículos, con mucho cuidado para asegurarme que no vuelva a caer sobre sus pies.

Mientras coloco la bolsa debajo del asiento frente a mí y espero a que aterricemos, me doy cuenta que este ha sido uno de los mejores vuelos en los que he estado, a pesar de las turbulencias del despegue. No porque esté sentada al lado de un hombre que es guapísimo, sino porque estoy sentada al lado de un ser humano que se preocupó lo suficiente por mi bienestar y tenía curiosidad sobre el tipo de persona que soy. Estuvo hablando conmigo durante todo el vuelo y realmente escuchó todo lo que dije. Esperaría que los actores se mantuvieran recluidos y hablaran con el extraño sentado a su lado a menos que se les hablara primero.

—¿Estás bien? ¿Necesitas aferrarte a mí para aterrizar? —Su rostro muestra una preocupación genuina cuando el avión está a punto de aterrizar.

—De hecho, me gusta el aterrizaje —digo con una risa.

—¿En realidad? ¡Esa es la parte más peligrosa!

—Lo sé, tonto ¿no? Pero para mí, aterrizar significa que hemos llegado y eso me hace feliz.

257

—Bueno, me asustan los aterrizajes y me debes un poco de apoyo emocional, así que toma mi mano. —Agarra mi mano y la apoya en su muslo muy apretado.

—Me cuesta mucho creer que tengas miedo de aterrizar. —Me río de él.

—Los hombres pueden ser tan sensibles como las mujeres, nada más que de forma diferente —dice, manteniendo mi contacto visual. Me sonrojo ante los pensamientos sucios que entran en mi cerebro. *¡Consigue tu mente fuera de la cuneta, Jenna!*

—Gracias por ayudarme —le digo en voz baja, sin querer decir nada más, pero esperando que pueda ver mi sinceridad y gratitud en mis ojos.

—El placer ha sido todo mío —dice con sinceridad mientras el avión aterriza con un pequeño golpe. Le sonrío y palmeo su mano, rompiendo el contacto.

Alcanzamos nuestros teléfonos, los encendimos mientras la azafata nos da la bienvenida a Las Vegas y nos pide que nos quedemos sentados hasta que nos detengamos de manera segura en la puerta. Repaso mis mensajes de Robert y Layla, tratando de mantenerme concentrada y ocupada, mientras me doy cuenta de que probablemente nunca lo volveré a ver. Una realidad que es sorprendentemente decepcionante.

Llegamos a la puerta y tan pronto como el avión se detiene, los clics de los cinturones de seguridad desabrochándose llenan el aire. De repente me siento tímida, como si no tuviera idea de cómo despedirme de él. Decido ponerme de pie y estirar las piernas en su lugar. Como estamos en primera clase, no tenemos que esperar mucho para salir del avión. Me giro y noto que él también ha decidido ponerse de pie.

—Gracias de nuevo, realmente espero que la pases de maravilla aquí.

—Gracias, espero que tú también. ¿Cuándo comienza tu conferencia?

—Comienza oficialmente el miércoles por la mañana, pero tengo algo de trabajo de preparación que tengo que hacer antes de eso —digo, saliendo al pasillo para irme.

—¡Cal! ¡Cal! ¿Puedes esperar para que pueda tomarme una foto contigo? —Nos giramos para mirar hacia el pasillo y vemos a la cabezona tratando frenéticamente de pasar entre la gente para llegar al frente. Él le da un pulgar hacia arriba y seguimos caminando fuera del avión.

—Señor Harrington, ¿le importaría hacerse a un lado y tomar algunas fotos con nuestra tripulación de vuelo muy rápido? —una de las azafatas le pregunta también.

—Será un placer —dice, sonriéndoles. Siento que esta es la oportunidad perfecta para alejarme y dejar de sentirme tan incómoda al decir adiós.

—La mejor de las suertes, Cal Harrington. —Me despido con la mano y sin esperar una respuesta, doy la vuelta y camino por el pasillo.

***

¿Estás listo para seguir leyendo? Haz clic AQUÍ para leer La Guerra del desamor.

Asegúrate de suscribirte a mi boletín de noticias para que no te pierdas mis nuevos lanzamientos. ¡Siempre incluyo un libro gratis en mis boletines!

Agradecimientos

Se necesita mucha gente para publicar un libro y quiero agradecer a las siguientes personas:

Mi esposo, hijos y familia inmediata, quienes me brindan el apoyo y el aliento todos los días para seguir adelante. Soy la chica más afortunada del mundo por llamarlos a todos mi familia.

A mi equipo que personalmente trabajó conmigo en este libro: Najla Qamber, Tracey Vuolo, Dorothy Bircher, Brittany Holland, Barbara Hoover, Emina Ross y Stevie Schneider. Chicas, son mis estrellas. Gracias por su apoyo, aliento, honestidad y aguantarme cuando me quejo sobre el síndrome del impostor.

A todos los lectores, bloggers, bookstagrammers y amigos de BookTok: gracias por su continuo apoyo y por compartir cuánto aman mis libros. No hay suficientes palabras para expresar verdaderamente lo agradecida que estoy por cada palabra amable y reseña.

Sobre la autora

Jessica Marin comenzó su historia de amor con los libros a una edad temprana gracias al estímulo de su abuela Shirley. Siempre había soñado con ser autora y finalmente hizo realidad sus sueños de escribir historias de felices para siempre. Actualmente ella reside en Tennessee con su esposo, hijos y bebés peludos.

A Jessica le encantaría que la acompañes en todas sus redes sociales disponibles. ¿Te encanta ser parte de grupos exclusivos de lectura? ¡Entonces únete, *Jessica Marin's Misfits* en Facebook!

www.ingramcontent.com/pod-product-compliance
Lightning Source LLC
Chambersburg PA
CBHW050458260626
47157CB00004B/1102